알기 쉬운 한국고전문학선

계축일기

편집부 편

- ●계축일기(癸丑日記)
- ●임진록(壬辰錄)
- ●심청전(沈淸傳)

太乙出版社

♣차 례♣

계축일기
癸 丑 日 記

—— 작자 미상

◇ 작품 해설 ◇

　기사체(記事體)로 된 조선 시대 궁정(宮廷)문학 작품의 하나. 1613년에 어느 궁녀가 지은 것으로 전할 뿐 작자는 미상이다.
　일명 「서궁록(西宮錄)」이라고 하는데, 상하 2권으로 된 필사본(筆寫本)으로 구왕궁 낙선제본(樂善齊本)에 전해 오던 것을 1947년 가을 서울대학교 문리대 국문과 주최의 도서 전시회에 특별 전시되면서 비로소 학계에 알려지게 되고, 1958년에 교주본(校註本)이 나왔다.

계축일기(癸丑日記)

계축일기(癸丑日記) 서궁록(西宮錄) 제1권(卷之一)

만력 임인년(萬歷 任寅年 ; 宣祖 35年)에 중전(中殿)께옵서 아기를 잉태하셨다는 이야기를 듣고, 유가(柳哥 ; 光海君의 丈人文陽府院君 柳自新)가 중전으로 하여금 놀라시게 할 양으로 대궐안에다 돌팔매질 하고, 궐내 사람들을 사귀어 나인들의 변소에 구멍을 뚫고 나무로 쑤시며 여염처(閭閻處)에 횃불을 든 강도가 들었다고 소문을 내니, 이때에 궁중에서도 유가를 의심하는 바 없지 않았다.

계묘년(癸卯年)에 중전께서 공주를 낳으시니, 조보(朝報)를 미처 발행하기 전에 먼저 베껴 돌리되 잘못 전하여 대군을 낳으셨다고 듣고 유가는 아무런 대답도 하지 않다가 공주를 낳으셨다는 것을 알게 된 뒤에야 무엇을 주더라 하니, 이것으로 미루어 보아도 얼마나 미워했음을 알만하지 아니한가.

그 후, 병오년(丙午年 ; 宣祖 39年)에 대군(大君)을 낳으셨다는 소식을 듣고 유자신(柳自新)이 집에서 머리를 싸매고 음흉한 생각을 한 나머지 적자(嫡子)가 태어났으니 동궁(東宮)의 자리가 위태하다고 하여 동궁을 모시고 있는 권세 있는 신하들과 정 인홍(鄭仁弘)을 친히 사귀어서,

  "어찌 되었든 동궁을 위하여 정성 들여 굿도 하고 점도 치도록 하여라."

하였다. 그리고 한편으로는, 임해군(臨海君)이 자식이 없으니 임해군으로 세자(世子)를 삼아 대군으로 전하게 하려 하신다 하는 소문을 내어 〈선묵제 만묵제〉라는 동요까지 지어내어 천조(天朝;中國의 帝王)에 주청하기를 재촉하니 갑진년(甲辰年)에 광해군(光海君)을 세자로 봉해야 한다는 사연을 표문(表文;帝王君主 및 政府에 올리는 글)에 소상하고 간곡하게 지어 올리나, 천조에 대하여서는 뇌물을 바쳐 구위 삶을 수도 없는 일이고 또한 조정이 옳은 것만 쫓는 터요, 황제(皇帝)도 엄하신 터요, 따라 성지(聖旨)가 엄하시고 엄하시어,

  "대례상(大禮上) 둘째 아들을 세움은 집과 나라가 한 가지로 망하는 일이니 천조는 온 천하에 법을 펴고 다스리는 마당에 한 조정을 위해서 이런 처사를 허용하지 못할 것이니라."

  상감의 엄한 뜻이 준절하기 비할 데 없고, 그 뒤 표문을 올리면 크게 꾸중을 나리시므로 봉세자(封世子)하는 일은 그 장래가 막히지나 않을까 염려가 되더니, 이때 예부관(禮部官)과 재상(宰相)이 교체됨으로써 다시 중첩하려다가 중도에 그만두고 마니 유가(柳哥)의 일파가 이르기를,

  "적자가 나셨으므로 봉세자 주청을 아니한다."

하더니, 선조 대왕께서 병환이 나셨을 때 정인홍(鄭仁弘), 이 이첨
(李爾瞻)등 대여섯 사람이,

　　"유 영경(柳永慶;그때의 영의정)이 임해군을 위하여 광해군으로
　　봉세자(封世子) 할 것을 주청을 아니하니 수상(首相) 유 영경의
　　머리를 베게 하소서."
하는 상소를 하되 상감의 뜻에 거슬리는 주사(奏辭)를 그지없이 광폭
하고 차마 입 밖에 낼 수 없는 말을 써서 상소하니, 이미 여러 해째
병환으로 침식을 제대로 못 하시고 기운이 지치실대로 지치신 상감
께서 이 상소문을 보시고,

　　"제 어찌하여 군부(君父)를 협박하는 짓을 하는고?"
하시고, 몹시 분개하심을 이기지 못하시어 침식을 전폐하시고,

　　"인홍(仁弘) 등을 정배하라."
　　겨우 이 말씀을 전교하시고 드디어 훙서(薨逝)하시거늘 지체하지
않고 세자와 세자빈(世子嬪)을 침전에 들게 하여 계자(啓子)와 새보
(璽寶)와 마패 등, 이렇듯 중대한 것들을 즉시 내어주고, 세자와 제자
(諸子)에게 하신 유교(遺敎)를 후궁(後宮)이 하면서,

　　"대군을 향하여 나리신 유교도 지금 함께 내리소서."
하니, 중전께서는 인사불성(人事不省)하셨던 것이라,

　　"그 유교는 지금 내림이 옳지 않도다."
라고만 하실 뿐이어서 중의를 쫓아 제자에게 먼저 알리고 이어 조정
에 내리었다.

　　이러한 것을 이 유교를 내렸다고 하면서 큰 허물을 삼으니, 정말로
대군을 세우려 하면 대권(大權)을 손 안에 쥐고 계신 데도 불구하고
새보를 내서 행사치 않으시고 어찌 세자인 광해군(光海君)한테 즉시

로 보내시며 또 유교에,

"참언(讒言)이나 모함하는 일이 있어도 마음에 두지 말고 어린
대군을 가엾게 생각하라."
라고 말씀하셨거늘, 어찌 유교 대로 대군으로 하여금 위(位)에 세우
게 하실 일이 있겠는가!

정미년(丁未年) 시월 상감께서 편찮으셨을 때에도 동궁과 빈을
즉시 불러들여 곁에서 모시고 탕약을 받들어 올리게 하시며, 동궁이
불민하여 성의를 어기는 일이 있을 때에도 내전으로 계셔서 중간에서
좋도록 꾸려 나가시니 그런 때에는,

"내전께서 내리시는 은덕이 크고 무겁도다!"
하며 기뻐하더니, 점점 주위에 이간질하는 사람이 있어서 임해군부터
없앨 모책(謀策)을 세워 의롭지 않은 일에는 흉하고 악한터라, 마침
내 소장(訴狀)에다 대환(大患)을 부쳐내니 그런 간사한 사람이 어디
있으리요.

대개 어렸을 때부터 불만히 여겨 오신 터였으나 임진왜란(壬辰倭
亂)때에 갑자기 광해군을 왕세자로 정하신지라 항상 교훈하시고
전교를 내리시지만, 일체 순순히 순종하는 일이라고는 없어, 상감께서
타이르시는 족족 원수처럼만 생각하니 말씀하시기를,

"자식이 되어서 어버이에게 하는 도리를 어찌 저렇게 할 수 있겠는
가?"
하시고 마땅치 않게 생각하시던 차에, 의인왕후(懿仁王后)의 재궁
(梓宮)이 아직 빈전(殯殿)에 계실 때인데도 불구하고 후궁의 조카를
들여다가 첩을 삼으려 하기에,

"못한다. 어찌 부덕한 일을 하려고 하느냐?"

하시면서 허락하지 않으신 일을 깊이 깊이 한으로 여겼다가 병오년
(丙午年)에 대화(大禍)를 일으켜 큰 세력을 잡으려고 크게 욕심을
내어 상감을 기만하고 들어가려 하여 후궁을 위협하며,
　“내가 하는 일을 상감께 아뢰거나 조카를 주지 않거나 하면 후일에
　삼족(三族)을 멸할 테니 그리 알아라.”
　공갈과 협박을 하고 한편으로는 나인을 보내어 빼앗아 갔던 것이었
다.
　상감께서 그 일을 들으시고 아주 추악한 일로 여기시고 이르시되,
“옛적 세종조(世宗祖)때, 소헌황후(昭憲皇后)를 그 아버님의 일로
태종(太宗)께서 ‘그렇게 하겠습니다’하시면서 ‘여덟 명의 대군
(大君)은 어떻게 처치하오리까?’ 하시니 태종께서 그제서야 폐하
지 말아라 하신 일까지 있거늘, 어린 계집 하나가 무엇이 그다지도
귀하다고 어버이까지 속이며 데려가니 흉악한 소행이로다.”
하시고, 그 뒤부터는 더욱 마땅치 않게 여기셨던 것이었다.
　병오년에 대군이 태어나면서부터 없앨 마음을 품어 오다가 대군이
점점 커감에 따라 큰 변을 일으켜서 갑작스레 할 일 없이 유가와
날마다 모의를 하니, 저 철부지 어린 대군이 그지없이 불쌍하고 가엾
게 생각될 것이언만 늘 크던 작던 간에 능히 할 수 있는 일도 순종하
여 행하지 않고 뜻을 거슬리며 박대하는 것이 너무 심하곤 했었다.
　정인홍(鄭仁弘)등은 미처 적소(謫所)까지 가지 않았는데, 상감께
서 훙서(薨逝)하시자 즉시 그 날로 궁궐 전각 아래 불러들여 계제도
밟지 않고 벼슬에 올려 쓰고, 훙서하신 지 두 주일이 되자 형님인
임해군(臨海君)을 외척으로 내리도록 사헌부(司憲府)와 사간원(司諫
院)에서 논계(論啓)하도록 시켜 놓고는 임해군 한테는 사헌부와

사간원에서 올린 죄목을 적은 문서를 보이며,

"이제라도 대궐에서 나가면 죄(罪)를 벗을 수가 있지만, 궐내에
그냥 머무른다면 죄가 더 무거워질 것이니 내 다 알아서 이르는
노릇이니 빨리 나가도록 하시오."

하고 말하며, 한편 군사를 대궐 밖에 잠복시켜 놓았던 것이었다.

임해군이 꾀에 넘어가서 즉시 대궐 밖으로 나가니 군사들이 일제히
달려들어 포위하여 비변사(備邊司)에 구류하였다가 교동(喬洞)으로
귀양을 보내되 그 곳에서도 감금을 당하고 있었다.

이때 명(明)의 차관(差官) 요동도사(遼東都司)가 임해군의 질병에
대한 사실을 조사하기 위하여 입경(入京)을 하니 임해군에게 이르기
를,

"전신불수(全身不隨)인 체하면 처자와 함께 살도록 해주겠거니와
만일 분부 대로 안 한다면 죽일 것이로다."

하면서, 생모인 공빈(恭嬪)의 사촌 오라버니 김예직(金禮直)을 보내
서 은근히 달래니 그런 대로 곧이 듣고 분부 대로 했지만 명의차관인
요동도사가 돌아가자 심복인 의원을 보내어 독약을 내려 죽이고야
말았던 것이었다.

임해군을 죽일 때, 대군도 함께 죽이려고 상소문을 하니 조정에서
시비가 벌어지기를,

"지금 강보에 싸여 있는 어린 몸이고 또 신정(新政)을 베푸는 이
마당에서 형제를 둘씩이나 함께 죽인다는 건 어려운 노릇이요."

하니, 대군은 죽이지 않고 그냥 두었던 것이었다.

상감이 처음에는 하루에도 삼시로 대비께 문안을 자주 드는 척하더
니 차차 초하루와 보름으로 한 달에 두 번이 되고 그것도 무슨 일이

있으면 핑계삼아 거르기가 일쑤였다. 또 문안을 드리러 와서도 대비께서 예사 말씀이나, 생각하고 계셨던 속 말씀이거나 혹 일가에 대한 걱정이라도 하실 양이면 자세히 듣지도 않은 채,

"아무려나 좋도록 하십시오."

할 뿐, 무슨 말씀을 의논이라도 하시려면 손을 내둘러 휘저으며 국모의 분부를 들을 생각도 않고 그냥 일어나 횡하니 나가버리는 것이었다. 이런 일이 있는 뒤에는 한참만에 문안을 드린답시고 와서는 머무르기는 커녕 앉는 듯 마는 듯 일어나 버리니 모자간에 무슨 말 한마디가 있었겠는가?

대왕께서 훙서하신 지 삼칠일만에 상감이 문안을 들었을 때의 일이다. 보통 벗의 조상도 처음 만나면 곡을 하는 게 예사이건만 대비께서는 슬피 곡을 하시니 들어오다 손을 내어 휘저으며 시위하는 이에게,

"우시지 마시도록 하여라."

하고는, 혼자서만 투덜거리며 '저렇게 서러운 듯이 곡은 하지만 조금도 슬퍼하는 기색도 없고 자식에 대한 정도 없으니 일가들이라도 상가에 와 보면 어찌 마음이 무심할 것인지'하니, 정말 인정이라곤 조금도 없었다.

대왕의 시호(諡號)를 올리게 될 때 대비께서 상감께 말씀하시기를,

"임진왜란 때 쇠해 가던 나라를 일으키신 공은 말할 것도 없거니와 조종이 망극하시되 종계(宗系)의 변무(辨誣)를 하신 공은 크고 크시니 창업지주(創業之主)보다 떨어지지 않으시오. 묘를 심상히 마시고 헤아려 하시오."

하시니, 한참 생각하다가 여쭙기를,

　"비록 공이 있으시사 임진왜란으로 말미암아 조종이 편안히 지내
　시지를 못하셨으니 공이 있으시다고 할 수 있겠습니까? 다시 말씀
　하시지 마십시오."

하니, 상감한테 의논하시면서 다시 한 번 간절히 말씀하시나 듣지
않을 뿐 아니라 대비께 맞대 놓고,

　"종자(宗子)를 가지셨다고 날 것이 없도다."

하니, 그 불효함은 족히 알 만하였다.

　옛날부터 자전(慈殿)께서 초상(初喪) 때는 의례히 배릉(拜陵)하시
는 것이 예임에 대비께서,

　"가고 싶으오."

하시니,

　"가시는 게 아직 옳지 않습니다. 정 가시려거든 소상(小祥) 때에나
　가십시오."

하고 대답하니, 겨우 소상 때까지 기다리셨다가 또,

　"가고 싶으오."

하시니, 또 트집을 잡으되,

　"조종에서 하도 못 가시게 막으니 못 가시는 줄 아시고 대상(大
　祥) 때에나 가십시오."

　또 대상이 다다르니,

　"이미 다 지났는데 이제 가신다고 하여 무슨 도움이 되시겠습니
　까? 전 왕후이시니 가신다는 것도 예가 아닙니다. 폐를 끼칠 따름
　이지 보살피실 일이 없으니 절대로 못 가십니다."

이렇게 말하는 것이었다. 삼 년을 두고 간곡히 빌어도 보시고 달래도

보셨지만 뜻을 이루지 못하였으니 그렇게도 불쌍하신 일이 또 어디 있으리요.

"혼전(魂殿)에나 가 뵙고 싶으오."

하셨는데, 그것조차도 여러 번 막으니 할 수 없이 내전한테 뵙기에도 딱할 정도로 비시니,

"본대 대전이 변통이 없어서 그러시는 거니 되도록 가시게 해 드리겠습니다."

하고 대답하더니, 내전의 명령으로 겨우 허락이 되었다. 날짜를 촉박하게 정해 놓고, 나인을 보내어 유희분(柳希奮)한테는 날을 물리라고 일렀던 것이다.

우리 전에서는 제전(祭奠)에 쓸 음식을 서둘러 장만하였는데, 내전은 심상히 여기니 족전을 않으려고 했다가 별안간 생각하여 하느라고, 이런 큰 일은 내 쪽에 편하게는 할망정 남의 폐는 조금도 생각하지 않으니, 모든 일을 이렇게 하니 어디다가 민망하다고 말을 할 수 있으리요. 음식을 만들어 놓고 여러 날을 물렸으며 우리 전에서는 장만한 음식을 모두 버리고 새로 장만을 하지 않을 수 없었다.

상감이 어쩌다 내전에서 진지를 드는 일이 있어도 정명공주(貞明公主)는 받들어 올려도 영창대군(永昌大君)은 받들지는 않았다.

대전이 말하기를,

"대비전에 문안 드리러 가면 대군의 소리 참 듣기 싫더라."

하였다.

하루는 대군이,

"대전 형님이 보고 싶어."

하고 그러시기에 공주와 대군 두 아기를 문안 오셨을 때에 앉혀 뵈

18

니,

"공주 이리 온."

하며 만져 보고,

"정말 영특하고 예쁘구나."

하고 대군은 본체도 않고 말도 않으니 어려워 하시기에 대비께서 말씀하시기를,

"너도 상감 앞으로 나아가렴."

하시니, 일어나 대전 앞에 서시되 본체도 않으시니, 대군이 나가 우시며,

"대전 형님이 누님은 귀여워하시고 나는 본체도 않으시니, 나도 누님처럼 여자로 태어날 것을 뭣 때문에 사내로 태어났담."

하시고 하루 종일 우시니, 보기에 정말로 불쌍하였다.

대전이 늘 말하되,

"내가 살아 있는 동안은 대군이 열이 있다 한들 두렵지 않지만 세자대군한테는 조카가 되니 단종조(端宗朝) 때에도 조카를 죽이고 세조(世祖)가 섰으니 이런 일이 생길까 두려워하노라. 내 부디 대군을 없애고 세자를 편히 살게 해 줘야겠노라."

이런 말을 항상 들어왔기에 세자는 대군을 만나기 싫어하며 마치 무서운거나 보는 것처럼 여기고 있었다.

홍서하신 지 석 달만에 대전이 수라를 못 자시기에, 대비께서 육찬을 권하시니 권하신지 두 번째만에 육찬을 잡수시었다. 양즙(胖汁)을 하여 가지고 갔더니 자시고 물리면서 은근히 당부하기를,

"이 즙이 참 입맛이 당기니 차게 채워 두었다가 다음에 달라."

하니, 나인이 비웃으면서,

"단지 하루도 소찬을 못 하시던 터에 하절에 서너 달씩이나 소를 하시며, 꾸준히 잘도 하시더니 대비께서도 권하시던 차에 하도 황송하여 육찬도 잡수시니, 양줍도 대비전께서 계시기 때문에 마지 못해 뒀다 달라고 하시는 겁니다."

이렇게 말하니 듣는 사람 모두가 마음 속으로 우습게 여기며 웃었던 것이다.

정미년(丁未年) 시월부터 편찮으셔서 세자 광해군이 여차(廬次;官中의 一部)에 와 시약(侍藥)을 하더니 꾸준히 참고 들어앉아 있지를 못하여 공사를 보시던 청애와, 자리를 깔고 앉아 있곤 하다가 훙서하신 뒤에,

"겨울에 찬 데 앉았던 일은 죽어도 못 잊겠더라."

이렇게 말했던 것이다.

빈축(殯則)에도 한 날에 한 번씩 갈락말락할 지경이었다. 슬픈빛이라곤 찾을 때가 없어 상복 중임에도 태연히 웃고 대전상(大殿喪)에 감선(減膳)하는 척도 하고 입을 가리고 웃음을 참는 척도 하지만 미처 참지 못할 때에는 소리내어 하도 웃으니 보기에 민망하였다.

대비께서 빈측에 와 곡하면서 우시기를 그치지 않으시니,

"이 울음 소리가 어디서 나는가?"

내관이 말하기를,

"자전께서 우시는 소립니다."

"무엇 때문에 저렇게 우시는지?"

"춘추 많으시고 사실 것 다 사셨는데, 서러워 하시는 게 참 우습구나. 사람이 언제까지나 살 줄 알았나? 듣기 싫다."

하니, 좌우에 있던 사람이 하도 어이가 없어 속으로 웃는 사람도 있었

다.

　공사 처리를 하도 못하여 단 한 장의 문서도 친히 결재를 못내리는 형편이었다. 여차(廬次)에 딸린 익랑방(翼廊房)에다 내전을 모셔다 두고 주야로 공사를 물어 봐서 결재를 하곤 하였다. 간혹 내전이 빈청이라도 나가서 안 계실라치면 공사를 처리하지 못해서 혼자 쩔쩔매며 종이와 칼을 놓지 못하고 종이를 썰었다간 도로 붙여 보는가 하면, 칼을 도로 벌려서 세워놓았다 하던지 그렇지 않으면 혼자서 무언지 중얼거리고 있었다.

　이럴 때 내관이 어쩌다 무슨 말이라도 할라치면 소리를 질러 꾸짖으므로 내관도 들어오질 못하고 밖에서 하늘만 쳐다보며 애를 태우는 형편이었다. 명종조(明宗朝)때부터 모시던 늙은 내관이 당돌히 들어가서 아뢰기를,

　"무슨 생각을 그렇게 하고 계시옵니까? 임해군께서도 벌써 남의 말을 듣고 입시하고 계시고 이 공사는 조금도 어려운 것이 아니옵니다. 글을 배우신지가 오래 되셔서 그러신가 하옵니다. 슬기는 글을 하는 데서 터득하는 것인가 하옵니다. 마마께서는 선왕이신 선조대왕의 아드님이시고 들어 계옵신 집도, 종이와 필묵(筆墨)도 모두 다 선왕의 것이온데 이 정도의 공사를 처리하지 못하오셔 사람을 입시시켜 잠잠히 앉아만 계시옵니까? 도대체 칼과 종이로 무슨 일을 하옵시려합니까?"

하니, 그때는 부끄러워 아무 말도 못했던 것이었다.

　이 말이 퍼져 나가자 이 늙은 내관을 몹시 미워하다가 대군란(大君亂) 때에 죽이고야 말았던 것이다.

　내관에게 일을 한 번 시키려면 열 번은 고쳐 시키며, 심부름 한

번 시킬 때도 열 번씩이나 다시 시키고 하였으니 아무리 잘 한들 상을 주는 법도 없으며, 잘못한다 해도 벌을 줄 줄도 몰랐었다.

유가가 늘 답답하게 여겨서 날마다 그때 그때 상감께 가르쳐 올리기를 이제 아무개가 상소를 할 테니 이렇게 대답하시고 다음에 아무개가 계사(啓辭)를 할 것이니 저렇게 대답하시라고 시시로 한문(漢文)으로 혹은 한글로 써서 광주리나 소쿠리에 몰래 넣어가지고 다녔으며, 혹 문이 닫힌 때엔 동쪽 산에 있는 뒷간 근처에 당(堂)이 있어 그리로 들어갈 수 있게 작은 구멍을 뚫고, 그리로 드나들다가 구멍이 너무 커서 밖에서 빤히 들여다 뵈지 못하도록 안쪽만 가려 두고 안팎에서 연락을 하여 출납(出納)을 하였던 것이다. 헌데 그것도 잦아지니까 대궐 담 밖에다 종을 시켜 움막을 짓게 하여 종을 살게 하여 놓고 밤이 되면 그 종을 시켜 유가한테 연락을 하여 알아 오게 하곤 했던 것이었다.

침실에는 노끈으로 꿴 광주리며 보자기에 싼 소쿠리가 시글시글 하였다.

시녀 한 사람은 밤낮으로 공사에 대한 대답을 알아오도록 유가에게 내곤했었다. 날마다 공사가 있는 족족 써서 보내니 밥 먹을 새도 없어서 괴롭고 서러워, 한 번은 혼잣말로 이렇게 말했던 것이었다.

"남자가 되어서 이만한 공사 하나를 처리하지 못하고 밤낮 남한테 물어 보고 다니다니. 우리 침실에는 소쿠리 광주리가 어떻게 많은지 방에 꽉 찼군!"

대전이 이 소리를 듣고, 쫓아내니 소문을 퍼뜨리기를 성품이 잔인하여 전에 없었던 행실로 기둥으로 사람을 치기도 하고, 채찍으로 치지 않으면 석쇠같은 것으로 막 치니 아프다는 소리가 진동하여

들리고,

"내전마마 살려 줍시오."

하는 소리가 밖에까지 들렸다고 하였다.

내수사(內需司)에서 들여오는 물건은 전례를 따라 전부터 대비전이 입량(入量)으로 쓰시는 것을 한 때는,

"꿀을 받아다 얼만큼만 대비전에 갖다 드려라."

하니, 여러 궁방(宮房)의 일을 맡아 보는 차지 내관(次知內官)인 봉정이 말하되,

"마음 쓰기 나름이지, 누가 값을 따져서 드리겠습니까? 필요하실 때 쓰시도록 갖다 드리겠습니다."

하니, 듣지 않고 또 한 번은,

"대비전이 들여오라고 하시는 물건은 나한테 먼저 알린 다음에 갖다 드리도록 하여라."

하니, 그 뒤부터 먼저 상감께 취품(取稟)하는 버릇이 생겼던 것이다.

관청의 물건을 다른 곳으로 옮기니 어떤 이는 말하기를,

"대비전께서 못 쓰시도록 하시느라고 그렇게 한다."

하고, 어떤 사람은 말하기를,

"혹시나 불의지변(不意之變)을 당하더라도 나중에 가서 살 수 있도록 하기 위함이도다."

하며 이현궁(梨峴宮)이라 이름 짓고, 온갖 물건을 다 그 궁으로 가져다 쌓게 하였다.

무신년(戊申年) 초에는 상감이 가장 공경하는 척하며 이르시기를,

"내가 위하고 받들어 모시는 분이 자전이시니 하고저 하시는 일은
무슨 일이건 다 말씀하십시오."

하니, 대비께서 감동하시고 고맙게 여기시며 세자를 향해…… 대답을
하시옵고, 대왕…… 진 이름은 얻으시려고 하시고, 모든 일에…….

세자께서 영민(英敏)하시니 더욱 기특히 생각하시면서 사내 아이
에게 소용되는 물건을 문안을 드리려 올 적마다 주시니, 세자의 보모
상궁(保姆尙宮)인 옥환(玉環)이 두 손을 모아 합장하고 상덕(上德)
을 축수하며 말하기를,

"윗전이 아니시면 우리에게 무엇이 있겠습니까? 올 때마다 이렇게
주시니 대비마마의 상덕은 하늘 같으시며 아버님은 종이 한 장도
주지 않으시니 누구를 닮아서 그러신지 종의 말을 듣지 않기로
말하자면 수레를 끄는 소라고 한들 그렇게 질기겠습니까? 선왕마
마의 아드님이지만 누어 놓은 똥이나 닮았다고 할까요. 똥을 누실
때에는 아침부터 뒷간에 가 앉으면 겨울에는 오정 때까지 앉아서
누고, 문안 드리려고 할 때에는 유난히 드나들며 똥을 두세 번씩
누시니 그런 애가 타는 노릇이 어디 있겠습니까? 무슨 일이든지
필요하실 때엔 기별하여 놓았으니 어련하랴 생각마시고 여러 번이
고 이르셔야지 한 번 들으신 일은 원래 들은 척도 않으시니 꼭
수레를 끄는 소 같으십니다."

하니, 모두들 어떻게 저런 말을 하시느냐고 했더니,

"질기기로 말하면 소보다는 쇠가 더하지 않을까?"

하는 것이었다.

처음엔 상감의 말을 곧이 듣고 참 마음 씀이 너그럽다 했더니 점점
하는 양이 박대하는 게 심해지더니 경술년(庚戌年)과 신해년(辛亥

年) 사이에는 더욱 심해져서 대비께 대해 불공함은 이루말할 수 없을 지경이었다.

상궁 가히(介屎)와 점차로 가까와지면서부터 공사를 처리할 때에만은 내전을 불러다 시키니, 나중엔 내전도 화가 나서 가지 않을 때도 있느니 그럴 때엔 친히 와서 데려가기도 하여서 물어보고 그래도 또 몰라 할 때엔 내전도,

"이만한 공사를 혼자서 처리하질 못하신다는 겁니까? 다음부턴 아예 나한테 물어 볼 생각도 마십시오."

이렇게 말했다고 한다.

대군을 두고 여러 모로 의심을 한 뒤부터는 더욱 위엄을 보이느라고 고기를 불 기운만 쐴락말락하게 하여 많이 먹고 밥은 죽처럼 질게 만들도록 해서 날고기를 즐기니 눈은 점점 붉어지기만 하였다.

산나물은 더럽다고 하며 전유어와 곤 엿을 즐기며 고기만 자셨던 것이었다.

행동이 수상해서 다른 사람하고는 달라 남이 하라고 하는 일은 절대로 안 하고, 남이 하지 말라는 일은 부디 하였던 것이다.

마음씨는 흉악하고 말은 실없이 하여 위엄은 천하고금(天下古今)에 포악한 임금인 걸주(桀紂 ; 中國 夏나라의 桀과 殷나라의 紂)를 본받고, 행실은 운하(運河)를 파고 방탕(放蕩)한 생활을 하였으며, 대군을 보내어 우리 나라를 침입하였던 수(隨)나라 제이대(第二代) 임금인 양제(煬帝)보다 더하였으니 대비께서 두려워 하시며 후일에 선묘(先廟)를 저버릴까 하여 걱정을 하셨던 것이었다.

나인한테도 무신년(戊申年) 초에는 가장 후하게 대접하는 척 하여,

"윗전을 잘 모셔서 평안하시니 너희들의 공이 없으면 어떻게 평안
히 잘 지내시겠느냐?"
하시며, 침실 상궁이 갈 때마다 인사를 늘어지게 하며 상도 주더니
신해년(辛亥年)부터는 점점 소홀히 하여 본체도 않고, 가면 밖에다
날이 기울도록 세워 두기가 일쑤고 들어오라고 해야 옳으련만 연고가
있어 만날 수 없으니 돌아가라고 하는 것이었다.

늙은 상궁 하나가 말하기를 선왕(先王)마마 께서는 윗전 나인이
가면 머리를 빗으시다가도 머리털을 쥐시고 상궁을 침실로 들어오라
하셔서 상감의 문안을 물으시고, 세수를 하시다가도 들어오라 하셔서
문안을 물어 보시던 일을 말하니 꾸짖으며 말하기를,

"나는 차마 그렇게 못하겠다. 한 달에 두 번씩이나 친히 가서 문안
을 하는데 나인을 불러서 친히 봐야 한단 말이냐? 내 마음 대로
할 노릇이지 그런 일까지 선왕을 본받아야 하는 거냐? 나는 내
법 대로 할 것이니까 다시는 그런 말을 하지 마라."
하니, 듣는 사람이 모두 어이가 없어 하였던 것이다.

대전이 처음으로 배능(拜陵)을 가니 재상(宰相)들은 동구부터
통곡을 하려고 하다 겨우 참고 상감이 우시거든 실컷 울어야겠다고
마음먹고 울음을 시작하는게 이땐가 저땐가 기다리다가 능(陵) 있는
데까지 올라갔다가 천천히 그냥 내려오더니 그 안에 누가 일러주었는
지, 내려온 뒤에야 예조(禮曹)에게,

"울랴? 말랴?"
물어보니,

"우서야 옳습니다."
하니, 돌아올 때에야 우니 그 소리를 듣고 유자(儒者)가 말하기를,

"소리도 내지 않고 통곡을 하고는 너무 울었다고 잘못 생각하시겠
지."
하였던 것이다.

이렇듯 천성이 효성이라고는 눈꼽 만큼도 없고 포악함이 심하니
우리 전하한테 대해서야 어떻게 지극하게 할 수 있을까보냐.

내전은 상사(祥事) 때에도 문안을 드리려 오지 않아서 소상(小
祥) 때에 상복을 벗은 뒤에나 올까 여겼더니 벗고도 오지 않을 뿐
아니라 그림자조차 얼씬도 않으며 내란만 조작하고 있었다.

신해년(辛亥年)에 신궐(新闕)인 창덕궁(昌德宮)에 가 계셔서 후원
구경을 가시니 내전께서 이르시기를,

"나는 나이가 많고 윗전은 나이가 젊으시니 설마 내 뒤에는 못서실
것이니, 잠깐 핑계를 대고 머무르거든 윗전을 먼저 모셔가도록
하여라."
한 것이었다.

몇 번이나 특히 유의하여 지내보니 정말 대비전의 뒷 시위하는
것을 싫어서 안하는 것이었다.

이날 대비께서 들어오시다가 연(輦)을 멘 하인이 넘어지는 바람에
연이 기울어지며 거의 떨어지실 뻔한 일이 있었는데, 이런 일을 내전
은 들어 빤히 아시면서도 어디 다치시지나 않으셨는지 물어 보지도
않은 채 당신의 전각(殿閣)으로 가 버리더란 것이다.

늙은 나인들이 의인왕후 계셨을 때에 윗전을 섬기시던 일을 보아오
다가 어이없이 여기고 있었는데, 이런 말을 내전이 듣고 한탄하고
원망하며 후일에 어디두고 보자면서 벼르고 있었다.

하지만 그래도 내전은 말도 잘 알아 듣고 글도 잘하며 혹 용심을

부리려고 하는 일이 있기는 하지만 대전과 종이 더 흉악불통(凶惡不通)하여 터무니없는 거짓말을 하니, 윗전께서 무신년(戊申年) 빈천(賓天)하셨을 때에 위께서 돌아가신 것을 서러워하셔 곡읍(哭泣)을 주야로 그치지 않으시니 이르기를,

  "어디서 무슨 저런 사람이 다 있단 말이냐? 대군을 세우려다가 뜻을 못 이루셨으니 그 일 때문에 더 서러워서 우시나 보다."
하니, 대전이 그 말을 곧이 들었던 것이었다.

  또 은덕이와 갑이란 나인이 이르기를,

  "임진 이후에 선왕마마를 모시고 계실 때에 지니셨던 세간을 우리 전에 주질 않으시는 걸 보면 대군한테 물려주시려나 보다. 그런 것을 다 시기하여 안 줄게 뭐람."

  "어디 지니고 사나 봅시다그려."

늙은 상궁을 가히(介屎)가 만나서 말하기를,

  "대군의 보모상궁(保姆尙宮) 잘 있나? 김상궁도 잘 있구? 대군 귀 밑에 패달날(貫耳令箭의 날 ; 전쟁에서 군률을 범한 자의 두 귀에 화살을 꿰어 무리에게 보이는 일)이 있던데 언제고 약사발을 부을 날이 있을 걸세."

하니, 듣는 사람이 하도 흉악하게 여겨 못들은 체하고 오고 말았다.

  내전에서 진지를 드니 내전은 양반이라 혹은 잘 하라는 말이 있어도 종들이 몹시 박대하여 길을 가는 낯선 사람을 대접하듯이 했었다.

  신해년(辛亥年)에 대궐을 옮기실 때의 일이었다. 세자의 친영(親迎)하는 것을 보려고 하신 일이 있었는데 하루는 별안간 구경을 하는데 족친(族親)이라도 금한다면서 '대전께옵서는 나오시지 마십시

오'하며 중간에 후궁을 놓아 여쭙게 하니, 좋은 일에 미안해 하시며,

"친영하는 일을 마음으로부터 기쁘게 보려고 했었는데 그렇다면
할 수 없지."

하고 안 보셨더니, 그 뒤에 말을 지어내기를,

'정이 없어서 보시지 않으셨다'하며,

"진풍정(進豊呈;대궐 안 잔치의 한 가지)도 상복을 벗은지도 오래
지 않으니 무엇이 바쁘겠습니까? 천천히 하십시오."

하니, 뜻을 세워 시작은 하여 놓고 택일(擇日)을 번번이 제 마음대로
물렸다 당겼다 하며 잔치에 쓸 음식을 다 장만해 놓은 뒤에도 하기
싫은 때면 날을 물리며 조종에 알게 하고, 외척하고 통하여 대비께
대한 험구를 있는 대로 지어서 퍼뜨리며, 나인인 은덕이와 가히(介
屎) 등은 그때부터 하는 말이,

"어느 누가 잘 사나 두고 보자. 대군의 기물이나 수진궁(壽進宮)
에 있는 물건이 아니 올리 있나. 몽땅 우리에게 오고야 말걸."

이렇게 무서운 말을 번번히 하곤 하는 것이었다.

무신년(戊申年)에 대왕께서 빈천(賓天)하신 뒤에 여염(閭閻)에서
요사스러운 말을 퍼뜨리는 사람이 하도 많으니, 외척(外戚)과 혼가
(婚家)가 되면 요사스런 말이 번져 들어갈까 염려하셔서,

"공주와 대군의 혼사는 상덕(上德)이 많은 사람으로 하되 중전가
문(中殿家門)에서 정하도록 하시오."

하셨더니,

"세도를 믿는 백 명의 간인(奸人)인들 신(臣)이 믿고 칭찬하겠으
며, 또 선왕(先王)의 유교(遺敎)를 어찌 잊을 수 있겠습니까? 혼사
는 그렇게 하겠습니다."

했더니, 임자년(壬子年) 김직재(金直哉)의 난(亂)이 일어났을 때 점치는 일과 빙자하는 일로 점점 더 화(禍)를 만들어 낼 마음을 먹고 그런 놈들한테 무복을 받을 때 아이라도 말하라고 가르치니 그 옥사(獄事)가 있은 뒤에 조종의 어르신네며, 그 중 심 희수(沈喜壽) 부원기가 말하되,

"아이라도 내라."

고 했을 때는 정말 등에 식은 땀이 흐르는 걸 어쩔 수가 없었는데, 다행히 그 난에서 벗어나셔서 복이 있으신가 보다 했던 것이었다

이때의 난이 있은 뒤부터 시기하는 게 더욱 심해 문 밖에서라도 이름이 있다는 점장이는 모두 불러다 유가의 집에다 앉혀 놓고 자기네 뜻을 이룰 수 있는 수와 우리 쪽의 액운을 실컷 확론(確論)하여 물어 보고 또 유희량(柳希亮)이 신경달한테 물으니 그 장님이 말하기를,

"대군의 분위기가 할 만합니다."

하니,

"남이 죽이려고 해도 안 죽으려나?"

또 물어 보니,

"무슨 짓을 해서도 죽여야죠."

이렇게 말했다는 것이었다.

임자년(壬子年) 겨울에 유자신(柳自新)의 아내 정씨(鄭氏)가 대궐 안에 들어와 딸과 사위 셋이서 머리를 맞대고 사흘 동안을 자정이 되도록 의논을 하여 계축년(癸丑年) 정월 초사흗날부터 저주(詛呪)를 시작하되 털이 하얀 강아지의 배를 갈라 들여오며, 사람을 그려서 쏘는 시늉을 하여 바깥 사람들이 다니지 않는 곳과 대전이 주무시

는 곳에 놓고, 또 담 너머와 대전의 책상 밑이며 베개 밑에까지 놓으며, 이렇게 하기를 사월까지 하면서 말을 내기를 임해군(臨海君)때 유영경(柳永慶)의 부인이 하던 일까지 한다고 하며 온갖 말을 지어내서,

"국무녀(國巫女) 수련개(水連介)가 말하더라."

라고 하였다.

우리가 의심을 하지 않도록 하기 위해서 그런 것이었다.

우리 쪽에서는 이편 사람들이 다니는 곳이 아니므로 설마 우릴 보고 의심한 일이야 아니겠지 하고 염려도 하지 않았으며, 또 비록 염려를 했다 한들 어떻게 할 수도 없는 일이었지만 사실은 말이 우리한테 누설되면 자기네의 일이 그릇될까 한데서 한 짓이었던 것이다.

사월에는 유가, 이이첨(李爾瞻) 박승종(朴承宗)등 심복과 꾀하며 방정하는 일로 상소문에 은(銀) 도적 박응서(朴應犀)가 포도청(捕盜廳)에서 낱낱이 자기의 죄를 자백하니 사형 판결문서(判決文書)에 결재를 내려야 할 것이언만, 류(柳), 박(朴), 이(李), 삼적(三賊)이 포도대장을 지주(指嗾 ; 달래고 꾀어서 부림)하여 죽이고 죄수(罪囚)는 도로 가두고 이렇게 이렇게 대답을 하라고 맞춰놓으니, 그 도적이 제가 살겠다는 억측으로 온통 시킨 대로 상소(上疏)하였는데, 사월 스무 엿새날 상소가 들어갔으니 즉시로 고변(告變)이라고 소문을 미리 퍼뜨리고, 적도(賊徒) 응서(應犀)에게 임금 앞에서 가르쳐 주며 묻는 말이,

"네가 김부원군(金府院君)집에 갔었지? 그렇다고 하면 살 것이다."

대답하되,

"목숨은 소중하오나 부원군은 모르겠습니다."

대군의 이름도 말하라고 하니,

"한 부원군이 무엇이 귀하여 묻지 않았다고 하겠습니까? 그 집의 대문도 모릅니다. 아무리 살려 주겠다고 하시지만, 모르는 사람을 어떻게 거들겠습니까? 대군도 우리 부원군을 올리란 말이지 부원군도 아는 바 없습니다. 남에 대하여 애매한 말을 어찌 하겠습니까?"

하니, 저의 부모를 다 잡아다가 극형에 처하니 어떤 때는 어미를 앉혀 놓고 그 앞에서 아들을 치는가 하면, 아들을 앉혀 놓고 어미와 동생을 치는 등 온갖 극형을 다 하며 서로 보이며 치니, 그들이 잔인한 소리로 서로 보며 어미는,

"아들아, 무복(誣服)하여서라도 나를 살려다우."

하면,

"아무리 어버이가 소중해서 살리고 싶지만 거짓말을 하면 나도 서럽거든 남에게 미루고 어떻게 뒤끝이 좋을 수가 있겠습니까?"

하며, 자식이 어버이를 보채면,

"자식이 소중한들 근거 없는 말을 내 어찌 지어내겠습니까?"

하여, 이대로 생소하게 굴다가 양갑(羊甲)이는 어미가 극형을 당하여 죽은 뒤에 문사랑청(問事郞廳)의 층계를 자주 오르내리며 말하니 그 뒤부터는 남의 말을 하듯,

"부원군도 압니다."

말하니,

"네가 그 집에 가 보았더니 어떻게 하더냐?"

대답하기를,

"갔더니 술을 내보내 대접하더군요. 반역을 꾀하는 게 분명하더이
  다."
  저는 정형(正刑)을 받았지만 제 아비 만큼은 죽여서 안되겠다고
아들이 살리니 그 억약을 하느라고 급해지니 무복을 했던 것이었다.
  이 뒤부터는 아이 어른 할 것 없이 더욱 극형에 처하여 무복을
받으려고만 힘을 써서 큰 옥사를 일으켰으나 나인들 죽일 일을 어렵
게 여겨 방자를 하고저 하되 구실이 없어 못 하더니 하루는 박동량
(朴東亮)이 공을 세워 보려고 거짓말로 유릉(裕陵 ; 의인왕후의 능)
방정 사건을 거들어,
  "대군 위로 순창(順昌)이 선왕(先王) 편찮으셨을 때 하셨다는
  말을 듣고 늘 서러워하더니, 고할 곳이 없어 언제 원수를 갚겠나
  하더랍니다."
하니 이른바 유릉(裕陵) 방정 사건은 정미년(丁未年)에 선왕이 편찮
으셨을 때 어느 궁인인지 알지 못하는 이가 유능 기슭에서 굿을 하다
가 들었더니, 무신년(戊申年) 여름에 법사(法司 ; 형조와 한성부)에서
국무녀(國巫女) 수난개(秀蘭介 ; 水連介)를 친국(親國)하였다가 애매
하다 하며 도로 놓아 주었다고 하더라는 것이다.
  나라에서 수난개 외에 잡무녀(雜巫女)를 쓰지 않는 것으로 모든
사람이 그렇게 알고 있는 터였는데, 유가가 박동량에게 이렇게 하면
살려주마 하며 달래며 온통 유가의 뜻대로 일을 모두 거짓으로 꾸미
니 우리 전에선 순창(順昌)이 시켜 하셨다고 하여 꼭 본양으로 말하
며 모식모해를 하니, 이런 말을 곧이 들으려 하다가 그제서야 단서를
잡았다 하여 유능(裕陵) 방정도 하였으니,우리죽 방정도 이렇게 이렇
게 하였다 하고, 오월 십팔일에 침실상궁(寢室尙宮) 김씨와 대군의

보모상궁, 침실시녀(寢室侍女) 여옥이와 대군의 보모상궁 환이를 소명(召命)한다고 써 가지고 와서,

　"박동량의 초사(招辭;죄인의 범죄 사실을 진술하는 말)니 빨리 내어 줍소서."

하니, 그 나인들이 하늘을 부르고 땅을 치니 궁중이 떠나갈 듯이 진동하고 곡성(哭聲)이 하늘을 찌르고,

　"박동량 도둑놈아! 우리들의 이름을 알기나 알더냐? 나라 하고 무슨 원수가 졌다고!"

　진동하여,

　"저기 가서 모진 형벌을 어떻게 당할 것이냐. 차라리 목을 매어 죽으리라!"

하고, 김상궁과 유씨는 목을 매었었는데, 모두 달려들어 끌어내 죽지를 못했던 것이다.

　"여기서 죽으면 일을 저질러 겁이 나서 죽었다고 할 것이니 나가 보아라."

　이럭저럭 시간이 흐르니 그 서러움이 어떠했으리요. 천지가 찢어질 듯하며,

　"마마 죽으러 가나이다. 우리가 무슨 일을 당하더라도 지하에 가서 뵙겠습니다."

하고, 말을 할 때 그 마음 속이 어떠했겠으리요.

　박동량은 임진 때 호종(扈從)이요, 나라와는 사돈간이 되어 선조대왕(宣祖大王)의 국상 때 수릉역장(守陵官)이 되어 선왕께 입은 은혜가 하늘같이 높고, 우리 전에서도 유릉산(裕陵山)의 일로 해서 제신(諸臣) 가운데서도 각별히 관대하게 하셨더니, 보통 때는 상덕이

크고 많아 부원군께서는 각별히 절하더니 흉악한 꾀를 내어, 그런 원한이 사무치고 아프고 쓰린 환난을 일으킨 일을 허다히 열어 주니 일부러 붙는 불에 섶을 안고 뛰어드는 짝이니 어찌 피와 살을 가진 인간으로서 할 짓일까 보냐. 그런즉 나인들은,

"박동량아, 우리들의 이름을 알기나 하더냐?"

하고 소리쳐 꾸짖으며, 이 한이야 죽는다고 잊으랴마는 그보다 선왕께 받은 은혜를 저버리는 걸로 말하자면 무지 몽매한 사람인들이보다 더 심할 수 있으리요. 그 중에서도 김상궁은 열네 살 때 선조왕의 수레를 모시고 따라가 잠시도 곁을 떠나지 않고 환조(還朝)하시니 충성껏 시위한 일로는 대공신(大功臣)을 할 수 있으련만 나인인 까닭으로 반공신도 못 하셨지만 궐내위장을 지내시고 궁인 중에서도 위대한 분이시더니 그 사람이 나가는 서문 안에 앉아서 말하기를,

"어느 나란들 아비의 첩을 나장(羅將)의 손으로 잡아내니, 임금도 사납거니와 신하도 하나 같이 사람다운게 없도다. 이덕형(李德馨), 이항복(李恒福) 두 어른께서는 정승자리에 올라 여기 앉아 계셨고 임진왜란 때 호종하던 신하 쳐놓고 내 이름을 모르는 이는 없을 것이외다. 평양(平壤)으로, 함경도로 깊이 들어갈 때 나인을 내보내지 않으니 큰 길에서 오래 머무르시게 되면 선전관(宣傳官)을 보내어 우리를 찾아 오실 때 비록 창황중이나 몸이 커 가르쳐 드릴 사람이 없더니, 그 선왕마마의 아들이 임금 자리에서 계셔서 오늘날 이런 욕을 볼 줄 알았더라면 무신년(戊申年)에 재궁(梓宮 ; 임금의 관) 밑에서 죽기나 했을 것을. 당나라 장수가 평양 보통문(普通門)을 깨뜨려 왜적을 물리친 기별을 전해 주시니 우리 다 기뻐 날뛰며, 이제야 모두 살아서 환조(還朝)하신 날이 있을 거라며,

즐거워하던 일이 어제처럼 아직도 생생하더니 그때 난에선 벗어났으나 종묘(宗廟)와 사직(社稷)을 위하여 서둘러 군사를 파견하고 입궐하시니, 인심이 진정되어 있지 못하여 웃고름을 풀고 제대로 잠을 주무시지 못하시던 차에, 하루는 하인이 닭을 잡으러 집 위에 올라간 것을, 내간(內間)을 엿보는 도적놈인 줄 여기고 오시니, 후궁은 놀라서 나왔고 상감께서는 내관에게 가시며 작은 환도(環刀)를 주시며, '급한 일이 있을 때엔 자결하도록 하라.'하시니, 제각기 작은 환도를 손에 쥐고 가슴을 두근거리며 기다리던 일도 있었지만 그 시절이 다 지나고 우리 선왕마마의 아들이 임금 자리에 서서 오늘날 이렇게 욕을 볼 줄을 어찌 알았겠으리요. 의녀(醫女)를 시켜 잡아 내는 것도 아니고 나장의 손으로 잡아내게 하니 이 욕이 내 몸에 당키나 할소냐. 대왕께서 가까이 하시는 여자나 나라의 녹을 자시는 신하들은 다들 명심하소서. 이제 이렇게 하는게 옳단 말입니까? 이 도리로 임금을 속이면 서로가 다 망하는 길밖에 없습니다요."

이처럼 긴 해가 저물도록 잠언(箴言)을 하여 진술을 시키려다 못하고 이런 말을 듣고 의녀(醫女)를 정하였던 것이다.

옥중에서 이처럼 바른 말을 할 수 있을까? 속히 끌어내어 약사발을 내리고, 그밖에 대왕을 가까이서 모시던 사람들에게도 다 약사발을 내리고, 또 남은 이는 상궁에 이르기까지 모조리 중형을 베풀어 박동량의 초사(招辭)라고 하며 유월 십삼일에 열세 사람을 임금의 명령으로 불러 들이는 소명장(召命狀)을 써서 냈던 것이다.

시녀 계난이 사수(賜水 ; 나인의 세숫물 시중을 하는 계집종) 학천(鶴千), 수모(手母) 언금(彦今)이, 덕복(德福)이, 춘개(春介), 표금이, 보모상궁 앙복이, 종 도서비(道西非), 고운이(古隱伊), 김상궁의 종 보로미(甫老未), 보삭이, 대군의 보모상궁 예환(禮還)이, 수모 향개(香价) 등을 도사(都事)와 나상과 당번 내관(當番內官) 이덕상이 와서,

"어서 내어 놓아라."

하고, 독촉하니 우는 소리가 천지를 진동하여 새롭게 망극하여 궁중이 진동하니, 통곡을 하며 말하는 것이었다.

"박동량을 알기나 안단 말입니까? 어찌 우리를 이다지도 서럽게 한단 말인고. 죽어서 원혼(冤魂)이 되어도 박동량을 잊지는 못하겠습니다. 마마께선 애매하신 일을 남한테 잡히고 계시니, 저희들이 섧게 죽더라도 무슨 한이 있으리요마는 마마께서는 부디 사셔서 우리들이 이렇게 죽은 원수는 부디 잊지 마옵소서. 이제 죽으러 가나이다."

그 중에 향개는 병이 들어서 나가고 없는 것을 두고도 속이고 내주지 않는다면서 의녀 대여섯이 와서 공주와 대군이 들어 계신 침실까지 샅샅이 뒤져도 없으니까 또 들어와,

"어서 내놓으라."

독촉하여 보채니, 사람이 급히 기별하기를,

"전날에 병이 들어 나가고 없느니라."

하여도 자꾸 와서,

"어서 내 놓아라. 내놓지 않으면 감찰 상궁을 하옥하겠느니라."

하는 것이었다.

의녀가 열 일곱씩이나 흩어져 궁중에 있는 고로 공주와 대군은

몹시 무서워하시고, 대비께서는 소복을 하시고 엎드려 계시다가,

"없는 내인을 내노라 하니, 이렇게 핍박히 보채는 데가 어디 있느
냐? 와 있는 내관한테 내가 친히 이르겠다."

하시며 말씀하시니 내관이,

"나가고 없다 합니다."

하고 사뢰니,

"거짓말이니 어서 가서 데려오너라."

말씀하시니,

"마음 대로 못 하십니다."

고 하였다고 한다.

의녀가 말하되,

"침실이라도 뒤지라는 명령이시니 모조리 뒤져서 찾으리이다."

이렇게 하니 내인이 주먹으로 쳐 물리치고,

"네 아무리 명을 받았다지만 어느 누가 계신 곳이라고 감히 이렇게
방자하게 구는고?"

꾸짖으니,

"우리도 살려고 그러는 걸세."

하고, 모두들 들어가니 두 아기는 대비마마를 의지하여 한쪽에 하나
씩 포대기 밑에 엎드려서 숨도 제대로 못 쉬며 무서워 우시니, 뵙기에
딱하고 그 참담한 모습에 가슴이 미어지는 것 같아 차마 바로 보지
못했던 것이었다.

이튿날 감찰 상궁 둘을 다 잡아 내 갔고 유월 이십 팔일에는 대군
의 유모가 넷이라고 소명장(招命狀)을 써 가지고 와서 말하는 것이었
다.

“이 수효 대로 다 내놓아라.”

“아기께서 자라심에 유모는 다 나가고 없다.”

하니,

“공연한 말이니, 어서 내 놓아라.”

하고 보채더니 궐 밖으로 가서 잡아갔고 칠월에는 수사 명환이, 수모 신옥이, 표금이 등 열아믄이나 되는 하인들을 잡아내간 것이었다.

삼십 여 명이나 되는 궁인들이 한 마디도 무복(誣服)을 하지 않고 죽으니, 방정을 한 노릇이 헛일이 될까 걱정을 하여 내인의 종으로 나이가 열 다섯쯤 된 아이를 데리고 나가서 맛있는 음식을 먹이고는,

“살려 줄 터이니 이렇게 이렇게 말을 하여라.”

하고 달래니, 남들의 죽는 양을 보고 무슨 재주로 살길을 바라며 또 무슨 충성된 마음이 있다고 죽을 곳을 가려고 하리요. 시킨 대로 대답을 하니 그제서야 방정을 한 일을 자백하였다고 말하고 평소부터 유자신(柳自新)의 집에서 사귀어 오는 맹녀(盲女) 고성(高成)이를 후하게 대접하며 데려다 온갖 말을 이르고 제 종도 없이 달려가서 온갖 말을 하며,

“이것이 대군을 부축하는 곁 내인이고, 나는 대군의 보모상궁이요. 대전과 동궁의 팔자는 어떻고 운수는 어떠며 갑진생(甲辰生)이 병오생(丙午生)을 위하여 을해생(乙亥生)과 무술생(戊戌生)을 해하려고 하니 이룰 것이냐, 이루지 못할 것이냐?”

방정을 하더니,

“득(得)할 것이냐, 득하지 못할 것이냐?”

오만 가지 방법으로 방정하는 짐승을 말해 들려 주면서,

"이렇게, 이렇게 하노라."
하고, 아무(某) 날(日)로 정하더니,
"길흉(吉凶)이 어떠한가?"
하며,
"이것이 대군을 곁에 모시는 나인이요, 나는 대군의 유모로다."
하여 이것을 잊지 않도록 몇 번씩이나 잘 귀에 들려 두었다가 잡아
들여 섬겨 가며 물어 보니, 마치 전에게 들은 일이 있던 바라 대답하
되 고성(高成)이 자백하였다고 하며 고성이더러,
"오윤남(吳允男)이 너한테 가서 점을 친 일이 있느냐?"
"오윤남이란 이름은 듣던 일도 없고 임별좌라는 사람이 점을 쳤나
이다."
말하고,
"대군의 팔자가 어떠냐고 물으며 점을 쳤나이다."
"네가 잘못 알았다. 임 별좌가 아니뇨? 윤남이를 별좌라고 하니
오 별좌가 틀림없다."
"천부당 만부당이요. 오가가 아니라 임 별좌라 하옵니다."
다시금 우기니,
"임별좌라고는 없느니라. 네가 몰라서 그렇지 오별좌에 틀림 없느
니라."
하고 우기며, 오윤남이 무복을 하지 않고 죽으니, 열 두 살 된 아들을
위력으로 교사(敎唆)하여도 모른다고 잘라 말하는 것을,
"문복(問卜)하였다고 말만 하면 살려 주마."
하고, 한편 살살 달래며 물어 보았더니,
"정말은 문복을 하였습니다."

하고 말을 하니, 오윤남의 아들이 자백(自白)을 하였다는 말을 퍼뜨리니 사실 대로 자백을 하였다면 죽일 일이겠지만 시킨 대로 말을 하면 살려주겠다고 언약(言約)을 했던 것이다.

대개 살인 도적이 생기면 두 마음을 품고 쌀을 자루에 넣어서 메고 문벌이 높은 사람들의 집을 찾아 다니며,

"대비전에서 대전과 동궁을 죽이려고 방정하는 지가 석 달째 되니 하도 민망하여 어디 영검한 무당이 있나 알고저 하는 것이니 혹시 여기 무당이 있는가?"

하고, 두루 다니는 것이었다.

그렇게 하는 때는 일이 저렇게 되어 하도 민망하여 물어 보려고 하는 것이라고 이렇게들 아셔야 이 옥사를 옳다고 여길 것이기 때문이었다.

털이 흰 강아지의 배를 타서 둥글납작한 작은 고리짝에 담아 들여 갔던 것이다. 살인도적의 일로 부원군의 죄를 입어 잡히셨다는 이야기를 들으시고,

"대군으로 말미암아 이런 화가 부모 동생에기 미치니 어찌 차마 가만히 듣고만 있겠습니까? 내 머리털을 베어서 표를 보이니 대군을 데려다가 아무렇게나 처치하고 아버님과 동생일랑 놓아 주시옵소서."

하시며,

"자식으로 말미암아 어버이에게 해를 미치는 일은 차마 살아서 못보겠소이다."

"어찌 이런 말씀을 하옵시는지요. 임해군을 정성껏 대접하여 두었던 것을 제 병이 나서 죽었거늘 살형(殺兄)이란 말과 선왕 약밥에

치독(置毒)하여 승하하게 하였고 선조(宣祖)의 궁인을 알지도 못하는 처지임에도 불구하고 살부살형(殺父殺兄)하였고 윗 항렬의 여인가 간통하였다는 말을 그 곳에서 소문을 내었으니 이 원수는 불공대천(不共戴天)이로소이다. 글월 보내지 마십시오. 어린 대군이야 뭘 알겠습니까?”

하고, 유 자신 아내에게 비오시니 회답하기를,

“서양갑의 아비며 박응서의 아비가 다 서인(西人)이니 연홍부원군(延興府院君)도 한편 사람이니 어찌 모른다고 하옵시나이까? 애매한게 아니오니 다시 말 붙이지 마옵소서.”

두 곳에서 다 이러하니 시부 임증(淫症)을 우리들은 듣지 못하였다가 이 말을 듣고 깨닫게 되니 그 날 약물인지 물인지 드시고 구역하오시고 위급해지셨던 터이니 선왕의 근시인(近侍人)이 모두 제 심복이니 독을 넣었다 함이 하나도 이상할 게 없고, 한편 적신(賊臣) 정인홍(鄭仁弘)의 상소로 말미암아 병환이 위급해지신 것이온즉, 구태여 칼로 자르거나 매로 쳐서만 죽였다 할 것이 아니라 가히 그만하면 시부(弑父)라고 할 수 있을 것이요. 음증(淫症)도 선묘(先廟)를 가까이 모시던 숙진이가 가히 집안 사람인즉 매양 은근히 대하더라 하니 그런 행동을 하고 보면 음증한다 해도 하나도 이상할 게 없을 것이요, 살형(殺兄)이란 말을 듣게 된 것도 형님되시는 임해군을 하늘도 우러러 보지 못하게 가시성(城) 속에 가둬 두고 된장덩이와 보리밥을 드리다가, 당장(唐將)이 온다는 말이 나니까 자기의 심복되는 의원을 보내어 주찬(酒饌)을 갖다 드릴 때, 독주를 마시게 하고 온돌에 불을 처때어 뜨겁게 달구어 그 안에 들어가게 하고 쇠를 잠그고 나오니 가슴을 다쳐 피가 흐른 자취가 분명했다고 하며 그

무렵에는 차비하인(差備下人)들에게까지도 들어가 구경하는 것을 금(禁)하지 아니하였으니 이런 사실을 모를 이가 뉘 있으리요. 그렇건만 대비전에서 이 모든 소문을 냈다고 하신 것이었다.

비록 소문을 냈다고 가장을 할지라도 옳지 못한 일을 저질러 놓고서 소문을 낸 사람과 불공대천지 원수 될 것인가 말이다.

이런 말을 내고 오월 초닷새 편전(便殿)의 앞문인 차비문(差備門)에 만공(萬兵)을 포설(布設)하고 위립(圍立)하여 밤낮을 가리지 않고 목탁 두드리는 소리가 천지를 진동하니 그렇지 않아도 땅위에 오른 물고기인 양 맥을 가누지 못하시고, 주야로 근심을 하고 계신 터에 목탁 소리가 진동하여 들이치니 마음이 혼미하고 몸이 노곤하여 졸도하실 뻔 놀란 일도 그 몇 번이었는지 모른다.

이와같이 모든 누구나 다 아는 일을 공연히 생트집을 잡아 일을 만드느라고 어린 놈 응벽이를 극형에 처해 섬겨 물으니,

"그런 방정을 제가 하여 목릉(穆陵 ; 宣祖의 陵)의 흙을 파고 부적을 묻었소이다. 궁중의 도제조(都提調)와 함께 다니되 밤이면 수문장더러는 이르고 다니더이다."

하고 아뢰니, 그런 중한 죄수의 말을 그대로 믿어 의심치 않고 목릉에 가서 제사도 아니 지내고 상돌(床石)밑을 석 자나 파보았으나 아무것도 나타나지 않으매 두어 곳만 파 보고 또 유릉에 올라가 파보았던 것이었다.

지극히 무지스러운 하인배라고 하더라도 어버이의 무덤의 흙을 파헤칠 양이면 고묘(古廟)하고 상심하는 게 보통이건만, 지천지령(至天之靈)을 놀라게 하옵고, 그 중형한 핏덩이를 끌어담아 나장(羅將)이며 군사들을 시켜 궁중 안으로 끌어들여 침전의 행랑채에다

가 놓게 하니 나인은 늙은이, 젊은이 할 것 없이 하도 두려워한 나머지 마루 아래 숨으며 저희들을 잡으러 왔는가 여기 저기 숨느라고 헤매는 모양을 어찌 기록할 수 있을까보냐.

내전에서는 계속해서 날마다 글월을 보내 보채어 재촉을 하기를,

"너희들 나인들이 다 알 것이로되 내어 죽였으니 변상궁, 문상궁이 분명히 알 만한 일인즉, 변과 문이 다 갑자생(甲子生)이니 두 갑자생 상궁 중 하나를 속히 내어 보내 달라."

하고 보채시나, 한 일을 번듯하게 했다고 해도 그 끝을 감당하기가 어려운 처지이고 보니 갑자생 하나를 달라고 한들 누구를 믿고 의지하여 내어 줄 것일까보냐.

우리 전(殿)께서 대답하오시기를,

"사람으로 살아가면서 어진 일을 하여도 복(福)을 못 얻을까 두려워하는 법인데 하물며 사특(邪慝)한 일을 하여 어찌 복이 올까 믿을 수 있겠습니까? 이 또한 하늘이 헤아려 하시는 일이매 설움이 태산 같으나 죽지 못하는 것을 고이하게 여기는 바이로소이다. 밤낮으로 눈 앞을 떠나지 아니하던 종을 잡아 내어가고 행여 남았을지도 모를 종을 마저 내라 하시니 갑자생 중의 하나를 내어 놓으면 문초한 뒤에 죽을 것이라 하니 나는 아무런 잘못도 없는 터에 무슨 죄를 지었다고 목숨을 얻을까 하여 내어 놓으리까. 여편네들이 앉아서 대전 낯에 똥칠을 하는 짓 제발 고만 하소서."

하시니, 그 뒤로 다시는 갑자생의 나인을 내어 놓으란 말을 하지 않았던 것이다.

"박자홍(朴自興)이 이이첨(李爾瞻)의 사위가 된 지 얼마 안되어서 진상하였기에 우리 전에서 답례로 베개를 주신 일이 있었는데,

이때에 한다는 말이 베개 속에다 방정을 하여서 그 베개를 벨 때마다 속에서 병아리 소리가 들리기에 풀어 보니 잡뼈와 빼도리 그리고 관조각 따위가 들어 있었다고 하니 어찌 이런 일을 할 수가 있겠는가 하며, 필경 갑자생(甲子生) 아니면 침실 보살피는 갑자생의 나인 중에서 한 짓이라고 하니, 생각지도 못한 이런 꾀를 내어 남은 나인들을 마저 죽이려 하니 세상에 이런 사흉(邪兇)한 사람이 또 어디 있을까보냐.”

어린 대군이 궐내에 계신 일을 민망히 여겨 만대에 걸쳐 기롱을 들을 게 두려워 가장 어진 체하며 말하기를,

“조정에서 대군을 속히 내어 놓으라고 날마다 보챘지만 어린아이가 무엇을 알겠느냐 하여 들은 체를 않고 있었는데 서양갑, 박응서 따위의 도둑들을 사귀어 역모(逆謀)를 하는가 하면 한편으론 방정을 하는 등 대란이 났으니 이제 와서 뉘 탓으로 돌리려 하는고?”
하는 것이었다.

이런 말을 한 지 얼마 되지 않아서 내관에게 진언하여 말하기를,
“대군을 하도 내어 놓으라고 보채니 듣지 않으려 견집(堅執)하였지만 이제 와선 조정이 노하고 있으니, 그 노여움을 좀 풀어주도록 잔치에 참석하게 하려 하니, 잠깐 문 밖에만 내어 보내서 노여움을 풀게 하여 주소서.”

말이 하도 흉칙스러워 윗전께서는 차마 바로 듣질 못하시고 모시는 이들도 마음이 또 다시 산란하여 가슴이 미어지는 듯함을 금치 못했던 것이다.

그 말에 대답을 하지 않을 수 없으셔서 말씀하시기를,
“이 세상에서 저지르지도 않은 큰 변을 만나 아버님과 맏동생을

죽이셨으니, 내 자식의 일로 인해 어버이께 큰 불효가 되어 세상에 용납되지 못 할 줄 알았지만, 대군이 나이 들어 제법 철이라도 났다면 자식을 내어 주고 어버이를 살려달라는 것이 옳을 것이로되 이제 내 슬하에 떠나지 못하여 동서도 분간치 못하는 일 여덟 살 된 철부지 어린애니 당초에 대군을 데려다 종으로 삼아 제 명이나 다 하게 하시고 아버님과 동생을 살려 주십사 하며 내 머리털을 친히 베어 친필로 글월을 써서 보냈건만 받지 않고 이제 와서 이런 말을 하시나이까? 어린 아이가 알기나 할 노릇이고 어른의 죄가 아이한테 당키나 하리까?"

하시니 대답이,

"선왕께서 불쌍히 여기라고 하신 유교(遺教)도 계신 터이니 대군에 대해선 아무 염려 마옵소서. 머리털은 두지 못할 것이니 도로 드리는 겁니다."

라고 하였었다.

"아버님께서 돌아가시게 된 일을 생각하면 간장이 미어지는 것 같으나 나라의 법이 중하여 내 마음대로 살려드리질 못했으나 이 아이는 선왕의 유자(遺子)니 그래도 좀 생각을 하여 주실까 했었는데, 새삼스레 그런 말을 하시니 말의 앞 뒤가 맞지 않음을 생각할 때 서러워질 따름입니다. 어린 아이를 어디다 감추어 두겠습니까? 내가 품에 안고 함께 죽을지언정 내어 보낸다는 건 차마 못할 노릇입니다."

이렇게 말씀하시니, 또 글월을 써서 보내되,

'아무려면 아이 보고 아는 노릇이냐고 족치겠으며 문 밖으로 피접(避接)을 나는 일도 옛부터 있는 일이니, 그 정도로 여기고 좀 내어 보내 주시오. 조종에서 하도 보채어 그들의 마음을 풀어 주려 하는 노릇이지 대군에게 해로운 일이 있을까 하는 건 조금도 근심하지 마옵소서.'

라고 하였으니, 대답하시기를,

"내 낯을 보아서가 아니라 대전도 선왕의 아드님이시고 대군 또한 아들이니 정(情)을 생각해서 차마 해할 리야 있겠으리까마는 대군이 밖을 나간 일도 없으니 어디다 숨겨 두겠습니까? 대전께서 압력을 가하실 탓이니 선왕을 생각하셔서 인정을 베풀어 보소서."

이렇게 하시니 또 대답하되,

"문 밖에 내어주십사 해놓고 설마하니 먼 곳으로 떠나 보낼리야 있겠습니까? 이 서소문(西小門) 밖 궐내 가까운 곳에 벌써 거처할 집을 정해 놓았으니, 궐내에 두어 두면 조정에서 번번히 보채기를 없애버리라고 날이면 날마다 서너 달 동안이나 보채지 않은 날이 없으니, 내 비록 듣지 않으려곤 하나 조정에서 하도 시끄럽게 구니 오히려 문 밖에서 내어보내 그들의 마음을 시원케 해 주는게 대군에게도 좋은 일이니 어련히 잘 보살피지 않으리까? 진실로 거짓말을 하는 게 아닙니다. 이 말을 철석같이 믿으시고 부디 내보내 주십시오. 다 좋을 대로 하리이다."

하거늘, 대답하시되,

"여러 번 이렇게 말씀하시니 서러운 중에도 더욱 망극하고 선왕을 생각하고 옛날에 국모(國母)라 하시던 일을 생각하신다니 감격하거니와 대전께서도 다시 한번 고쳐 생각해 보소서. 사람이 자식을 많이 두어도 하나같이 다 귀하게 여겨지는 법인데, 나는 두 어린애를 두고 선왕께서 돌아가셨으니 그때 바로 죽었을 것이로되 지금껏 살아 남았음은 어미의 정으로 차마 어린 아이들을 버리고 죽을 수 없어 지금까지 명을 유지하다가 오늘날 이런 일을 당함은 대왕을 위하여 죽지 않고 살아 남은 죄값의 하나이오이다. 죽을망정 차마 어린 것을 혼자 내어 보내고 나만 살 수 있으리까? 나를 쫓아 가게 해 준다면 함께 나가겠습니다."

하시니, 또 말하되,

"이 말씀은 옳지 못하십니다. 대군이 궐내에 있으면 오히려 조정에서 노하여 죽여 버리라고 할 것이니 나는 전(殿)을 보나 대군을 보나 서로 좋도록 하려 하였는데 마침내 이토록 들어주지 않으시면 나도 내 마음 대로 할 수 없으니 조정에서 하는 대로 할 뿐이로소이다. 이제라도 내어 보내 주시면 살게 하겠거니와 이렇게 거역하고 내어 보내 주지 않으시면 살지 못하오리다."

하도 심하게 구는 바람에 모시고 있는 사람들이 모두들,

"처음부터 흉칙한 마음을 품고 그때마다 여러 번 말을 일러대니 도저히 이기실 수가 없으시니 좋도록 대답하십시오."

이렇게 여쭈니,

"내 차마 어린 아이를 내어 보낼 수 있으리. 애초 이런 일이 있을 것 같아 내 먼저 죽으려 하였거늘 늙은 나인들이 나도 서러워하며 내가 죽으면 나인을 하나도 살려 두지 않을 것이니 오래 산 나인도 불쌍히 여기라 애원하기에 설움을 참고 살았다가 아버님과 동생을 죽였다는 말을 듣고도 지금까지 살아 있는데 이제 대군을 내어주면 누구를 믿고 살아 갈 것이리 / 빌어 보아도 들어 줄 길이 없고 내어 보내자 하니 차마 못할 노릇. 하늘과 땅 사이에 이 설움이 어떠하랴. 나로선 결단을 낼 말을 차마 하지 못하겠노라."

하시니 사이에 낀 나인에게 글을 써서 보내되,

"너의 전을 위하여 온갖 모책을 다 하다가 일이 탄로났거늘 이제 와서 뉘 탓으로 돌리고 대군을 내주지 않느뇨?"

하였기에, 이 글을 본 나인은 풀이 죽어 위께 여쭙기를,

"온갖 흉칙한 마음을 품고 있다가 이제 대란을 지어내어 본가댁, 외가댁이며 나인들을 다 내어 죽였고, 또 대군을 내라하니 망극하기 그지 없는 말이야 어떻게 다 이르오리까마는 하늘도 무슨 허물을 보셨다고 이런 애매한 일을 당하게 되었는데 도와주진 않으나 날이 갈수록 점점 망극한 말이 오고 또 오니 당해 낼 도리가 없으시니 '문 밖에만 내어 보내 주십시오' 할 때 못 이기시는 척 내보내 주십시오. 범을 만나도 정신만 차리면 산다지만 이 범은 피하기 어렵사오니 속히 허락하셔서 사람의 목숨을 잇게 해 주옵소서."

하오니, 위께서 더욱 애통함을 이기시지 못하시는 양은 이루 다 비길 수 있으리요. 그러면서 또 내관 편으로 말을 전하되,

"어서 내놓도록 하라, 지체하면 그만큼 죄가 더 커지리로다."

하니, 이제는 더 버텨도 소용이 없을 줄 아시고 대답하시되,

"이 설움을 어디다 견주어 말할 수 있으리까마는 대군을 곱게 있게 해 주마고 벌써 여러 날 전하신 터요, 내전에서도 속이지 않겠노라고 극진한 투로 말을 적으셨으니 대군을 선왕의 유자(遺子)로 너그럽게 생각하사 하늘이 준 명을 고이 부지하여 살게 해 주마고 거듭거듭 말씀하신 터니 이 말을 표로 알고 내어 보내겠습니다만 아버님과 동생을 죽게 하였으니 그 슬픔인들 무엇으로 다 측량하여 말 할 수 있으리까 ! 이제 둘째 동생과 어린 동생이 살아 남았다 하니 바라옵건대 이 두 동생만이라도 살려 주시면 대군을 내어

보내겠습니다. 섧게 죽은 가운데서 나마 절사(絶嗣)나 되지 않도록
하여 주시기를 비나이다."
하시니, 그제서야 기꺼히 대답하되,
"이 두 동생들일랑 고이 살게 하겠습니다. 대군을 빨리 내어 보내
주십시오. 종이며 그릇들이며 궐내에 있던 대로 갖추어 보내시고
언감생심(焉敢生心)으로라도 다른 길로 빼돌리지 말고 저 살림하
던 것을 덜어 보내는 일이 없도록 하십시오. 피접을 나가는 것이니
오히려 편안하고 좋으실 겁니다. 날마다 안부 전하는 사람도 드나
들게 하겠습니다. 먹을 것도 보내십시오. 마음 대로 보내시고저
하는 일도 다 들어 드리겠습니다."
라고 하였던 것이다.
  이런 일이 있은 다음 날 장정내관(壯丁內官) 여나믄이 모두 안으
로 몰려와 사이 문을 여니 장정내인들, 감찰상궁 애옥이, 꽃향이,
은덕이, 갑이, 편지를 전하는 색장(色掌)나인 셋, 무수리 둘, 그리고
젊은 나인 예닐곱이 넘어오니 우리 전 나인들은 하도 두려워 구석구
석에 몸을 오그리고 있었더니 그년들이 와서 침실에 올라 앉으며
말하기를,
  "무엇이 부족하여, 무엇이 마땅치 않아 이런 일을 저지르는고?
대군 곁에 천이 없던가, 명례궁(明禮宮 ; 지금의 德壽宮)에 천이
없던가? 대비의 칭호라도 바치시고 대군을 살리려 하실망정 어찌
하여 이런 역모를 하실꼬? 어린 아이가 무엇을 알까마는 일을 저질
러 놓고 뉘 탓으로 돌리려 하는고? 어서 대군을 내어 보내소서."
하고, 말이 하도 흉악망측(凶惡罔測)스러워 사람이 차마 들을 수가
없었던 것이었다. 하도 말같지 않아 잠자코 있으니 저들이 꾸짖으며

이르기를,

"다 옳은 말을 하였으니 입이 있다 한들 무슨 할 말이 있다고 대답하겠는가? 여러 말씀 않고 하시는 걸 보면 정말 우리의 말이 옳군 그래. 너희 나인들이 대군을 빨리 나시게 하여야지 만약 그렇지 않고 지체하여 더디게 내어 보내시게 한다면 너희 내인들은 모조리 죽을 것이니 그리 알라."

하였던 것이었다.

위께서 인사불성이 되어 다 돌아가실 뻔하다 겨우 정신을 차리시고 곁에 부축하는 나인 우두머리 너덧 사람을 들어오라 하셔서 이르시되,

"너희들도 사람의 탈을 썼으면 설마 나의 애매함과 서러워하는 걸 모를 리야 있겠느냐? 내가 무신년(戊申年)에 죽지 않고 살아온 것은 대전이 선왕의 아드님이시기에 두 아이를 의탁하여 편안히 살게 해 줄까 함이었는데 여러 해를 두고 하루도 마음 편한 날이 없이 백 가지로 근심만 하며 살아오다 흉적을 만나 이 세상에서 용납할 수 없는 대역이란 죄명을 내게 뒤집어 씌우니 하늘이 알지 못하사 이토록 애매한 처지를 변명조차 안해주니 내가 무슨 말을 한단 말이냐. 이제 밖으로는 아버님과 동생을 죽이셨고, 안으로는 나를 가까이 받들던 나인들을 모두 죽였으니 이 어린 것의 몸에는 죄가 미칠 까닭이 없으련만 또 대군을 내놓으라 하니 차라리 내가 저희 앞에 바로 죽어서 이런 망극하고 서러운 말을 듣고 싶지 않되 대전의 말과 내전의 말이 아직도 내 귀에 쟁쟁이 남아 있고 나인들이 증인이 되었으니 임금이 설마 국모를 속이겠으며, 범인에 비할 바가 아니라고 여러 번 은근한 말로 일러왔으니 그 말들을 철석같

이 믿고 내어 보내겠거니와 두 어린 동생만은 놓아 주셔서 어머님을 모시게 하고 선조께 제사나 받들게 하여 주신다면 대군을 내어 보내려 하노라. 이 말 대로 대전과 내전에 전하도록 하여라."
하시고 애통해 하시니, 사람으로서 눈물 없이 어찌 차마 들을 수 있으리요마는 그년들은 모진 말을 거리낌없이 하되,
　"이토록 말씀하시지 않더라도 대전께서 어련히 알아서 잘 하시겠습니까? 속히 내어 보내도록 하여 주십시오."
이렇게 하는 것이었다.
　차마 내어 보내시지 못하시고 한 없이 통곡하시니 두 아기들도 곁에서 우시는 것이었다. 위에서 통곡하시며,
　"하느님이시여, 제가 무슨 죄를 지었다고 하늘이 이토록 섧게 하시나이까?"
이렇게 말씀하시고 하도 섧게 우시니, 비록 철석 같은 마음을 가진 사람인들 어찌 눈물이 나지 않으리요마는 장정 나인들이 틈틈이 앉아서,
　"너희들이 울음 소리가 들리면 대군을 안 내어 주실 것이니 좋은 낯으로 어서 빨리 들어가 여쭈어야지 행여 서러운 빛이 보이거나 하면 죽여 버리리라."
하고 얼르니, 제각기 눈물을 감추고 들어가 여쭙는 것이었다.
　"이미 범인에게 잡혀 모면하실 길이 없게 되셨으니 병환이 드신 본가댁 부부인 마님께서 지금 살아 계심은 오로지 위를 믿고 의지하심이니 미처 부원군 뼈도 제대로 간수하지 못하신 형편이실 겁니다. 두 오라버님이나 살려 주시거든 제사는 받들게 하시고 서름은 잠시 참으셔서 대군을 내어 보내십시오."

날은 저물어 가고 어서 내리라는 재촉은 성화같고 또 안에서는 나인마저 나와 재촉하니 하늘을 깨칠 힘이 있다 한들 어찌 그때 이길 수 있으리요. 점점 더 늦어가니 우리 시위인들을 각각 꾸짖으며,

"너희들이 이러니까 할 수 없으니 우리가 들어가서 대군을 뺏아 데리고 오겠다. 너희들 한 사람이라도 살 수 있나 두고 보자."

하고 들이닥치려 하는데 나이 많은 변상궁이 들어가 여쭙기를,

"안팎 장정들을 보냈으며 밖에는 금부(禁府) 하인들이 쇠사슬을 들고 위립(圍立)하였고 나인들을 데려가려고 의녀대(醫女隊)도 대령하였으나 우리 죽는건 서럽지 않건만 위께서 믿으실 이 없이 이 늙은 것을 믿고 계시고, 소인도 위를 믿고 의지하여 연약하신 옥체에 혹시 무슨 불행이 닥치더라도 소인이 살아 있다가 막아라도 드릴 수 있을까 하여 죽지 않고 살았었는데 대군 아기를 저토록 내어 주지 않으시니 이제야 죽을 곳을 알게 되었습니다."

위께서 말씀하시되,

"너희들은 나인인 까닭으로 자식에 대한 어미의 정을 모르는 도다. 인정상 차마 내어 주지를 못하겠다."

하시는 것이었다.

한편으로 대군을 모시고 있는 나인들이 대군 아기씨를 달래며,

"사람만 피접 나갔다가 올 것이니 버선 신고 웃옷 입고 나를 따라 나가십시다."

말하니 이르시되,

"죄인이라 해 놓고 죄인들이 드나드는 문으로 내어 가게 하니, 죄인이 어찌 버선 신고 웃옷 입어, 다 쓸데없다."

하시기에,

“누가 그렇게 말씀드렸습니까?”

대답하시되,

“남이 일러 줘서 아나 내 다 알았네. 소서문은 죄인이 드나드는 문이니 나도 죄인이라고 하여 그 문 밖에다 가두려 하는 거 다.”

하시고,

“나하고 누님하고 간다면 가려니와 나 혼자는 못 가겠노라.”

하시니, 위께서는 더욱 아득하셔 우시는 것이었다. 어서 내놓으라고 재촉하며,

“내어 주지 않거든 나인들을 다 잡아내라.”

겹겹이 사람을 풀어 놓은 것이었다. 대군을 뫼신 김상궁을 겟나인 이 잡아내어,

“더욱 울고 아니 뫼셔 내니 옥에 가두라.”

하신다 하니,

“아무리 달래서 나가십시오,하여도 저렇게 우시고, 죄인 드나드는 서소문으로 나가시라 하니 아무리 어린 애기씨인들 이렇듯 하시거 든 어찌 이리 핍박하여 보채는고? 내가 모시고 나갈 것이니 조금만 물러서라.”

하였던 것이었다.

날은 늦어가고 하도 민망하여 재촉은 성화같아 윗전은 정상궁이 업고 공주 아기씨는 주상궁이 업고 대군 아기씨는 김상궁이 업어 왔더니 대군 아기씨가 이르시기를,

“윗전과 누님은 먼저 나서시고 나는 그 뒤를 따르게 하라.”

하시니,

"어찌하여 그런 분부를 나리시나뇨?"

하기늘,

"내가 먼저 나가면 나만 나가게 하게 다른 두 분은 아니 나오실
것이니 나 보는 데서 가옵사이다."

하시는 것이었다.

윗전께선 생무명의 거상옷이다. 이 역시 생무명으로 만든 보(褓)
를 덮삽고, 두 아기씨는 남빛 보를 덮삽고 모두 상궁들이 업고 차비문
에 다다랐더니 내관과 십 여인이 엎디어,

"어서 나가시옵소서."

하고 아뢰니, 윗전께옵서 내관더러 이르시기를,

"너희들도 선왕의 녹을 오래 먹고 살았으니 설마 어찌 측은한 마음
이 없겠느냐. 십여년을 정위(正位 ; 여기서는 中殿의 위치)에 있으
면서도 자식을 얻지 못해 늘 근심하던 끝에 병오년에 처음으로
대군을 얻으시고 기뻐하시고 자랑하시는 바 비할 데 없으시었사오
나 그 당시는 강보에 싸인 어린 것에 지나지 아니하였었기에 별
다른 뜻을 두셨을 리가 무엇이었겠느냐. 한갓 자라는 모양만 대견
해 하옵시다가 귀천(歸天)하오시니 내 그때에 재궁(梓宮)을 쫓아
죽었던들 오늘날 이 서러운 일을 겪었을 리가 없었을 게 아니겠느
냐, 이것이 모두 내가 죽지 아니하고 살았던 죄라, 어린 아이로서
아직 동서도 구별하지 못하는 철없는 것을 마저 잡아 내니 조정
(朝廷)이나 대간(臺諫 ; 司憲府 司諫院 버슬의 총칭)이나 모두가
선왕을 생각한다면 어찌 이런 서러운 일을 할까보냐."

하옵시고 너무도 애통해 하시니, 내관도 눈물을 씻으며 입을 열어
여러 말을 하지 못하고 오직,

"어서 나가시옵소서. 우리가 어찌 그 사정을 모르리까 마는 이러고
만 계실 것이 아니오이다."
하는 것이었다.

저집 나인 연갑이는 윗전을 업사온 나인의 다리를 붙들었고, 은덕
이는 공주 업은 주상궁의 다리를 붙들어 걸음을 옮겨 디디지 못하게
하고 대군 업은 사람을 앞으로 끌어내고 뒤에서 떠다 밀어서 문 밖으
로 나가게 하고, 우리만 다시 안으로 밀어 들이고 차비문을 닫아 버리
고 마니 그 망극함이 어떠하였겠는가? 대군 아기씨만 문 밖으로 업혀
나가서 업은 사람의 등에 머리를 부딪혀 우시면서,

"어마마마 보게 해 주어."
하다하다 못하여,

"누님이나 보게 해 주어."
하시고, 하도 애타 서러워하오시니 곡성이 내외 천지 진동하고 눈물
이 땅 위에 가득 하니 사람들이 눈이 어두어 길을 찾지 못하였다.

아기씨를 문 밖에 내어보낸 뒤 그 주위를 호위하여 환도(還刀)와
화살 찬 군장(軍將)이 빙 둘러싸고 가니 그제서야 울기를 그치고
머리를 숙이고 자는 듯이 업혀 가셨던 것이다.

윗전께옵서는 다시 들어와 계오시며 하늘을 우러러 애통해 하시었
고 여러 번 기절을 하오시고, 사람 없을 때를 골라 목을 매시거나
칼로 자결을 하시려고 하오셔 사람들을 모두 내어보내라 하오시니
변상궁이 윗전의 그러한 뜻을 짐작하고 밤과 낮으로 곁을 떠나지
아니하고 서로 마주앉아서 여러 가지 좋은 말씀으로 위로하여 여쭙기
를,

"본가댁(本家宅)에서나 윗전께서나 모두 한결같이 적선의 뜻을

먹으셔 사람들을 하나도 해한 일이 없사온즉 하늘이 무슨 허물이 있다고 보시고 이런 서러운 일을 겪게 하시는지 모를 일이긴 하오나, 어느 날에고 이 설움을 반드시 벗게 될 것으로 아옵나이다. 대군의 나이 이제 열 살도 못 되셨으니 설마하니 이제 죽이기야 하겠사오리까? 문을 열고 바깥 소식에 귀를 귀우릴 양이면 자연히 안부라도 듣게 될 것이오며, 윗전께옵서 살아 계시어야 본가댁 제사도 맡아 하실 수 있으실 것이요, 소인네들도 거느리실 것이 아니겠사옵니까? 늙으신 본가 어른이 누구를 믿고 살아 계시리이까? 아드님을 위하시어 깨끗이 죽고자 하오시나 부모님께 크게 불효가 되는 일이온즉 친정 어머님을 생각하시어 손수 죽고저 하시는 마음 일랑 거두시고 잠시 동안 이 서러움을 견디시어 문이나 열거든 본가댁 분들을 만나셔서 억울한 서러움을 겪고 계신 말씀도 서로 통하시고, 공주 아기씨도 또한 자손이시오니 비록 따님이시오나 버리고 돌아가시오면 어디 가서 누굴 위하여 사실 것이오며, 이제 친척댁에 가서 붙어 의지하여 사실 양이면 당신이 자라신들 그 서러움을 어디에 가 푸실 것이오며, 어린 사람이건만 동생을 올바르게 대우하지 아니하는 지금 처지거늘 하물며 윗전께서 먼저 돌아가시고 보면 대군을 죽일 것이며 누이동생을 언제 편하게 살게 할 듯 싶으오리까? 이제 반드시 사특한 일을 꾸며 잡아 마저 없애 버릴 것이오니 윗전께서 국모 되신 자리에 계오셔 두 자손을 거느리고 계오시다가 마음 속 은근히 방정과 역모를 꾀하다가 발각되어 자결하였노라고 사책(史册)에 올릴 것이니, 지금 처지가 사람으로서 견디기 어려운 지극한 슬픔임은 다시 이룰길 없사온즉 아오나 후세(後世)에 윗전의 이름이 더럽혀 전해질 것을 깊이 생각 하오

셔야 할 게 아니겠습니까? 이 어리석고 미욱한 짐승같은 소견에도
이러하오니 애통하심을 참으시고 깊이 살펴 생각하시옵소서.”
하니,
“난들 어찌 그런 이치를 모를 리가 있으며 더러운 이름을 씻고
저 하는 바지만 하도 서러워 애를 끓이니 간장이 졸아드는 듯하고
심간(心肝)에 불이 붙는 듯하니, 뒷날 생각은 자연히 없어지고
이 인간 세상을 어서 떠나고자 하여 손수 자결코저 하는 바로다.”
하오시며, 잠시도 쉬지 않고 서럽게 곡(哭)을 하시며 식음을 들지
아니하시고, 한낱 냉수(冷水)와 얼음을 마실 뿐이시고, 날마다 친정
어머님 안부와 대군의 안부를 문 열어 주시거든, 알아 올려라 보채시
나 대군은 좋은 말로 많이 달래어 내어가시매 하루에 한 번씩 내수사
(內壽司)로 문안만 알아서 자주 일르라 하고 자실 음식이나 내어
줄 양이면 금군(禁軍)의 군사들이 낱낱이 펴 뒤져서 보고 대전 내전
이 가져다가 자세히 수소문을 한 뒤에야 대군께로 보내곤 했었던
것이다.

　이렇게 지낸 한 달만에 대군 아기씨를 강화(江華)로 옮기되 미리
알려 주지도 않고 늦도록 안부 알리는 사람도 찾아오지 아니하거늘,
가장 수상히 여기시어 새로이 근심하시고, 아기씨께 보낼 실과(實
果)며, 고기를 잘 담아 침실에 놓아 두시고, 즐기던 실과니 종이, 붓자
루 같은 것들을 곁에 놓아두시고,
“어찌하여 오늘은 여지껏 안부도 오지 않는고. 필경 무슨 까닭이
있도다. 아무러나 높은 데 올라가 궁 밖 길의 동정이나 살피고
오라.”
이르시거늘, 전에 침실로 썼던 다락 근처에 올라가 바라다보니 사람

들이 돈의문(敦義門)을 빙 둘러싸 있고 성 위에 올라가 굽어보니 그 수를 헤아리기 어려울 만큼 늘어섰고, 화살 차고 햇빛같은 창, 환도 가진 이가 수없이 많고 길가는 거동으로 말 탄 이가 굉장히 많은 것이었다.

바라다보고 있으려니 하도 가엾은 생각이 들어 눈물이 절로 흘러내리는 것을 참지 못하고 보려고 애를 썼으나 종적(踪迹)을 알 수 없다가 자세히 살피니 검은 발로 덩(공주나 옹주가 타는 차) 비슷한 걸 메고 나인 두 세 사람은 말을 타고 투구 쓰고, 들려오는 소리가 전에 들어 본 일이 있던 소리기에 그제서야 이젠 죽이려나보다 생각하고 내려와,

"아무리 살펴보았사오나 종적을 알지 못하겠습니다."

이렇게 여쭈면서도 서러운 생각은 차마 참고 견딜 수 없었던 것이다.

바깥 사람들이 길 닦는 곳에 있기에 그 곳에 가서 가만히 들어보니,

'대군을 강화로 옮긴다니 참 불쌍하더라.'

말을 하거늘 그제야 강화로 옮기는 줄 알았던 것이다. 몇 달이 지났으되 안부도 오지 않고 강화로 옮겼단 말도 일러주지 않았던 것이다.

위께서는 나인만 무한히 보채시며,

"어서 안부나 알아다다오."

하시지만, 어디 가서 들을 수 있으리요. 내관더러 이르시기를,

"안부는 염려 없이 들으시리라 하더니 벌써 수일째나 안부를 모르니 어디 가 있으며, 어찌 언약과 다릅니까? 먹을 것은 마음 대로 보내라 하셨기에 드렸더니 임금으로서 설마 속일리야 있을까 하여

철석같이 믿었더니 이제 와선 속인 게 분명하니 간 곳이나 이르
라."
하시되 대답조차도 않는 것이었다.

대군이 아직 안 가셨을 때 김상궁께 업히셔서 슬픔을 이기지 못하
여 우시면서,

"내 발을 씻겨라. 목욕도 시켜다오."
하시거늘,

"아기네도 목욕을 하는가요? 못 하시는 건데 무슨 일을 하려고
목욕은 하시렵니까?"
하시며,

"무슨 일로 저렇게 슬피 우시는고?"
느끼며 가장 슬피 우시다가 유월 스무 하룻날이 되니,

"오늘이 며칠이뇨?"
하시거늘,

"날은 알아서 무엇 하시렵니까?"
"알 만한 일이 있어서 묻노라."
하시고, 더욱 서러워 우시기에 좌우가 다 수상히 여겼더니 과연 유월
스무 하룻날에 내어 갔던 것이다.

정신이 기특하셔서 당신에게 닥칠 화를 아신 것 같았다 한다.

위께서는 더욱 서러우셔서 곡기를 끊으시고 밤낮 애곡(哀哭)하시
는 걸로 세월을 보내시더니 하도 권하는 바람에 콩가루를 냉수에
풀어 간장 종지로 잡수시고 그것도 하루에 한 번씩도 안 잡수시면
변상궁이 울고 간절히 아뢰며,

"목마르심이나 적시시고 우십시오."

하여야 두어 번씩 마시는 것이었다.

계축년(癸丑年), 갑인년(甲寅年), 을묘년(乙卯年)까지는 콩가루를 꿀물에 탄 것을 하루에 한 번씩만 잡수시더니,

"대군의 기별을 알고 싶구나."

하시며 문안을 오는 내관더러 아무리 일러보아도 들은 체를 않는 것이었다.

안으로 장정 나인 십 여인과 밖에 장정 내관들을 보내는 일은 위께서 대군을 데려오시고 밖에 나가실까 염려하여 문을 다 밀어서 닫고 사이 문도 탕탕 소리나게 닫아 버리곤 이루 다 말할 수 없는 말로 꾸짖고 갔던 것이다.

아기 나인들이 혹시 울기라도 하면 은덕이, 갑덕이 꾸짖으며,

"요년들, 대군이 죽든지 살든지 무슨 아랑곳이냐? 네 어미나 아비네가 죽거든 울지 대군을 생각해서 울지 말아라. 우는 눈에 재나 집어 넣자."

하고 꾸짖고 때리니, 사람이 나다니질 못했던 것이다.

달포가 다 되어 강화로 옮겼다는 말을 안 하시거늘 기별을 들을 길이 없어 더욱 망극히 여겨 서러워하였던 것이다.

본가댁 부인이 살아 계신지 어쩐지 통 알지 못하여 문안 오는 내관한테,

"문을 열어 노모의 생사에 관한 기별이나 듣고 죽게 하여라."

하시며 간절히 비셨으나, 대답도 않다가 여러 번 조르시니 내관을 꾸짖으며,

"역적의 집이라 하는 것은 삼족(三族)을 멸하여 그 집을 부수고 못 살게 하는 법이거늘 내 굳게 고집하여 누르고 내수사(內需司)

에 일러 양식이나마 드려 지내게 하였거늘 이리 지나치게 문 열고 기별을 듣고 싶어하시게 하느뇨? 너희들 나인이 꾸부리고 앉아서 어버이의 기별이나 들어 보십시오. 보채기에 이리하는게 아니냐? 다시 이런 말을 하면 너희들이 다 죽일 것이니 다시는 말하지 마라.”

하는 것이었다.

또 이 해 가을에 문을 열어 달라고 날마다 내관에게 일러 보시니, 천 번에 한 번도 들은 체를 않다가 내관에게 전언(傳言)하되,

“그렇다고 한 해, 두 해를 닫아 두며 삼 년을 닫아 두랴. 잡지 못한 죄인 박치의(朴致毅)를 마저 잡으면 문을 열어주마.”

하였던 것이다.

탄일(誕日)이 다다라 내전에서 별문안(別問安) 드리는 내관을 보내시니 이에 대답하시옵기를,

“옛날 모습 뵈옵던 일을 생각하옵시니, 감격하거니와 나도 사람이요, 내전도 사람이오니 사람의 정은 한 가지인 줄 아오이다. 온갖 일에 모두 탈을 잡고, 어버이 동생이며 다 내어 죽였삽고 대군마저 내다가 어디로 갔다는 말도 듣지 못하였으니 설마 해야 입지 아니할까 하고 그 서러움이란 비길 곳이 없으나 모진 목숨이 죽지를 못하여 살아서 노모(老母)의 안부나 듣고저 밤낮으로 바라고 있으니 문을 열어 안부나 듣고 죽게 주선하여 주하면 지하(地下)에 가도 잊지 못할 것이요, 죽어도 눈을 감고 죽을 수 있으오리다.”

고 말씀하셨으나, 이에 대하여 아무런 대답도 하지 않더란다.

이해 정초에 이르러 문안 내관에게 또 이렇듯 이르시었으나 이 역시 아무런 대답도 없었던 것이었다.

나인이라는 것은 본시 관청의 일만 하고 밖의 어버이, 동생들이 세상일은 돌아보는 법이라 거의 모두가 대문 열 한계를 몰라 답답하고 민망하여 저희들이 입는 옷들도 당초에 앞으로 죽게 될는지 살게 될는지 짐작을 못하여 행여 불행한 일이 있어도 입은 그대로 자기네들만이 죽음을 받으리라 생각하고 윗전께서 대군과 함께 죽으려고 하오심에 사생을 알지 못하여 당장 입은 것 이외는 모두 내어 보내었더니 앞뒤 사례를 헤아려 보니 상하(上下)가 손수 죽음이 같지 아니하여 일시에 다 살았으니 지난날을 그리어 보매 하도 민망하여 차비내관(差備內官)에게 모든 내인이 아무리 빌어도 들은 체 아니하고 들어 줄 데가 없어 나인들이 구석구석에 모여 앉아 울거나 윗전께서 나인들 입을 것들을 주오시고 이르시기를,

"설움을 끈기 있게 견뎌라. 나는 나라의 어른으로서 남에게 잡힌 바 인질이 되어 하루 두 번씩 본가의 안부나 알고, 잠시를 떠나지 아니하고 내 곁에 있던 대군을 내어 주었으니, 적이 너희들도 답답함을 견디고 어지럽게 내관더러 통사정을 하지 말아다오. 행여 알 길이 있으면 이리 철통 속에 든 것처럼 한 번 기별도 통하지 못하니 서러워하는 줄은 모르고 상하 서로 기별이나 듣고 잘 지내고 있는가 여기어 범의 위엄을 더욱 낼 것이니 조심하여 살고 틈을 보아 알릴 생각은 말아다오."

세 번 당부하시니,

"아니하리이다."

하는 것이었다.

그래도 견디지 못하여 바깥 행랑에 큰 대문이 있어 본시 닫아 놓은 문이나 대군사(大軍士) 지켜서서 빈청(賓廳) 뜰을 사뭇 살피고 있어

혹 아비(衙婢) 따위가 다니는 양을 보나 전할 길이 없어 허송 세월을 보냈던 것이었다.

당초에 화난을 뜻밖에 만나 정전(正殿)에 계오시지 못하여 후궁이나 정빈이나 모두 한 가지 꼴이 되었으니 거적을 깔고 본가(本家)의 상중이라 망극함을 지내시었던 것이었다.

나인 중환(中還)이와 경춘이란 하인은 옛부터 입궐하여 살고 있었는데, 경춘이는 의인왕후 친가댁 종이매 혼전(魂殿) 삼 년 후의 침실 상궁이 용하다 여쭈어 드렸더니 늙은 나인들이 이르기를,

"본가댁 종이니, 이제 가까이 모시는 소임을 맡김이 옳지 못하다."

하니 윗전께서 듣자오시고,

"무식한 말이로다. 나라의 어른이 되어서 내 종전 왕비의 종을 달리 구별하랴. 의인(懿仁)이 어지심을 들었으니 상전이 착한 즉 종조차 용하다 들었노라. 비록 하인이나 순직함이 제일이니 옛과 이제를 따지지 말고 부리라."

하오시거늘, 침실의 등촉 밝히는 소임을 맡기었더니 중환이는 각사(各司) 사람으로서 어릴 때 대궐에 들어왔으나 뜻이 용하지 못하매 여러 번 궁 밖으로 내어 쫓긴 바 있던 소인이거늘, 다시 경춘이와 한 소임을 맡았으나 중환이는 옛 하인이라 등촉 밝히는 소임을 주었고, 덕복이는 시집 본가댁 출신이라 도상직방(都相直房) 등촉 밝히는 사임을 맡으라고 명하셨으매 옛부터 있던 나인들이 말하기를,

"너무 사람을 믿어 저와 같이 처리하오시니 어지시기는 비할데 없으나 옛부터 이런 일은 아니하는 법이라오."

하더란다.

아직 보매 흉한 일은 아니 일어나리라 여기시더니 중환이 제 오라

64

비가 인위조(印僞造)한 사실이 드러나 여러 사람이 형추(刑推 ; 刑杖
으로 정강이를 때려가면서 訊問하는 일)하매 대전을 원망함이 날로
심하여져서 원악(元惡)을 이기지 못하여 공연히 원망의 말을 곧 하여
듣는 자 번거롭다 하여 성심도 그런 말 말라 일렀더니 원망하는 사실
을 가히(介屎)가 알고 들어가 에워싸 달래며 은근히 말하여 정이
붙게 한 뒤에,

"네가 이르는 말을 들으며 나도 네 오라비를 살리마."

언약한 후, 진상하는 은바리를 도적하여 가히에게 주었던 것이었
다.

임자년(壬子年) 유월 십팔일은 왕자 되시는 경평군(慶平君 ; 宣祖
의 十一男)의 생일이었더니 소주방(燒廚房 ; 대궐 안의 음식 드는
곳) 하인이 진지 받으러 간 사이를 틈타 중환이는 망을 보고 경춘이
는 잠근 문꼬리를 뚫고 바리를 내어다가 가히에게 주고 오니 사람들
이 모두 수군거리기를,

"경춘이와 중환이는 한통속이다."라고 말했으나, 침실 상궁들은
의심을 아니하니 뉘라서 소문을 낼 수 있을까보냐. 중환이는 본시
제 동생의 일로 원망하는 사람이요, 경춘이는 자기보다 좀 손위 상궁
을 뵈어도 꿇어 엎드려 인사를 하고 고개를 쳐들어 말을 아니 하는
입 밖으로 큰 소리를 내어 말하는 법이 없으니, 뉘라서 저를 의심하겠
는가?

점장이에게 잃은 물건의 행방을 물으니,

"그 모습이 뺨이 약간 붉은 듯하고 남과 더불어 말도 아니하는
사람이 품어다가 사람의 손이 미치기 어려운 이에게 주었으니 찾기
가장 어렵다."

하거늘 모두 이르기를,

　"경춘이 낯이 창백하니 그가 가져갔도다."

하되 곧이 듣지 아니하고,

　"경춘이는 억울하다."

하는 것이었다.

　저희들은 무릇 일을 즐겨 밤이면 사잇문을 열고 가서 위께서 입으시는 옷이면 아기씨의 옷 입으시는 거며 나인들이 밥 떠먹는 일까지 샅샅이 가히(介屎)한테 일러 바친 뒤에야 제 오라비를 놓아 주었던 것이다.

　우리는 저렇게 어울려 사귀는 줄을 몰랐었는데 계축년(癸丑年) 변이 일어나매, 저들은 그렇게 될 줄을 미리 알고 가히의 심복이 되고서도 우리들 보는 데서도 남의 눈에도 더욱 설은 체를 하려고 땅을 헤치며 서러워하는 형상을 함에 죄벌의 대를 다 두고 상궁이 울며 이르되,

　"너희들 둘은 우리가 각별히 가엾게 여김은 의인(懿仁) 마누라의 종이요, 중환이는 아이 때부터 보던 것이니 너희들은 살 수 있는 것이니 우리가 없어도 아가씨께서 좋아하시던 실과나 명일(名日)이 되거든 생각해서 놓아 올려라."

하니, 둘이 울고,

　"이리 말씀 안 하셔도 어련히 생각하여 하리까?"

하였던 것이다.

　마음 속엔 비수를 품고 있으면서도 밖으로는 서러워하는 체를 하니 진정으로 그런가 하고 믿었던 것이다.

　임자년(壬子年) 사월에 나인들이 모두 잔치를 하여 먹으며 그

전(殿)의 상궁들을 청하니 두어 사람은 순순히 오고 가히(介屎)는 병을 빙자하여 오지 않기에 재삼 청하니,

"중병을 앓았던 뒤라 못 가겠노라."

하고, 마침내 오지 않았던 것이다.

밤이 깊어 혼자서 가만히 침실 곁 소주방에 오되 낡은 곁마기 저고리를 입고 족도리를 눌러 쓰고 소리 나지 않는 신을 신고 소주방에 들었다.

가만히 나와 침실로 들어가려 할 바로 그때에 마침 침실상궁이 소변을 보러 나왔다가 침실 근처가 하도 고요하기에 놀라 다른 전(殿)사람들도 많이 와 있으니 혹시나 잡하인(雜下人)이라도 들어갈까 염려해 침실로 들어가 보려 하니 가히(介屎)가 있다가 김상궁을 보고 놀라 피하려 애를 쓰다 문 안에 들어가 가까이 다가 가니 숨을 곳을 몰라 쩔쩔 매다 고개만 푹 수그리고 지게문 뒤로 낯을 돌린 채 부들부들 떨고 서 있기에 김상궁이 하도 무서워서 나왔다 들어가지 못하다가 마음을 당돌하게 먹고 들어가,

"자네 누구신고?"

하여, 여러 번 물어도 대답을 않고 떨기에 이미 가히의 소행인 줄을 알 수 있었건만 날이 어두워 혹시 어딘지도 몰라 손을 덥석 잡으며,

"자네는 누구신고?"

하도 여러 번 물었더니 그제야,

"나로세."

하거늘,

"상궁이신가?"

"예, 나일세."

하거늘,

　"어떻게 오셨는지요?"

　"저 구경 좀 하러 왔었지."

하는 것이었다.

　잡아 보았자 어디다 고할 수도 없고 두 전(殿) 사이가 점점 더 시끄러워지기만 할 뿐이어서 일부러 놓아 보내주며,

　"아파서 못 가겠다 하시어서 무척 섭섭했었는데, 구경을 하고 가신다니 기쁘오이."

하고, 놓아 보냈던 것이다.

　손목을 잡았을 때엔 마치 산 고기가 날뛰는 것처럼 뿌리치며 용을 썼던 것이었다.

　이 말을 김상궁이 일체 입 밖에 내질 않고 혼자서만 근심을 하던 차에 대군이 나으시면서부터는 더욱 꺼리다가 무신년(戊申年) 이후 임해군의 일이 일어나면서부터는 더욱 헛말을 지어내어 주야로 윗전과 나인들이 근심으로 지내더니 임자년(壬子年) 괘방(掛榜)일로 대군을 미워하는 정도가 점점 더 심해졌던 것이다.

　두 대궐의 사잇문을 잠가 두고 열 때엔 내간이 열어야 조석문안(朝夕問安)을 드리는 상궁이 다녔던 것이다. 그러기에 틈을 타서 자객을 시켜 대군을 죽이려다 대군이 침실에서 주무시기에 못하고 방정만 하고 가곤 했던 것이다.

　이후부터는 소주방 마루 아래에서 아이가 높이 소리내어 울고 한숨 소리가 들리나니 저녁 때엔 차마 사람들이 그 근처에 들어가질 못하고 무서워한다 하되, 가히가 왔던 말이 날까하여 일체 들은 체도 않고 못 들은 체하여 아이들이 무서워한다 하여도 도깨비가 나왔다고 속이

고 살았던 것이다. 중환이와 경춘이가 한 마음으로 와서 그렇게 하였던 것이다.

제 집에서 방정을 하여 두고, 우리를 향하여 대란을 지어내어 저희들은 중환이, 경춘이 둘에게 은혜를 입혀 두고 오갖 노릇을 다 하였거니와 우리는 남을 해할 뜻이 없고 앞 뒤의 사정을 알리도 없고 그전(殿)의 침실 기슭도 알지 못했던 것이다.

계축년(癸丑年) 동짓달에 중환이가 말하되,

"내 오라비가 무거운 죄를 짓고 옥에 갇혀 있었는데 어떤 중이 이르기를 사자경(獅子經)과 다라파축을 읽으면 갇힌 일도 풀리고, 잠긴 문도 쉽게 열리고 크고 작건 간에 액에서 벗어 난다고 하기에 옥중에서도 항상 읽었더니 그 덕을 입었는지 이제 살아나서 놓여 나왔으니 이 일하고는 좀 다르지만 대군이나 살아나시고 닫힌 문이나 쉽게 열게 하셔도 가만히 손들고 앉아 계신 것보다는 정성을 들이셔서 그것이나 하여 보십시오."

하거늘, 위께서도 들으실 만하고 계셨고 그중에서도 김상궁이 그럴싸하게 여기고,

"이 경을 읽어 보고 싶습니다."

하니, 위께서 말리시되,

"경(經)이란 것은 가장 공손하고 정성을 들인 것이라야 덕을 입는다 하는데 모든 사람의 마음이 산란하고 내 마음도 주야로 곡읍(哭泣)에 잠겨서 마음이 미어지는 듯 아프고 서러워하거늘 누구의 마음 대로 경을 읽을 수 있으리. 말도록 하여라."

하시니,

"전교는 마땅하옵거니와 덕을 입어 문을 쉽게 열고 본가댁과 아기

씨의 기별을 쉽게 들을 수 있으시도록 앉아서 괴로워만 하실 게
아니라 읽어 보고 싶습니다.”
여러 번 청하니,
“너희들이나 읽도록 하여라.”
하셨던 것이다.

들어 계신 곳은 차비(差備)가 가까우니 더럽고 요란함에 대군이
들어 계시던 집이 정결하고 인적이 없는 곳이라 중환이 말로 옮기는
걸 언문(諺文)으로 써서 그 곳에서 경을 읽었더니 도리어 흉한 마음
을 내어 고(告)할 뜻을 품고 틈을 못 얻어 애쓰더니 제 오라비가
세자궁(世子宮)의 등촉 비치는 자라 항상 닫아 놓은 문 밖에 와서
제 누이의 기별을 들으려고 지나쳐 다니는 양을 틈으로 엿보고 밤에
군사를 뇌물을 주고 사귀어 제 오라비를 불러다 온갖 말을 다 하고
글월을 써서 가히(介屎)에게,
‘사잇문으로 오면 하던 말을 다 일러주마.’
하였다는 것이다.

기별을 듣지 못하여 민망해 하다가 밤중에 문을 열고 와서 가히가
중환이를 달래되,
“하는 일을 자세히 일러바치면 너를 먼저 나가게 해 주겠다.”
하니, 공을 얻으려 애써도 일러 바칠 일이 없던터라 제가 가르쳐서
경(經) 읽는 말을 옮기고,
“대비마마께서 친히 가서 하늘에 제사 지내고 대전을 죽으라고
비십니다.”
이렇게 고했던 것이다. 참소를 하려고 가히(介屎), 은덕이, 동궁(東
宮) 무수리인 업관이를 데려다가 그 경을 읽는 곳을 가르쳐 보이되

위께서 친히 나가신 일이 없고 경을 읽는 일로 인해서 잡아다 죽이지를 못하여 무슨 트집이라도 잡아서 남아 있는 나인을 마저 죽여 버리고 윗전을 혼자 계시게 하여 애를 태우시다가 승하(昇遐)하시도록 하려 한 것이지만, 트집을 잡지 못해 무한히 애를 쓰더란다.

계축일기(癸丑日記) 서궁록(西宮錄) 제2권(卷之二)

이 해 섣달에 중환(中還)이가 문상궁(文尙宮) 한테 말하되,

"얼마 전에 슬며시 오라비를 불러서 어머니의 안부를 들은 일이 있었는데, 혹시 동생의 안부라도 알고저 하시지 않나 하는 생각에서 이런 말 드리는 거니 서로 내통한다는 소문이 나면 되겠습니까? 그러니 상궁만 알고 글월을 적어 주십시오."

그 상궁은 원래 남을 잘 믿던 터라, 중환에 관해서는 평소부터 가엾게 생각하고 있었던 것이 제 오라비가 옥에 갇혀 있었을 때 쌀에 반찬에 입을 것까지 주었더니 그 은혜를 중히 여기어 중환이 말하되,

"상궁의 은혜는 죽어서 땅 속에 들어가도 결코 잊을 수 없을 만큼 크고 크니 어떻게 다 갚아 드릴는지."

하는 사이니, 추호도 의심을 하지 않고 오라비인 문득람(文得覽)에게 글월을 써서 주었더니 즉시로 답장을 받아다 주었던 것이었다.

본전(本殿) 감찰상궁(監察尙宮)의 종인 부진이와, 천복(天福)의 종 은덕이 모두 중환의 심복이 되어 오로지 공을 세워 보려고 한 패가 되어 밤낮을 가리지 않고 동정을 살피며 무슨 일이라도 보는

대로 고해 바치면 중환이는 들어 두었다 밤이 되면 담을 넘어서 통하곤 했던 것이었다.

대비께서 들어 계신 곳은 동쪽 구석이고 중환이 거처하는 곳은 서남쪽 행랑(行廊)이요, 남의 전(殿)으로 통하는 곳은 서쪽 구석이니, 동쪽과 서쪽을 통틀어 알고 다닐 만한 사람이 여럿이나 나가 죽었으매 궁중이 텅 비어 밤이 되면 인적이 끊어져서 일만군사(一萬軍士)가 들어와 날뛰더라도 알 길이 없을 형편이라 중환의 행동거지(行動擧止)를 살펴본즉 차차 수상한 점이 드러나고, 나라를 향해서도 원망하고 옥에 갇히려 가는 나인을 보고도 생각 말라 꾸짖으며,

"곱게 살지 못하려고 이런 큰 일을 저질러 서러운 노릇을 당하는 게 다 뉘 탓인지 아는고?"

이렇게 말했던 것이다.

이러면서도 중환이는 태연자약하게 문상궁한테 드나드니 그 상궁은 추호도 의심을 않고, 혹시 다른 나인이 중환이는 하늘을 두려워 않고 배반하는 뜻을 품고 있다고 이르기라도 하면,

"사람이 그런 뜻을 품을 리가 있나? 절대로 그럴 리가 없을 걸세. 남들이 시기해서 그러는 거지."

하였던 것이다.

중환이 또 문상궁을 달래며 하는 소리가,

"시녀 방씨(方氏)는 그 전에 나가서 아무 탈 없이 잘 살고 있고 그의 오라비는 대전별감(大殿別監)을 지냈으나 대군께서 가 계신 곳에도 간다는 군요. 그러니 기별을 듣기가 쉽지 않을까 생각됩니다."

하니 상궁이 말하되,

"대군이 가 계신 곳이 어디라고, 그런 무서운 일을 누가 통하리."
하니,
"제 오라비를 시켜서 통하겠습니다."
하거늘, 아기씨의 안부를 알고 싶은 일념에서 글월을 써 주고 여쭙되,
"가장 믿을 만하고 용한 편이 있어 아기씨의 안부를 알려고 갔으니 곧 기별이 올 것입니다."
하니,
"누가 그런 일을 하였느냐?"
하오시니,
"중환이 오라비가 가지고 가서 시녀 애일(愛一)한테로 갔습니다."
위께서 놀라시며,
"그런 마음은 품지도 말아라. 기별을 알아서 말해 주는 은혜는 하늘처럼 여기겠거니와, 통하는 줄만 알게 되는 날엔 권세를 더 얻어 우리에게 화가 더 미칠까 걱정이 되노라. 이후부턴 그런 생각일랑 마음에도 품어선 안 되노라. 서러움이야 이루 다 일러 무엇 하려니와 서로 살아만 있으면 자연히 알고 들을 길이 있을 것이니 위태한 일을 전하지 못 하리라."
하시니 대답하되,
"이 하인은 옛부터 순직하고 소인한테 은혜를 입은 바도 많사오매 조금도 해 끼쳐 드릴 뜻은 없을 것이옵니다. 믿어 보옵소서."
하고 말하는 것이었다.
그 뒤에 매양 글월을 받아다가 주되 그때마다 더욱 신신당부를 하시곤 했었다.

애일(愛一)의 글에 적혀 있기를,

〈소인이 죽지 못하여 밖에 나와 편안히 앉았으니 나라 일과 상궁네 들이 당하고 계신 고초를 생각하니 망극하고 서럽기 그지 없사옵니 다. 비록 나인의 몸이나 나라의 은공을 갚사올 길이 없어 애타하던 중에 아기씨 안부를 몰라 하오시니 죽은 힘을 다하여 동생이 별감 으로서 아기씨를 따라 갔사온즉 글월하여 주옵시면 어린 상궁께서 가만히 주고 글월 받아오라 하리이다.〉

하였거늘 문상궁이 반갑고 기쁘기 그지 없어 윗전께서 항상 기별을 몰라 서러워하오니 한 번 답답한 느낌을 없이 하여 드리게 하자 하 고, 글월을 가지고 가서 변상궁께 그 이야기를 하니 변상궁은 놀라 화를 내고 이르기를,

"문가와 김가가 서로 미워하기를 적국(敵國)과 같이 심하거늘 바깥과 통하여 글월을 받아옴도 큰 일이거든 어디가서 아기씨의 안부를 알아올 수 있다는 것인지 알 수 없는 일이요. 이런 생각을 한다는 것은 그 정성이 지극한 줄 알거니와 이 사실이 발각되면 일이 크게 벌어질 것이니 여쭙지 마시오."

문상궁이 화를 낸 얼굴로 대답하기를,

"어찌 이런 말씀을 하시느뇨. 행여 사람을 불러온 것이 아니라 미쁜 일로 알게된 것이니 형님도 그런 의심이란 마옵소서."

하고, 윗전에 나아가 그 말씀을 드리니, 윗전께서 방바닥에 몸을 굴리 며 애통해 하시면서,

"강화도(江華島)에 아이를 옮기는 줄 생각 못 했더니 세상일이 어떻게 돌아가는지 아무 것도 모르는 아이를 섬에 보냈으니 이 서러움이야 그 어디다가 비길 곳이 있을까 보냐. 혼자 안부를 몰라

밤낮으로 서러워하는 처지이거든 차마 안부를 아니 알고 저 할 까닭이 있겠느냐만, 스스로 알아 올리겠다고 하니 기쁘기 그지없거니와 요공(要功-자기의 功을 스스로 드러내어 자랑하는 것)하려 하는가 의심이 되니 내 편에선 글월을 써주지 못하겠노라."

하오시니 문상궁이 다시 여쭈오기를,

"내외(內外)에 믿을만한 사람이 이만한 사람도 없사옵고 나라를 위해서도 정성을 다한 사람이오니 요공하고저 하는 사람이면 소인이 이와 같이 천거하오리이까? 그러시다면 소인을 못 믿어 아니 써 주시는 것이라고 알겠습니다."

변상궁이 여쭙되,

"믿을 수 없는 위인이로소이다. 중환이 흉한 마음을 먹고 들인 나인이며 나라를 원망하고 아무 일이나 얻어서 아뢰려고 설심(設心; 간사한 꾀로 남을 속이려고 먹는 마음)을 먹었고 제 누이 늦여름에 밤낮으로 한데(바깥)에서 발을 고쳐 드리어 조그만 허물이라도 알아 내고저 하는 바이니 큰 화를 얻어 무릅쓰려고 권하는가 하옵나니 윗전마마께오서는 지그시 참으셔서 아기씨에 대한 기별을 아시려고 하지 마옵소서."

못내 여쭈오니,

"나도 그와 같이 생각하노라. 반갑고 서러운 정으로 보아서야 즉시 글월을 보낼 것이로되 무서워 못 하노라."

하오시거늘, 변상궁이 다시 여쭈기를,

"아예 그런 생각은 품지 마사이다."

하니 문상궁이 다시 여쭙기를,

"글월하여 주옵소서."

하니 변상궁이 여쭙기를,

"내 차비문(差備門 ; 便殿의 앞문을 가리킴. 즉, 임금님이 계신 곳)에 가서 소리 질러 이르리라. 조용이 듣기나 할 일이지 어찌 이런 일을 하라고 하시나뇨."

하니, 문상궁이 크게 노하여 이르기를,

"상궁이 시기하여 윗전을 위하여 정성이 지극하신가 여겼더니 이 일로 미루어보니 실로 정성이 없으시도다. 밤낮으로 곡읍(哭泣)에 감기오셔 물만 마시옵시고 본가댁(本家宅)과 아기씨 안부를 알려고 하시나 틈이 없어 하오시다가 이리 착한 사람을 얻어 만나기도 쉬운 일이 아니건데 아무런 일이 일어나든 내가 알아서 할 것이니 상관 말고 버려 두시오."

하고 성을 내며 방에 들어가 글월을 써서 갖고 나와 변상궁에 보여 주더란다.

"그 글월에 적혀 있기를 '윗전께오서 아기씨를 여의시고 기별을 몰라 하오시더니 믿을 만한 사람이 나섰기로 아기씨 안부 알고저 글월을 써 가니 보고 병 들지 아니하시게 잘 모시도록 해다오. 아무 것이나 잡숫고저 하시거든 가져간 것을 아끼지 말고 물 긷는 하인이나 주어사서 잡숫게 하고 아무려나 잘 견디어 모시도록 하여라. 문 곧 열리면 기별을 아니 드릴까보냐.' 라고 적혀 있더란다."

중환이 담을 넘어가서 통하고 제 물건은 모두 훔쳐서 가히에게 보내고 빈 몸만 남아 있었다.

문상궁더러 글월을 썼거든 달라고 하니 글월을 봉하여 주며 답장을 받아 달라고 했다.

중환이가 흉한 마음을 먹었는 줄 알고 변상궁이 문상궁더러,

“글월 보내지 말고 다시 가져오게 하시오. 이러이러한 소문이 있으
니 주지 마옵소서.”
하니,
“남이 미워서 그리 이르거니와 그럴 까닭이 없나이다.”
하거늘,
“아뢰면 큰일이 날 것이니 어서 찾아오도록 하시오.”
하거늘,
“종을 시켜 일하는 틈으로 오라비 왔거늘 주고 없소이다.”
하거늘,
또 달라고 하니 꾸짖고 아니 주는 것이었다.
글월을 떼어보고 감추고 없다고 하며 돌려 주지를 않았던 것이었
다.
변상궁이 문상궁에게 사람 부리되 마침 내주지 아니하고 틈을 내어
제 오라비 차충룡을 주어 가히에게 드리니 그제서야 장물(臟物)을
삽다다 하여 새로이 내외 사람을 섣달 그믐날 하옥(下獄)하고 갑인
(甲寅;光海君大年) 초하룻날 추국(推鞫)이 시작되었던 것이었다.
문상궁더러 지위(知委) 틈으로 제 집의 안부 통하던 이는 다 잡아
내고 말았던 것이다.
문상궁이 중환이더러 이르기를,
“은혜를 입어 추위와 더위를 나로 말미암아 벗고 배 고프고 목마름
을 내 덕으로 모르고 지내왔고, 네 오라비가 갇히어 죽게 되었을
때 내가 어여삐 여겨 음식이며 입을 것을 주어 살아났거든, 이제
나를 달래어 글월하여 달라고 보채었거늘 나도 인간이라 어른께서
서러워 하시는게 하도 보기에 안타까와 한 번 기쁘게 해드리고저

하였더니 네 나라 어른을 배반함은 고사하고 어찌 나까지 저버리느
뇨?"

중환이 땅 위로 데굴데굴 굴며 가슴을 두드리며 손뼉쳐서 맹세하기
를,

"내가 아뢰었다면 얼마 전에 죽은 어미 시체를 헤쳐서 회를 해
먹으려 하노라."

하고 하도 데굴데굴 굴며 우니, 모두 그 정경을 보고 다 애매한 말을
듣는가 여기더란다.

중환이가 문 사이로 세간을 몰래 꺼내 놓으라고 밤이 새도록 드러
들 때 색장나인(色掌內人)의 시종이 보았더니 행여 소문을 내지나
않을까하고 매양 벼르더니 아무런 죄 없이 이 틈에 잡아 내가게 했었
다.

중환이부터 시작해서 음덕이, 부진이 셋을 잡아내어 갈 때 중환이
는 얼굴에 기쁜 빛이 나타나고, 두 하인은 어서 오라고 하니 울부짖으
며 셋이 차례로 나가더란다.

중환이 아뢰었다 하고 어여삐 여겨 죄인의 대접을 하지 않고 가마
에 태워서 추국청(推鞫廳)에 데려다가 앉혀 두고 미리 서로 짜놓았던
말로 물으며 빗아치(係員)에게 다 알리우고 종적 없는 거짓말을 다
써서 문상궁이 애일이에게 한글이며 강화도에 대해 적은 글월을 고쳐
서 더 보태어 써서 무형무상(無形無常)한 말을 지어서 당장(唐將)
에게 아뢰어 우리 문을 쉬 열게 하라 하는 내용을 적어 넣었고 강화
섬 말을 적어 넣은 글월에는 잘 길러 두었다가 당장이 와서 문이
열리거든 고이 돌아오시게 하라는 등 무상불측(無常不測)한 말을
적어 넣어 추국청에 내어 보이며 중환이더러,

“이 말이 옳으냐?”

하고 물으니,

“다 옳소이다. 대군 들었던 집에서는 고사를 지내더이다.”

하니,

“그 말이 과연 옳은가. 네 분명히 아는가?”

“아나이다.”

“누구를 위하여 빌더냐?”

“대전마마 죽으라고 비더이다.”

“어떤 모양으로 빌더냐?”

“향로(香爐)에 향 피우고 향합 놓고 과자, 떡, 실과 놓고 꽃다발을
만들어 놓고 목욕하고 정성드려 비더이다.”

“네 보았느냐?”

“보았사옵니다.”

하더란다.

　모든 일을 자기가 정작 본 듯이 일러 바쳤던 것이었다.

　안에서 추국하는 일을 마루 밑에서 듣는 줄 알 때 측량 없는 거짓
말을 하노라 소리를 가만히 하여 문사랑청(門事郞廳 ; 죄를 지은 사람
을 심문할 적에 筆記와 낭독을 맡았던 임시 소임)이 겨우 알아듣게
하더란다.

　그전에 조그만 혐의 있던 사람들은 모두 이르니, 이름 오르는 사람
은 몸에 땀이 흐르고 앉으며 서매 기운을 이기지 못하여 떨고 발을
옮겨 디디지 못하니 곁에 서 있는 이 남의 일같이 느껴지지 않았다는
것이다.

　그 틈에 가 앉아서 귀를 기울여 듣다가 이를 부를 때에 자기 이름

이 불려지지 않으면 적이 살 것 같은 느낌이 들곤 했던 것이었다.

　온 궁 안이 새로이 요란하고 떠들썩해지니 나인들은 차비문(差備門)에 가서 대령하고 기다리고 있더니 밖으로 문상궁 오라비와 조카와 종 남녀의 네 명과 아울러 어미까지 극형에 처하고 애일(愛一)이는 위에서 사약(賜藥)하여 죽이었다.

　문틈으로 통하던 시녀 최씨와 최씨 아비 최수일과 중환이의 오라비가 서로 통할 때 그 정경을 본 놈 서응상(徐應祥)부처와 문 밑에 와 앉았던 서리(書吏)를 다 새로이 옥사(獄事)를 이루어 사람을 죽임이 더욱 심하더니 갑인(甲寅) 이월 음력 보름이 지나서 문상궁과 비문 시종 영홰와 색장(色掌) 시종을 잡아내고 이십일 후에는 공주의 보모상궁 권씨와 최씨와 함께 자비문종 춘향이, 대군을 부액하는 하인 춘단(春丹)이, 천금(千金)이를 잡아내어다가 옷을 갈아 입으라고 하나 저는 어린 것같이 섰거늘 남이 얻어 입혀서 보내더니,

　　"때 늦어 가면 겹겹이 내관(內官)내어 수이 잡아내라. 더디면 잡아
　　내어 하옥하리라."

하며, 사람이 발이 땅에 붙지 아니할 정도로 몹시 서둘러 헤매니 곡성이 천지(天地)를 진동하였더니 의녀(醫女) 대여섯이 침실에 들어와,

　　"어서 내어 놓으라."

보채고 자비문 안에는 내관이 들어와,

　　"어서 내어 놓으라, 하고 보채니 궁중이 불편하여 어찌 존비를
　　따질 경황이 있을까보냐."

색장나인을 모조리 잡아 내었다.

　　"어찌하여 죄인을 더디 잡아내느냐?"

하고 몹시 위협을 하니, 뛰어 달아나다가 집 안 뒷간에 숨기도 하고 마루 아래에 숨기도 하니 내관은,

"감찰 상궁은 색장 상궁을 모두 잡아내라."

하는 것이었다.

나인들이,

"죽으러 가옵나이다. 마지막 죽을 마당에 감히 한 번 부탁하오니 눈감아 주소서."

의녀에게 빌 때에,

"어서 내라."

하니, 의녀도 두려운 생각이 들어서,

"어디를 올라가느뇨?"

하고, 뒤에서 덤벼들어 머리를 끌어 들이니 고개가 젖혀지며 소리 질러 울면서,

"어찌 이리도 서럽게 하시나뇨? 윗전을 시위하는 시녀의 몸으로서 의녀에게 머리 잡힐 줄을 어이 짐작이나 하였으리요."

하고, 모두 의녀를 꾸짖으니,

"우리를 죽이려고 하거든 어이 쉽사리 잡아내지 않을 수 있으리요."

하더란다.

이렇듯이 핍박하고 수욕(羞辱)함이 한두 번 뿐이랴.

"자식이 없는 아녀(兒女)의 몸이나 윗전께오서 애매하오신 일을 만나 계오시매 비록 극형하여 만 가지로 다루고 보챈다 하여도 설마 무복(誣服)은 아니하리이다. 어찌 살고저 하는 마음이 없겠사오리까 마는 나라 어른께서 서러운 일을 보아 겨오매 종에게까지

애매한 일이 미쳤으니 이 서러움은 하늘이 받드려 하오실 것이니
죽기를 좋은데 돌아감과 같이 죽으려 하옵나이다.”

하고, 의녀에게 몰리어 자비문으로 나가니 나장(羅將)이며 도사(都
事)들이 와서 기다리고 있다가 몰아갔던 것이었다.

사람 잡아낼 적이면 위엄이 더욱 성하여 내관부터 죄이고 잡아내
갔었다.

시녀로 있던 최씨 여옥이라는 것이 경술년(庚戌年)에 시녀로 들어
왔는데 용모는 곱지 아니하나 순직(純直)하므로 침실에서 살더니
정성도 남의 눈에 띄게 더하고 본시 용한 아이라 윗전마마의 본가댁
과 대군 아기씨 향하여 서러워하며 항상 말하기를,

“내 날개를 돋혀 날아가 기별을 알려 드렸으면 좋겠어.”

하기도 하고, 또 말하기를,

“아무 틈이나 있으면 내 계집종의 모양을 하고 나가서 두 곳의
안부를 알아 오랴만, 담이며 문이 쇠로 만든 듯 조그만 구멍도
없으니 내 정을 펴지 못함을 서러워하노라.”

하더니, 나가는 날은 더욱 서러워하며 제 다리를 만지며 울면서 말하
기를,

“아이 적부터 부모한테도 다리를 맞아본 일이 없었는데 중한 매를
어이 맞으리요. 애매하오신 일이오시니 무복은 아니하려니와 맞을
생각을 하니 더욱 기가 막히구나.”

하더니, 듣는 이가 불쌍히 여기며 정성이 지극한 사람이라 조금도
무복(誣服)할까 아니 여기더란다.

제 나갈 때에,

“나에게 대해서는 조금도 의심하시지 마소서. 몸이 가루가 되어도

나라 어른께서 애매하오심을 아오니 무복을 아니하리이다.”
하더니, 추국청(推鞫廳)에 나가 자기 사정을 하소연하며 울며 말하기를,
“윗전마마께오서 억울한 일을 당하시고 계신 줄 아오며 어린 대군과 친정댁 식구들의 생사를 알지 못하시어 밤낮으로 서러워 하셨음은 사실이나 방정을 했다는 것은 억울한 일인 줄 아옵니다. 아무런 일이나 듣고 본 일이 있으면 무서운 곳에 와서 죽고저 하리이까? 살고저 할 일이오나 보고 들은 일이 터럭 만큼도 없소이다. 중한 형벌을 받을까 두려워한다고 어찌 애매한 말을 하리이까?”
이렇게 대하니 엿새만에 내수사(內需司)에다 가두고 제 아비와 어미를 달래었던 것이었다.
대전 유모(乳母)의 오라비 계집이 여옥의 종이더니 그 유모가 어여삐 여겨 매양 데려다가 보고,
“어찌 못 오느냐. 복이 적어 우리에게 못 오는가.”
하더니, 이때에 중환이를 독촉하여 이 시녀를 잡아내어다가 다른 옥에 가두어 놓고 달래어서 말하기를,
“이리이리 대답하면 너를 살게 해 주마.”
하니, 여옥이 울고 여러 날 동안 마음을 허락치 아니하더니 아비 어미를 밤낮으로 한 데서 달래게 하되,
“너 곧 이제 모르노라 하면 우리를 다 죽일 것이니 나라 어른께 대한 은정(恩情)도 중하거니와 어버이의 목숨은 소중하다고 생각지 않느냐? 네 이제 무복을 하라 하여야 전혀 못한다 하면 네 앞에서 죽으리라.”
이와 같이 갖가지 말로 허락을 받아들인 뒤에야 추국청에 나가게

하여 새로이 원정(原情)을 받으니 그 원정은 전날과 달라 흉칙한 말로 대답하되,

　"물으시는 말씀이 모두 옳습네다."

　"어찌 아느냐?"

　"제가 보고 들었나이다."

하고, 묻는 말이 떨어지기가 무섭게 이와 같이 대답을 하였던 것이었다.

　이런 일이 있는 뒤에 변상궁이 병이 대단하여 다 죽어 가기에 내보냈더니 여옥이는 놓여 나와서 평안히 살고 있는 터라, 하루는 장궁을 뵈러와서 곡절을 넌지시 말하되,

　"아니라 하라고 어버이들이 하도 보채기에 하는 수 없이 무복을 하였으나 후일에 멸족(滅族)을 당할 화를 스스로 저질러 놓고 살아 있으니 내 죄 태산 같아 죽고저 하되 목숨이 모질어 아직껏 죽지 못하여 나라를 속여 거짓말로 살아났으니 무슨 면목으로 남을 뵐 수 있겠습니까? 마음에도 없는 말을 하여 무복을 하였으니 죽이시더라도 한하지 않겠습니다."

하며 울던 것이었다.

　상궁 난이라는 사람은 임진년(壬辰年)에 시녀로 들어와 의인왕후(懿仁王后) 시절에 침실 나인으로 있더니 제 인품이 똑똑하지 못하여 남들이 하는 상궁벼슬도 못하고는 늘 선왕(先王)마마를 위시하여 원망만 하다가 무신년(戊申年) 이후에야 겨우 상궁이 됐던 것이다.

　이 사람이 가장 간사하고 교만방자하여 나라에 아무 일이 없어 위께서 평안하실 때는 정명공주(貞明公主)와 영창대군(永昌大君)을 향하여 남달리 유별나게 정성을 다하여 시중을 들더니 계축년

84

(癸丑年)에 이르러서는 나라를 향하여도 불측한 원망을 하고 제 동생이며 조카를 다 시녀로 만들어 동궁전(東宮殿)이며 내전으로 들여보내 내권(內權)이 당당하였으니 난이는 세력을 얻어 만면에 희색이 날로 더불어 더해 가며 즐거워 어쩔 줄 몰라하니, 보는 사람들은 원통하고 분한 마음 그지 없으나 그가 두려워 아무 말도 못하고 있는 터에 하루는 난이가 말하기를,

"대전께 전량(錢糧)을 많이 드렸던들 이런 일을 당할까 보냐? 세자 가래(嘉禮)할 때에 세간을 많이 주신 일은 있으되 상궁이며 시녀에게 다 주셨던들 이런 일이 있을 수 있으리까? 시녀 상궁들에게 천냥을 상급으로 많이 주지 않으시니 공주며 대군을 데리고 곱게 기르며 사실 수 있을는지 두고 보자고 대전과 내전이 모두 벼르더니 이런 일이 일어났느니라."

하며, 또 이르되,

"의인(懿仁)마마께서 살아 계셨을 때도 세자에겐 효성이라곤 없고 어질지도 못하였느니라. 정유년(丁酉年) 난(亂)에 수원(水原)에 가 계셨을 때 세자가 수레를 모시고 따라가 물을 건너게 되자 빈(嬪)이며 자기는 먼저 물을 건너 의막(依幕 ; 임시로 거처하게 만든 곳)에 가서 앉아 있고 나는 돌아보지도 않아 시위한 내관이 아무리 소리치며 배를 가져오라고 하여도 배는 보내지 않고 위엄을 가진 세자만 위하고 나는 생각도 않아 저는 초저녁에 건넜지만 나는 자정에야 겨우 건너게 되었으니 날이 찬데 밤은 깊어 이슬과 서리를 맞아 추위에 견디기 어려웠으니 세자의 효성이 지극한들 어찌 감히 적모(嫡母)에 대하여 그렇게 대접하며, 하물며 제 어머님이 일찍 죽었으니 내가 길러 아들로 삼았는데 정이 아주 없으랴마는

본래 이 사람이 효심이나 정성이 부족한 사람이니 가히 알 만 하도다. 이렇게 말씀하시더니 이제 저렇게 모진 체를 하니 어찌 사납게 굴지 않으리요."

아첨을 하느라고 중환이와 함께 행동하여 나라의 그릇을 아무거리낌 없이 밤낮을 가리지 않고 가져가며 대군이 피접(避接) 나가 있는 곳의 물건도 굉장히 훔쳐다 제 종과 종환이와 마음을 합하여 잠근문을 열고 세간을 훔쳐 밤이면 가지고 아우 꽃향기에게로 가니 형을 책망하여 이르되,

"상전들께서 서로 사이가 좋지 못하시기로서니 종의 도리로 배반한다는게 내 좁은 소견으로도 못할 노릇이라 생각되오. 남이라 할지라도 내통하는 일이 없을 것이로되 하물며 나라의 세간을 훔쳐서 내게 보내다니 옳지 못하도다. 다시는 내게 보내지 마오."

형이 노하여 말하되,

"동기간을 구해 주지 않는다면 하물며 남이야 말해 무엇하리요. 대비께서는 본가댁과 대군을 위하여 밤낮 우시면서 돌아가시려고만 하시니 세간을 두었자 아무 소용이 없으시고 더욱이 대군의 세간은 두어도 쓸 곳이 없다 하시며 종들에게 다 나눠 주신 것이니 잔말 말고 받아 두었다가 나를 내보내 주걸랑 그때 살 수 있도록 잘 간수하라."

이렇게 말하며, 비단 필이며 은그릇을 모조리 훔쳐내고 대군의 보모 김상궁을 사귀며 죽지 않게 해 줄 것이니 전량을 많이 준다면 동생한테 일러 살려 주겠노라 하였던 것이니 살기를 탐내어 온갖 것을 다 주었던 것이다.

사잇문으로 통해 다니기에 원통하고 분함을 참지 못하여 사람을

모아 순경(巡更—밤에 도둑, 화재 등을 경계하기 위하여 돌아다니는
일)을 돌았더니 하루는 넘어가다 들켜 잡혀서는 중환이 오히려 큰
소리로 꾸짖으되,
　“누가 우리를 잡으라고 하였느냐? 너희들이 우리를 감금하다 가는
　삼족(三族)이 멸하는 화를 당하도록 하게 하리라.”
하고, 큰 열쇠를 둘러메고 마구 치니 무서워 굴러서 나가 버렸던 것이
다.
　이런 형편이니 그때 중환이와 난이의 세도가 크게 미치지 못할까
두려워했던 것이다. 난이는 시녀며 사궁을 달래고 중환이는 하인들을
달래면서,
　“이 해 동짓달로 택일을 하였으니 그쪽 전의 내인과 상궁 및 하인
　을 다 데려가고 대비마마는 새로 아이들을 두엇만 두어서 물시중이
　나 들게 하고 저절로 돌아가시도록 한다.”
하니, 모두들 이 말을 하는 이도 있으며,
　“내 윗전을 여의고 남의 전에 가서 차마 어찌 살 수 있으리. 가지
　말고 죽고 싶으나 죽으면 또 어버이에게 화가 미칠 것이니 어떻게
　해야 좋으리.”
하고, 우는 사람도 있었던 것이다.
　대군을 데려갈 때처럼 핍박하여 데려가면 하직 인사도 못하고 내
물건도 추리지 못할 것이니 미리 차려 두자고들 하여 머리를 빗고
옷 보따리를 옆에 놓고 동짓달 보름날을 기다리고 있었던 것이다.
　거짓말이 아니라 대개 계교를 꾸밀 때는 꼭꼭 말대로 들어 맞더니
이번만은 데려가질 않는 것이었다. 그러면서 또 말하기를,
　“죽은 나인들의 세간은 죄인의 물건이니 다 가져가라 하였지만

아무도 손 대지 말고 그대로 넣어두어라.”

이렇게 하니 제 종이 치워 두어도 꺼내 입지를 못했던 것이다.

상전께서 나인들을 불러 말씀하시되,

“앞 뒤로 있던 나인들이 나를 위하여 원통하게 죽었으니 그 참혹함을 무엇으로 다 말하리요. 그들에겐 멀던 가깝던 일가 친척은 남아 있어 간수할 사람들이 있을 것이니 훗날 문을 열면 무엇으로 보답을 하리. 그들의 물건을 잘 간수하여 두었다가 줄 수 있도록 다 헤어 장부에 적고 쇠를 잠가 간수하도록 하여라.”

하시기에 간수를 하였더니 중환이 말하기를,

“그렇게도 살려고 기를 쓰시며 죽은 사람의 세간까지 간수하라고 하시는 건가?”

하고 세간을 지키는 사람을 몹시도 미워했던 것이다.

대군의 세간살이를 다 가져간 뒤에는 제 몸을 보전하느라고 난이는 나가고야 말았던 것이다.

어떻게 된 일인지 계축년(癸丑年) 겨울철이 되 있었으되 내어가지 않으므로 난이는 날마다 꾸짖으며 말하되,

“나를 중전의 침실 상궁을 삼으려 하더니 어찌 지금은 안 데려간담. 그러기에 상감을 소같이 미련하다고들 하고, 의인(懿仁) 마마도 사람 같지 않고 효성도 없다고 하시더니 정말 그렇지 뭐람.”

이렇게 말하며,

“대비는 특별난 체하여 대군을 낳으시고도 그 자리를 지니지 못하셔서 이런 서러운 일을 당해도 모두가 당신의 탓이겠지만 나는 무슨 일로 이렇게 들볶이며 살고 동생과 조카는 저희들만 편히 살고 나는 똥구덩이에 빠뜨려 놓은 채 내버려 두고 내보내 주지도

않다니. 어느 하나나 아주머니를 생각해 주는 게 있어야 말이지.”

하면서, 하도 악을 쓰기에 어느 나인이 듣다 못해 말하되,

“내보내 주지 않은 일은 잘못된 노릇이겠지만 상궁이 대궐에서 살아온 지 삼십 년이나 되고 이런 시절이 대군을 피접 나시게 한 일도 아무리 생각해야 잘못된 노릇이지만 당신께서 서러운 지경을 당하셨다고 설마 위께선들 남에게 잡혀 있게 하고 싶으니까 마는 원수를 만났으니 나인의 처지로서 죽으면 죽고 살면 사는 것이지 무슨 귀한 목숨이라고 상전을 원망하시는고?”

난이 이 말을 듣자 크게 노하여,

“너희들은 상전의 은혜를 두둑히 입어서 원망을 않겠지만 나는 쥐꼬리 만큼도 은혜를 입은 바가 없다.”

하고 꾸짖으며 바락바락 악을 더 썼던 것이었다.

죽은 김상궁은 앉으나 서나 어딜 가나, 밤낮으로 꾸짖으되,

“임진란(壬辰亂) 때에 선왕마마를 모시고 단지 호종(扈從)을 하였다는 이유로 삼십도 못돼서 저이가 먼저 상궁이 됐다고 뻐기고 나는 호종 안했노라면서 상궁으로 올라가도록 위께 여쭈어 주지도 않더니 죽으러 갈 때는 제법 착한 체를 하더구나. 잘도 죽었지 뭐냐!”

하면서, 침실 창 밑에 앉아서 큰소리로 꾸짖으되,

“김상궁만 사람으로 여기시고 온갖 일을 다 하다가 저런 지경이 되었으니 지금도 김상궁을 가엾게 생각하고 계시는 건가?”

하기에, 어느 나인이 대답하되,

“김씨가 원래 생각이 곧고 충성심이 강하여 나라 일을 힘써하며 양전(兩殿) 사이를 화목하시도록 애쓰다가 사이에 간사한 무리가

날뛰어 이런 일을 만들어 냈기 때문에 위께서 서러운 지경을 당하셨거니와 자네가 상궁이 못됐던 이유 때문에 김상궁이 죽은 줄 아는가? 자네는 나라를 위하여 불은한 말을 하니 윗사람과 아랫사람의 분별도 차릴 줄 모르느뇨? 입이 있으되 어찌 할 말을 다 할 수 있으리요. 참고 말 많은 일이 많았지만 자네의 세도가 하도 당당하기에 무서워서 누가 말을 하리요. 똥구덩이 속에 머물러 있지 말고 빨리 중전상궁(中殿尙宮)이나 되어 이곳에서 나가시오."

하니,

"어떻게든지 데리러만 온다면 시름도 하지 않는다. 무엇이 못잊는다고 뒨들 돌아다보며 붙잡는다고 있을 상이나 싶으냐?"

하고, 말하더니 갑인년(甲寅年) 봄이 되니 데려 내갔던 것이다.

나갈 때엔 분을 바르고 자주빛 장옷(유부녀가 외출할 때에 얼굴을 가리느라고 머리에서부터 내리쓰는 옷)을 입고 나가기에 다른 나인이 말하되,

"오래 살다가 하직 인사도 않고 간다는 게 종의 도리가 아니로다."

실컷 할 말을 다 한 뒤, 그 옷을 입은 그대로 왔기에,

"장옷만은 벗어라. 어전에 어찌 감히 장옷을 이렇게 입을까?"

이렇게 말하니,

"어전이 무슨 어전이야? 지금 이 지경이 됐는데도 어전이라고 해? 언제 벗었다 또 입고 간담."

하고는 장옷을 입은 채로 하직 인사를 하러 들어갔던 것이다.

평상시에도 전부터 있던 나인들은 다 물로 세수만 하고 낡은 옷으로 부원군(府院君)의 거상(居喪)을 입고 있었는데 난이는,

 "나는 대비의 몸종이 아니로다."

 이렇게 말하고는 분을 바르고 다니기에 다른 내인이 말하되,

 "내 동생이 동궁전 침실에 있으니 내관이 보내더라도 아무개의
 동생이라고 편잔을 줄 것이니 누구의 눈에 띄더라도 근신(謹愼)
 을 하여 남의 입에 오르내리지 않도록 보이려는거요."

 이렇게까지 하였던 것이다.

 난이는 평교자(平轎子)를 태우고 종은 말을 태워서 데려다 대궐에
가 살게 하였는데 대군이 안 계시다는 소문도 들리지 않던 차에 누가
꿈을 꾸니 대군 아기씨만 혼자 들어 계시다가 우시면서,

 "저는 나를 죽였지만 나는 인간 세상을 아무 거리낌 없이 버리고
 좋은 곳에 와 있으니 죽은 일이 오히려 시원할 지경이로다. 형수되
 는 이도 인간 세상에서 슬프게 죽게 한 일을 내 다 알고 있노라.
 나는 여동빈(呂東賓 ; 唐나라 사람 八仙의 하나), 문천상(文天祥
 ; 中國 宋나라의 충신), 백낙천(白樂天 ; 唐나라 詩人), 최치원(崔致
 遠 ; 신라때 文章家), 거복사의 주지와 함께 놀기도 하는 처지이노
 라."

 하시면서,

 "그 세상에도 그런 사람들이 있는지 나 있는 곳은 부처(佛)의 곳이
 고 그들은 신선 사는 곳에 있으니 벗으로 사귀어 노는 것이지 늘
 함께 있는 것은 아니노라."

 하시고, 또,

 "너무 서러워 마시라구 여쭈어라."

 하시기에,

 "어째 친히 들어가셔서 항상 서러워 우시는데 내가 들어가 뵈면

더욱 서러워하실 것이니 들어가질 않겠노라."

하시며 울고 가시는 것이었다.

갑인년(甲寅年) 삼월달에 내관을 보내어 변상궁께 이르면서,

"너희들이 다른 마음을 품지 않고 전(殿)으로만 모시고 평안히 살 일이지 어찌하여 대군으로 임금을 삼으려고 도둑까지 사귀고 안으로는 방정을 하다가 제 목숨을 온전히 보존하지 못하였으니 이제 살아남은 나인은 내 말을 잘 듣고 그대로 복종해야 망정이지 그렇지 않는다면 분명히 말해 두거니와 법대로 처단할 것이니 그리 행하도록 하여라. 처음엔 대군을 경성(京城 ; 서울)에 두었더니 죄인을 성 안에 두는 게 옳지 못하다고 조정에서 하도 보채니 두질 못하고 하는 수 없이 강화(江華) 땅으로 옮겼더니 제 목숨이 박명하여 복에 과하였는지 옮긴지 오래지 않아 죽었으니 죄인의 죽음은 찾는 법이 아니라 하고 조정에서 내버려 두라고 하였지만 형제지간의 의리를 생각하여 해사(海司)로 비단 요자리와 관곽(棺槨)을 갖추어 극진히 안장하였으나 전(殿)께서 아시더라도 서러워하실 리 없으시겠지만 서울에서 강화로 옮길 때 알지를 못하셨으니 제 명에 죽었지만 날보고 죽였다고 하실 게 뻔하니 천천히 아시게 하여라. 즉시 여쭙기라도 한다면 너희들을 잡아다 옥에 가두고 멸족(滅族)을 할 것이니 너희들만 알고 있다가 때를 보아 너그렇게 생각하시도록 하면 아무런 후환이 없을 것이리라. 틈틈이 앉아서 한숨을 쉬며 서러워한다는 말만 있으면 내 법을 다 할 것이니 그리 알고 듣고만 있어라."

하기에 변상궁이 대답하되,

"전교대로 하겠사오나 잠시도 곡읍(哭泣)을 그치지 않으실 뿐더

러 말도 매시고 자결도 하시려고 시위하는 이가 없는 틈만 살피시니 아이와 늙은 근시인(近侍人)은 다 죽어서 없고 미련한 것이 자그만한 애들만 데리고 밤낮 곁을 떠나지 않고 시위하였으나 사람의 목숨은 마련이 없는 것이니 한 해가 지나고 두 해째 봄이 되도록 죽 미음을 통 마시질 않으시니 만일에 돌아가기라도 한들 어찌 종의 탓이겠습니까? 시위하고 있사오나 두려운 마음으로 말할 것 같으면 양쪽이 다 어렵사오니 차라리 죽어야 옳은 귀신이라도 될까 하나이다.”

이튿날에 또 와서 말하되,

“비록 죽고 싶다고 하였으나 죄가 없어서 죽이질 않았으니 오직 전(殿)을 받들어 모셨으므로 죽이지 않은 것이니 수라(水剌 ; 진지)나 자주 권하여 잡숫도록 하고 서러워 울지 마시도록 하여라.”
하거늘 대답하되,

“속담에 이르기를 서너살 먹은 아이도 저 하는 일에 훼방을 노면 좋아하지 않고 오직 뜻대로 하여야 울음을 그치는 법이니 하물며 위께서는 남에 없는 서러움을 당하사 밤낮 애통(哀痛)하신 울음 소리가 그치지 않으시고 두 해가 되도록 어머님과 아기씨의 생사를 알지 못하셔서 마치 몸에 불이라도 붙으신 듯, 산 고기를 양지에 놓은 듯 몸부림치시며 밤낮을 가리지 않고 우시며 냉수와 얼음만 마시시니 수라는 더욱 권해 드릴 길이 없사오며, 이따금 위로하여 여쭙기를 대전께서 죽, 미음이나 자주 권하여 잡숫게 한다는 전교가 자주 오시니 망극한 중에도 또한 모자(母子)의 정을 차리시니 어찌 감동하지 않겠습니까? 하루살이 같은 종의 신세이나 드디어 목숨을 보존해 주시는 은혜를 입겠사옵니다.”

위께 전교를 전하오니,

"대전이 오시기를 하나 나를 어미라고나 하시나 날 보고 누가 국모(國母)라고 할까보냐? 너희들 다 가거라. 나 혼자서 울다 울다 지치면 죽어 버리리라. 권하는 말이 더욱 듣기가 싫구나."

이렇게 말씀하시니, 더 권하지는 못했던 것이다.

대군이 돌아가셨다는 말을 듣고, 시위인들의 서러움이 태산 같으나 날마다 와서 괴롭히니 어찌 울음 소리를 낼 수 있으리요. 가슴을 두드리고 원통해 할 따름이었던 것이다.

사월이 되도록 대군이 돌아가신 말을 여쭙지 않았더니 위께서 먼저 꿈을 꾸시니 두 젖이 흐르고 모든 사람들이 아기씨를 안아다가 위께 안겨드리니 위께서 우시니 반가우셔서 젖을 먹이시다 깨시어 꿈이었다는 걸 깨달으사,

"마음이 다시금 놀랍고 온 몸이 떨리어 지금은 얼른 진정을 할 수 없을 지경이니 어째서 이런 꿈을 꾸었노?"

하시기에, 가까이 모신 나인이 대답하되,

"젖이라 하는 것은 아이들의 양식의 줄기니 아기씨께서 장수하셔서 대전의 마음을 자연히 풀어지게 하시고 서로 만나실 좋은 징조로소이다."

하였더니, 그 뒤에 또 괴이하게도 꿈에 아기씨께서 위께 안기시며 말하시되,

"머리빗을 사이에 하늘의 옥경(玉京)을 보니 인간의 복과 운명이 다 하늘에서 하시게 달린 줄 알았으나 나를 보지 못하시어 서러워 하시나 나는 옥황상제(玉皇上帝)를 뵈었으니."

하고, 울거늘 붙들고,

“어디를 갔었느냐? 나는 너를 여의고 서러워 죽고저 하되 너는
어찌하여 간 곳도 아니 일러주느냐?”
하오시니,
“아오셔도 아무 소용이 없어요.”
하고 가니, 이 어찌 심상한 보통 꿈이겠느냐?
“죽여도 나를 속이는가 싶으니 바른 대로 일러 주면 좋으려니와
그렇지 못하면 이 서러움을 참지 못하여 곧 죽어 한테 가고저 하노
라.”
하고 하도 보채시니, 상궁이 서러움을 참지 못하여,
“눈물이 흘러 옷이 젖으니 어찌 서러움을 참으시며 철석 같은 마음
인들 참아지리오. 안부를 전하려고 하다가 못하여 이리 꿈에 나타
나 이르시니 우리를 속이고저들 하나 아기씨가 영특하시어 꿈에
나타나시니 인간은 속일 수 있으나 신령은 못 속이는가 하나이
다.”
하니 졸도하시어 죽은 듯이 누워 계시다가 가까스로 냉수로 깨워
여쭈기를,
“아기씨, 벌써 범의 입 안에 들어감을 면치 못하오셔 이제 아무리
간장을 태우시고 서러워하셔도 살아 돌아오실 까닭이 없는 일이옵
고 병드오신 본가댁 동생님네 어린 자손들 데려 오시고 의지할
데 없어 윗전을 다시 만나 뵈옵고저 살아 계시오이다. 아가씨를
위하여 옥체를 버리시오니 더욱 기꺼워하여 가장 모진 일을 하여
방정을 하다가 나타나 자진(自盡) 하오시다고 사기(史記)를 쓰일
것이오며, 악명을 싣게 될 것이니 윗전께서 먼저 돌아가시는 날에
는 온갖 나쁜 짓을 다 하시었다고 이를 것이니 서러움을 참으셔

지그시 견디어 보옵소서. 종인들 탄식하고 한숨 쉬매 어찌 잔인하다는 생각이 들지 아니하겠사오리까? 평시의 좋은 시절에는 존귀하게 시위하와 사옵다가 이제는 나인이 초야에서 김매는 하인만도 못한 신세가 되어 해골이 거리에 그을고 금부(禁府) 나장(羅將)에게 뒤를 쫓기우게 되었고, 선왕마마를 가깝게 모시던 사람이나 의인(懿仁) 가례(嘉禮) 올릴 적 사람이 모두 중형을 받아 죽었으니 불쌍하고 애처롭기 그지 없더이다. 차라리 죽어서 이런 모든 끔찍한 이야기를 듣지 말고저 하오나 윗전마마를 생각하옵고 오늘날까지 살아온 것이온데 이제 돌아가시면 오늘만 살라고 그만둘 까닭이 없겠사오리이까. 새로 옥사를 일으킬 것이오니 한 아기씨를 위하여 이제 남은 유신(遺臣)을 모두 서럽게 죽게 마옵소서.”

하오니,

“난들 그런 줄을 모를 리야 있겠느냐만 동서도 분별치 못하는 어린아이 슬하에서 자라는 양이나 보려고 하였더니 위력(威力)으로 빼앗아 가서 간 곳도 가르쳐 주지 아니하고 죽였으니 애를 끊는 듯 속을 베어내는 듯 설움을 참지 못하면 어머님이시여 내일로 말미암아 서럽게 죽은 동생들을 생각하니 이제 죽으면 저승에 가도 부형(父兄)에게도 반가이 뵐 수가 없어 부끄러운 넋이 외로이 될 것이니 참는 일이 많아 죽지 못하나 무슨 원수를 지었기에 이렇듯 서러운 일을 겪게 하는고. 내 지은 죄 없으니 서러움은 비록 내가 받으나 선왕께 하는 바와 같으니 한갓 나를 미워하는 일이라고만 할 수 있을까 보냐. 선왕께옵서 사랑하시지 않던 원한을 나한테 와서 푸니 나한테만 원한을 품기는커녕 내 친정 가문과 어린 대군을 모두 죽였으니 어찌 한갓 서럽다고만 하겠느냐? 앞으로 영혼이 다시는 이런 땅에 태어나지 않으려니와 문 열어 주거든 노모의 안부나 알려다오."

문안 내관더러 이렇듯이 말씀하시고 들은 체도 아니하더란다.

봄이 지나 여름이 가고 가을이 되었더니 나인들이 종기가 생겨 앓고 있어,

"약이나 하여 먹여 주도록 하오."

하고 부탁하였으나 들은 체도 아니하는 것이었다.

변상궁만 남았으니 모든 나인들이 어미 믿듯 하고 윗전께서도 한 가지로 믿어 계시오더니 변상궁조차 앓아 누우니 윗전께서 더욱 망극히 여기시어 어떻게 해서든지 살려 보려고 갖가지 약으로 구병(救病)하시오나 나이 많고 마음 고생을 많이 한 지라 열이 중하여 살 길이 없게 되거늘,

"하다가 못하여 나인이 병이 중하니 내어 보내 주시오. 살릴 방도가 없구려."

여러 번 간청하셨건만 들은 체 아니하거늘 다시금 청하니,

"무슨 일을 꾸미려고 거짓 병 탈하여 나인을 내어 보내게 하여 달라고 하느냐?"

하거늘, 무서워서 더 아무 말도 못 하다가 그 병세가 하도 수상하여 다시 나을 가망이 전혀 없으므로 다시금 간청을 하니 그제서야 내어 보내되 별장(別將) 내금위(內禁衛)며, 대전 내관이며 모두 자비문 안에 서고 의녀로 하여금 상궁의 속치마며 바지까지 뒤져보게 하고 그 욕됨이 말할 수 없이 무겁고, 옷사이에 무엇이 들었는가 햇빛에 비쳐 보고 신은 신발을 다 떨어보고 머리 짚어 보며 내관이 말하기를,

"대전 전패(傳牌) 없으니 별장 내금위장 모두 들이밀어 보고 행여
글월을 품어 가거나 품 안에 감추고 있는가 하여 우리들을 믿지
않으시고 별장들을 대령케 하였으니 데면 보고 나중에 큰일을 내게
하지 말고 들이밀어 보라."

하니, 고자며 모든 놈들이 상궁을 껴안아 들이 밀어보고,

"아무 것도 없다."

하니, 그제서야,

"동생이 들어와 데려가라."

하더란다. 병이 중하니 비록 정신을 잃고 있을망정 욕됨이 가볍지
아니하여 웬만한 병이면 차마 못나갈 판국이었다. 모든 나인이 울며
빌기를,

"병이 중하여 구하지 못할 것이 나가는데 무엇을 가져갈 것이라고
저리 심히 뒤지느뇨? 죽으러 가는 나인이라고 뒤져 보고 병을 얻어
나가느니라. 의녀를 시켜 뒤져 보고 수욕(羞辱)이 이루 말하기
어려울 지경이니 내인은 상인(常人 ; 온 사람)이라 그렇다 하거니와
윗전의 체모를 어찌 조금이라도 생각해 주지 못하느뇨?"

하니, 대관이 대답하기를,

"우리더러 그런 말을 해야 아무 소용이 없네. 우리도 죽을까 두려
워 이렇게 하는 거라오."

하는 것이었다. 변상궁이 궁 밖으로 나간지 오랜 시일이 지난 뒤에
윗전께서 병이 깨끗이 나았거든 다시 들어오게 해 달라고 하셨으나
대답도 아니하였던 것이었다.

변상궁은 구월에 나가고 전에 감찰 상궁으로 다니던 천복이 내전에
서 더디 잡아낸다 하고 하옥하였더니 시월 이십일에 은덕의 조카를

이 사람의 양자로 만들어 주고 내외에 말을 서로 통하더니 안으로 들여보내 어떤 흉칙한 일을 꾸밀 생각으로 잘 구슬러 이때의 윗전께서 들여보내더란다.

이 사람이 원래 성질이 미욱하고 운수가 막혀서 나이 육십에 이르기까지 자식이 전혀 없고 얼굴 생김새가 괴상하여 그 모습이 등유(燈油)칠 한 것같이 검고 언문 한자도 제대로 잘 쓰지 못하여 의인왕후(懿仁王后)적부터 자기가 좋은 자리에 쓰여지지 못함을 늘 마음 속으로 원망스럽게 여기고 있었는데, 이때도 제 소임을 맡지 못하여 너무도 서러워한다는 이야기를 들으시고,

"제 행실이 착하지 못한 줄 모르고 나이가 많도록 힘든 일만 하고 어렵게 지낸다니 그도 사람이라 불쌍하도다."

하오시니 감찰상궁을 시켰더니, 양전(兩殿)에 서로 문안 인사 드리러 다닌답시고 아침에 문안 가서 한낮에 돌아오기도 하고 저녁나절이 되어 돌아오기도 하며 은덕이와 가히(介屎)와 날이 저무는 줄 모르고 그 곁에서 세월을 보냈던 것이었다.

천복이가 이르기를,

"대군이 남과 달라 자라면 큰 사람이 되리라."

하니, 은덕이가 이르기를,

"아무리 슬기롭다고는 하나 오래 사는가 두고 보시오."

하더란다.

이런 사람을 들여보냈건만 아무런 사정도 모르고 계시니 마음이 무한히 너그러운 어른이셨거니와 들어와 인사도 제대로 하지 않고 다짜고짜 묻기를,

"윗전마마 어디계신고? 올라가 알려주시오."

　"아무데 계시오거니와 잠시 머물러 가소."
하니 대답하기를,
　"나를 내전에서 일부러 보내시어 변상궁이 병들어 나갔으니 네
들어가 시위하라 하시어 왔으니 곧 들어가게 하여 주십시오."
　"무엇이 바쁠고. 아주 들어왔으면 더욱 마음 든든한 일이니 물러가
쉬시오."
　"내가 즐겨서 왔는 줄 아오? 싫으니 마다하고 대전, 두 마마께서
네가 들어가야 시위를 잘 하리라, 아니 들어가면 중죄(重罪)를
주리라 하오셔 온 것이지 좋아서 온 줄 아시오?"
　말이 가장 해악하니 처음부터 싫은 생각이 드는 위인이었다.
　즉시 안으로 들어가 침실의 지게문을 열고 바로 들어가 앉으면서
여쭙기를,
　"대전 내전이 소인을 일부러 불러다가 네 친히 시위하되 옥체를
만지며 잘 시위하라 하오셔 찾아 왔나이다."
하니, 윗전께옵서 몹시 심하게 여기셔 대답도 하지 아니하시니 앉았
다가 못하여 나와 모든 하인더러 이르기를,
　"저것이 왜 왔는가 하고 미워하지 마라. 진정으로부터 오고파 온
것이 아니라 싫게 여기지 마라."
하거늘 대답하되,
　"윗전께옵서는 마음이 괴로우셔서 매양 곡읍(哭泣)만 하오시거든
변상궁이 들어서서 위로하여 모든 아이들을 거느리옵시더니 이제
밖으로 나가시어 원망스럽게 비길 데 없는 처지이거든 어떤 상궁이
오시든 싫어할 까닭이 있겠습니까? 즐겨 문 열 듯 성원하여 주소
서."

이에 대답하기를,

　"대전 내전이 보내어 시위하라 하셔 온 것이니 나는 나로서의 대답은 할 수 없노라. 나라 사람하여 밥 지어 먹고 옷 지어 줄이 없거든 시녀하고 지어 입고, 옷감이 없거든 대비마마께 여짜와 주소서 하여 입고 조금이라도 네 말을 아니 듣거든 문안 내관을 시켜 서계(書啓)하라. 그른 일이 있으면 내수사(內需司)로 잡아내어 죄 줄 것이니 월경(月經)하고 병든 이 있거든 즉시 내어 보내라 하시더라."

하거늘 모든 나인이 실색하더란다. 한 나인 이르기를,

　"그렇다면 가장 좋거니와 병들었다면 내어 보내신다니 말미를 주어 내어 보내 주시면 어떠하시겠나이까?"

하니 아무런 말도 하지 않고 잠잠하더란다.

　여러 날이 지났으나 옛전께서 불러 아니 보시니 노하여 이르기를,

　"부리시며 아니 부르시는 일이 있거들랑 서계 하라 하오신 바 있으니, 푸대접한다 하오시고 이렇게 박정하게 대하시니 대전을 저어하시는 가 싶으니 내 반드시 서게 하리라."

하고 여러 번 버르거늘, 시위인이 여쭙되,

　"천복이 들어오매 불행한 일이옵고, 첫날 들어왔을 때부터 마음이 놓이지 아니하였사온즉 처음으로 묻기를 침실에는 누가 드나드느뇨,묻기에 우리들이 사노라 하니 눈 흘기며 이르기를 내전이 즉시 소명하였고 정씨는 당초에 사설하고 운다 하여 내어다가 죽이겠노라 하오시더라 하고, 들어와 하는 행동이며 모든 몸가짐이 괘씸하기 그지 없으나 들어온 지 여러 날이 지났사온즉 한 번도 감하오시지 아니하시기에 감히 오늘 청하옵나이다."

“제 얼굴 모습이 더럽고, 행동과 언사가 극히 괘씸하니 보기 싫거
　니와 한 번 오라 하여 제 말을 들어 보리라.”
하오시고, 불러 보오시니 평소에 저도 시위를 한 바 없는 사람이요,
곱지 아니한 얼굴 치켜들고 바로 앉아 감히 쳐다보기 두려운 일이로
되 가장 좋은 양하여 얼굴을 똑바로 치켜들고 번듯이 나와 앉거늘
격전께서 묻자 오시기를,
　“네 어찌하여 이리로 들어오게 되었는고?”
　“친히 시위하라는 어명으로 왔나이다. 전지(傳旨)도 가져왔나이다.”
　“전지란 것이 무엇이냐? 네 어찌 나에게 전지라는 말을 함부로
하느냐?”
　“소인에게 들어가 옥체도 잘 간수하고 요사한 일 하거든 금하고
서게 하라 하오시더이다.”
　“그는 용한 말이로다. 내 아무리 위세가 꺾이어 보잘 것 없이 되었
다 하나 종 부리는데까지 이토록 여러 말이 있단 말이냐? 며느리로
서 시어머니를 군소리하고 투덜거리는 나라가 어디 있느냐? 나는
하는 일 없으니 네 들어와 살펴보라. 부모 동생이며 어린 아기
없이 하고 이제 무엇이 부족하여 이 곳에 가둬 두고 용납치 못하게
하는 것이냐? 네 만일 그 죄책(罪責) 입을 때 누구와 어울려서
입으라고 하더뇨. 필부를 구하여도 믿지 못할 것이니 나를 서럽게
하여 선왕 아들이라 하고 이름을 더럽히게 될까 아껴 하노라. 내전
이 정사(政事)에 참견을 하니 잘못하는 점을 잘 끄집어 내어 일러
드리고 밝혀 드리면 대전도 안 들을 리 없건만 내전으로 들어 앉아
서 대전의 잘못하는 일을 그대로 쫓는도다.”
하오시니 천복이가 여쭈옵기를,

"문을 열고저 하오나 전계(傳啓)를 못 얻어 하오시나니 양 전하며 세자께 친히 글월을 적으시어 소인에게 주오시면 내관을 시켜 전할 것인즉 반겨 받으시리라."

"전날에도 여러 번 간곡히 적어 보냈으되 한 번도 대답이 없었으니 비록 서럽기는 하나 또 빌지는 못할 것이니 물러가거라."

하오시니 나와 앉아서 이르기를,

"아무리 잘난 체 하오셔 어버이라고 빌지 아니하오신들 대전 내전이 어버이라고 하오시는가? 그렇듯이 생각지 아니하는데 어찌한단 말인고?"

하거늘, 누군가 대답하여 말하기를,

"선왕마마께서 친히 맞아들여 오신 중궁이 오시고 공주, 대군(大君)을 낳아 계시오거늘 모진 법을 하여 어버이라고 아니 하나 그게 오래 갈 것인가?"

천복이 대답하기를,

"대전 어머님 공성왕후(恭聖王后)라고 봉작하였고 대군을 죽였으니 누구라 말할 것이며, 선왕마마 제 아버님으로 대접이나 하는 줄 아시오? 살아 계신 때 이름만 세자라 하고 사랑치 않으시고 가르치지 아니하셨기에 이제 왕으로 계셔도 아무 일도 알지 못하니 더욱 애닯이 여겨 그 원한을 대군에게 풀거든 할 수 없는 일이로다."

"아버님, 어머님을 모두 인정치 않으신다면 어디에서 태어나신 것인고?"

하고, 죄인 응벽(永昌大君 ; 보모 상궁 덕복의 조카임)이를 담아 목릉(穆陵) 유릉(裕陵 ; 懿仁王 后陵) 위에 올려다가 방정한 곳을 가리키

라 하니 그 놈이 올라가서 이르기를,

　"내가 방정한 곳이 어디 있다더냐? 내 모진 형벌을 못 견디어 잠시
　나마 쉬어 보려 하고 거짓말하였더니라."

하고 나려가 죽었던 것이었다.

　응벽이는 대군 보모 상궁의 조카였었다.

　사람들이 놀라서 이르기를,

　"아버님 무덤을 팠다는 사람이 어디 있는가?"

　"그런 줄은 다 알건만 누군들 두려워 감히 입밖에 말을 낼 것인
　고. 침실 안에만 들어 가게 해 준다면 물이라도 억지로 마시게 해
　드림세."

　"어찌하여 마시게 한단 말이냐?"

　"가히(介屎)의 권력이 중하니 가히 형과 가히에게 돈을 많이 주기
　만 하면 천하 못할 일 없을 것이니 문 열기는 가장 쉬운 일이라
　오."

하매, 격전께 이런 뜻을 여쭈니,

　"세 곳에 글월을 써서 문 열어 달라고 빌어 보려니와 나라의 어른
　이 되어 당치도 않는 천인(賤人)에게 청하기는 가하지 아니한
　일인 줄 아오. 다른 마음 먹어 나를 죽이고저 잠가 넣었으니 청할
　바 아니니 두 번째로 가하지 아니한 일이며, 제 어미를 봉하여
　주고 나를 용납치 못하게 잠가 넣었는데, 쓰린 마음으로 청하여
　비는 게 세 번째로 가하지 아니한 일이며, 늙은 미련한 나인의
　말을 듣고 막중한 청을 함이 네 번째로 가하지 아니한 일이니,
　나를 이리 가둬 두매 심상함이 아니며 꼭히 제 나중에라도 큰 화를
　당하려고 한 것이라 청으로서 이루어질 일이 아니니 다섯째로 가하

지 아니한 줄 아노라. 답답하고 서러운 것은 비길데 없으나 천복이에게 의지하여 가만히 빌기는 죽을지언정 못할 일이로다. 너희들이 서로 자세히 의논하여 대답하라.”

이러할 때에 동짓달이 거의 되었더니, 천복이 입을 것이 없다고 엄살을 부리니,초록과 백두와 소음이며 신이며를 주오시고 이르시기를,

“너를 심상한 여늬 나인으로 보지 않으니 계축년(癸丑年)에 나간 나인 내라고 보채어 두 감찰 상궁을 잡아내 가니 옥중에 들어가 지내기가 어렵게 되어 추워진다 할 때 입을 것을 주니 먹을 것을 자주 주도록 하라.”

하오시니, 불땔 나무며 음식을 주오신다 하고 보내면 천복이 엄연히 누워서 대답하기를,

“주오시니 상덕(上德)은 그지 없거니와 나는 귀하게 여기지 않노라.”

하니, 가져갔던 사람이 차마 듣지 못하여 곧 나오고 말았다 한다.

윗전께오서 친히 글월을 써 양 전과 세자궁에 문 열어 달라고 비오시니 이튿날 내관 보내어 천복이를 그르다 했다는 말을 듣고 천복이 걱정이 되어 누워서 말하기를,

“나를 달래서 들여보내시기에 침실에서 사는 몸이라 시키는 일은 할까, 나도 살리실까 여겼더니 아니 부리시니 제 소임을 아니한다 하고 미워하시니 죄 입을까 두려워하노라.”

하고 근심하여 대소변을 싸더란다.

몸가짐이 야무지고 똑똑하면 어찌 어여삐 여기지 아니할까마는 하는 말이 하도 쾌씸하고 미우니 어여삐 여기시지 않으나 남의 입이

두려워 미운 말을 아니하고 좋은 체하더니 하루는 공주를 뵈옵고
말하기를,

　"어머님 같다마는 서방 맞을 데 없고, 옷입은 모양 더 같으니 보기
　싫다."
하였었다.

　공주가 마마(천연두)를 앓으시니 천복이 기뻐하며 이제야 뜻을
얻었다고 좋아하나 할 일이 없어 하더니 침실 문을 닫고 조심하니
천복이 아파 누웠다가 그제서야 일어 나와서 두루 보고 역신(疫神)
인 줄 알고 들어 앉아서 일부러 고기 저미고 술을 마시거늘 남이
들어가 보니 이르기를,

　"터놓고는 술 고기를 못 먹을 것이니 우리 가만히 먹자."
하고 먹더니, 윗전께서 아시고 천복이 놈 몰래 들어앉아서 고기 뜯고
술 마시며 가만히 먹자 했다니 괘씸하고 더럽다, 어서 뺏아서 못 먹게
하라 하오시거늘 사람 보내어 보니 과연 한 사람을 데리고 앉아서
먹고 있더란다.

　"저도 하도 불쌍하여 진지를 들지 아니하였으니 먹노라."
하는 것이었다.

　이 때를 타 천복이 섣달 십 칠일, 침실 기슭에 가만히 불을 놓으니
불 놓을 때 이경(二更)인데도 마침 늙은 문상궁이 마음이 직순(直
純)한 사람이라 윗전을 위하여 침실 안이 더우나 늘 머물러 자더니
불붙는 소리 급하거늘, 인경은 벌써 친지 오래 이경이 지났고 불붙는
소리나니 무슨 소리냐? 천복이 자기 방에서 혼자서 자더니 필경 요사
스러운 일을 꾸민 게 틀림없도다 하고 급히 지게 문을 열고 나가
보니 붉은 불빛이 하늘에 가득 찼고 불붙는 소리 가깝게 들리거늘

사잇문을 열고 나가 보니 침실에 잇달은 사랑채에 불이 붙었는데 처마가 바로 닿아 있는데 침실에서는 아기씨를 위하여 두루 닫고 앉았다가 잠깐 잠이 들어 소리를 듣지 못하였더니 놀라 닫은 문을 열어 제치고 내닫는 소리를 듣고 너무도 경황이 없이 한달음으로 뛰어나가며 소리 지르기를 '불이야, 불이야' 외치거늘, 모든 나인이 다 쫓아나와 보니, 천복이 홀로 나타나지 아니하더란다.

나인들이 옷을 벗어 물 속에 담갔다가 쳐서 불을 껐다.

숯섬에 불을 으매음에 섬을 잡아 내치었으나 처마 끝은 벌써 타 내려졌었다.

옷을 벗어 무술이를 시켜 모두 끄고 말았다.

불을 끈 뒤에 천복이 종을 데리고 나와서 이르기를,

"숯섬에서 불 남은 하나도 이상할 게 없느니라. 본래 숯섬이란 것은 오래 쌓아 두면 불이 나는 법이니라."

모두 대답하기를,

"숯섬에서 불이 난다면 선공(繕工)에는 숯을 어찌 쌓아 두며 서방 여러 곳에 쌓아 놓았으되 불나는 데 없더니 불이 극히 이상하다."

"그렇다고 누가 불을 놓았단 말이냐?"

하는 것이었다.

역질(疫疾)로 지금 앓고 계신 경황 없는 사이에 놀라게 하여 타죽 게 하려 하는 거동임이 분명했다.

시위인이며 윗전께서 놀라 어찌할 바를 몰라 지게문을 닫으시고 안채에까지 불이 붙게 되면 바깥으로 나오시려고 하였는데, 나인들이 라고는 하지만 애들 늙은이 대여섯이 나서서 못 끌 불을 끄니 어찌 심상한 어른이라고 할 수 있겠는가?

천복이 어떻게 해서든 역질을 심히 앓지 않게 하려는 생각에서 종을 시켜서 가만가만 칼질도 하며 온갖 음식을 다 시켜 먹더란다.

하인들 중에는 아이들이 여럿 있어서 옳지 못한 일을 시킬라치면 늙은 나인이 소리지르매 때리거늘 그 아이가 노하여 아이들 대여섯을 달래서 데리고 도망쳐 가서 가히(介屎)를 만나고 싶어하니 즉시 나와서 말하되,

"대비는 어떻게 지내시며 공주는 어떠시고 또 나인들은 무슨 일들을 하느냐?"

그 아이가 대답하되,

"대비마마께서는 밤낮 울고만 계시고 공주께선 무슨 일을 하시겠으며 나인들인들 무슨 일을 하겠습니까? 아무 일도 하지 않습니다."

시녀 정순이가 꾸짖으되,

"대비마마라니 무슨 당치도 않는 소리를 하느냐? 그냥 대비라고만 하여라. 공주께서는 또 무슨 소리냐? 그냥 공주라고 하여라. 공주가 늙더라도 혼자 늙게 내버려 두지 무슨 부마(駙馬)를 삼게 하랴? 죽어도 그냥 죽게 내버려 두지 누가 내어 오게 한다더냐? 대비가 되셨다고 참 위대하기도 하여라. 대비의 성질이 사납기는 이루 말할 수 없어 우리 대전마마를 죽이고 대군을 그 자리에 세우려고 하다가 들켜서 저렇게 잡힌 신세가 된 것이란다. 털끝만치도 대비를 위할 생각은 말아라. 위한다면 죽이겠다. 벌써부터 오라고 손꼽아 기다렸는데 오지 않더니 어째 이제서야 왔느냐?"

대답하되,

"부모의 소식을 통 모르니 안부나 들어 볼까 하여 왔습니다."

가히가 말하되,

"너희들이 그 곳에서 하는 일을 다 고하면 안부도 듣게 해 주마."

대답하되,

"아무 일도 하시는 일은 없고 그저 서러워하고만 계십니다."

정순이 꾸짖으며 말하되,

"너희가 하는 일을 속이면 다 잡아다 옥에 가두실 것이니 바른 대로 말해라."

대답하되,

"아는 일이 없으니 죽이신다고 한들 모르는 일을 어찌 말하겠습니까?"

정순이 꾸짖되,

"말하질 않으니 정말 괘씸하기 짝이 없구나. 어버이를 빨리 만나 보고 싶거든 대비를 하루 속히 죽이거나 그렇게 못 하겠거든 불이라도 질러라. 불만 질러 놓으면 너희들은 다 양반에 돼 나가기가 쉬우리라. 너희들이 왔으니 고기랑 술이랑 먹여 주마."

하고, 술과 고기를 주기에 먹지를 않으니,

"왜 먹지를 않느냐?"

"슬퍼서 못 먹겠습니다."

"슬프다고 저까짓 것을 못 먹느냐? 그러지 말고 어서들 먹어라."

"대비가 꾸짖을까 봐서 안 먹느냐?"

"왜 우느냐?"

하되,

"들어 갇혀서 슬퍼하는 아이들 생각하고 우느냐?"

"어서 먹어라?"

“기휘(忌諱 ; 꺼리어서 싫어하는 일)로 고기를 안 먹던 것이라 먹지
않습니다.”

“무슨 기휘냐?”

“공주께서 마마를 앓으십니다.”

가히가 놀라며, 한편 반가와 물어 보되,

“무슨 마마냐?”

“큰 마마를 앓으십니다.”

“경과가 좋으시냐?”

“경과가 좋으십니다.”

“얼마나 돋았느냐?”

“조금 돋았다고들 합니다.”

“며칠째나 됐느냐?”

“거의 다 나아가십니다.”

“천복이를 침실에서 부리시도록 하였는데, 마마가 돋으셔서 안
부리시게 하였느냐?”

“아이가 대비마마의 일을 어떻게 압니까?”

“들었을텐데 설마 모르겠느냐?”

정순이 또 꾸짖어 말하되,

“대비마마라고 하지 말랬는데 또 어째서 대비마마라고 하느냐.”

하니, 가히가 정순에게 눈을 흘기며 꾸짖어,

“잔소리 말아라.”

하니, 정순이가 또 말하되,

“무엇이 불쌍하다고 꾸짖지 말라 하시는고? 대전마마를 죽이려고
한 일이 고마와서 꾸짖지 말 것인가?”

라고 말했던 것이다.

중환의 당(黨)에 소속된 아이이기에 함께 넘어가면 내어 보내줄까 넘어갔더니 하도 꾸짖고 상전을 욕하니, 쫓아가던 아이들은 화가 나고 애닲아 도로 넘어 오며 혼잣말로 말하기를 이럴 줄 알았더라면 가지 말 것을 혹시 나가게 될까 생각을 했었는데 공연히 욕만 보았구나 하면서 울고 온 아이도 있고, 우리 다시 한 번 보자 하는 아이도 있었던 것이다.

침실 상궁들은 기휘(忌諱)하는 까닭으로 나오질 않으니 알 길이 없었는데, 사옥이란 아이가 침실 처마 밑에서 수직(守直)을 자는데 하루는 남달리 늦게까지 자기에 수상하게 여겼더니, 겟나인들이 담을 넘어와서 결박을 짓고 불붙은 처마에 불을 지르곤, 자는 사람이 간신히 힘을 써서 일어나는 걸 기다렸다가 불을 끄니 누가 한 것인지도 알지도 못하지만 무서워서 불이 났었다는 말을 내지 못하고 아는 사람들만 알고 그냥 참고 살았던 것이다.

이 아이들이 계속해서 넘어갔고 두려운 생각들이 들어서 궁정에서는 야경을 돌며, 유언비어(流言蜚語)를 퍼뜨리고 불을 질러서 소란하게 구는가 하면 밖으로는 납향제(臘享祭—시월 그믐날에 한 해 동안의 농사 지은 것과 여러 가지 신께 아뢰는 제사)에 쓸 돼지를 많이 들여 오면서 내관이 내전께 여쭙기를,

"어떻게 해서 드려야 되겠습니까?"

"토막을 쳐서 드려라."

하니 차비문(差備門)에서 도끼로 돼지, 사슴, 노루를 토막을 치는 소리가 침실까지 들려 오고 그 고기를 장대에 꿰어 들이 밀며

"조금 있다가 갖다 드려라 하거든 드려라."

하기에 내관이 큰소리로 꾸짖으니,

"우린들 어떻게 우리 마음대로 할 수 있으리요. 전에는 그냥 통째로 드렸더니 올해는 어쩐 일인지 토막을 쳐서 드리라는 대전의 전교가 있어 마지 못해 토막을 쳐서 드리는 것이니 잔소리 하지 말고 어서 드리라."

하였던 것이다.

사람이 미처 받지 못하면 군사들이 들고 와서 동댕이 쳐버리고 어서 문을 닫으라고 하였던 것이다.

마마를 앓는 데는 칼질과 도끼질이 가장 흉한 줄을 알고 일부러 토막을 내서 갖다 드리라고 일렀던 것이었다.

그래도 신령께서 도와 주시고 잔인한 짓인 줄 여기시더니 마마를 순히 앓아 넘기셨던 것이다.

넘어갔던 나인들이 마마귀신을 나가지 못하게 넣어 두었는데도 공주는 순하게 앓고 낫고, 내 손자는 그렇게 예방을 했건만 어째서 죽었는지 참 이상도 하다고 말을 했던 것이다.

그 곳 나인들이 날마다 높은 곳에 올라가 망을 보다 혹시 그 곳에 갔던 아이라도 눈에 띌라치면 손짓을 하여 오라고 해서 기어이 그 애가 담을 넘어가게 했던 것이다.

한 번은 밤 열 시쯤에 누가 담을 타고 넘어가려는 것을 어느 시녀의 종이 뒤미처 나가다가 보고 제 동료한테 이르러 온 동안에 뛰어내려 얼른 제 방에 가서 자는 시늉을 하고 있어서 누가 넘어가려 했었는지 아무도 알지를 못했던 것이다.

잡아 보았자 처치하기도 어려운 터라 일부러 모르는 체를 하고 덮어 두었던 것이다.

112

저들은 어떻게든지 해서 나갈 궁리만 하여 별별 계교를 다 꾸며 가며 나가려고만 했던 것이다. 그 곳의 나인이 밤에 담을 타고 넘어와 버드나무 위에 앉았다가 이 곳 나인을 만나게 되면 신은 신발을 벗어 던지고 가곤 했던 것이다.

다른 나인들은 혹신 저를 잡으러 오지자 않았나 해서 무서워 하여 혹시 본전 나인을 만나도 남의 전(殿) 나인인가 하여 혼비백산(魂飛魄散)이 되어 저도 모르게 소리를 지르게 되니, 누군줄 알고 저렇게 소리를 질렀는지 어디로 달아나야 하는 건지 통 모르고 쩔쩔매곤 하였던 것이다.

을묘년(乙卯年) 봄이 되니, 변상궁이 나간 뒤로 죽었는지 살았는지 알지를 못해도 말씀도 못하시고 내버려 두었더니, 어떻게 생각들을 했는지 이르지도 않았는데 사월 그믐날에 도로 보내 주었던 것이다. 들어보내 줄 때 상 보고 들어오라고 하여, 가히가 나와 보곤 손뼉을 치며 말하기를,

“우리를 죽이려고 꾀하다가 하느님이 알아 잡아 냈으니 망정이지 대전이 누구시라고 감히 죽이려고 하였던고? 하느님이 양화(殃禍)를 주신 것이니 이제 와서 뉘 탓이라고 할꼬 / 이제라도 곱게 살지 못하려고 하늘께 제사를 지내며 빌다가 그 일도 탄로가 났으니 그래도 거짓말이라고 할까?”

이렇게 말하고 손뼉을 치고 소리 지르며 허둥대니 이편에선 입이 있은들 무어라고 말을 할 수 있으리요. 아무 말도 못하고 잠잠히 앉아 있으니까 손을 휘젓는 것도 어딘지 바삐 오락가락 하며,

“그렇게 잠자코 있는 걸 보니 내 말이 사실임에 틀림이 없으니 어찌 입이 있다 한들 무슨 말을 하겠는가?”

하고,

"모두가 옳은 소리니 말이 없이 앉았는 것 아닌가?"

이렇게 말했던 것이다.

내전(內殿)이 친히 만나서 할 말이 있다고 하기에 한참 동안이나 기다리고 있었더니 무슨 계략을 꾸미려는지 다시 부르진 않고 사람만 보내어 말하되,

"너를 애초에 죽였어야 옳을 것을 안 죽였으니 이 모두 상덕(上德)인 줄을 아느냐? 칭병코 나온 것도 그 동안에 잔꾀를 부려 병탈을 하고 나온 것이니, 너를 들여보내지 말 것이로되 모실 사람이 없다고 하여서 너를 들여보내는 것이니라. 이 뒤부터는 요사스런 일 일랑 다시 하지 말고 잘 모시도록 하여라."

이렇게 일렀던 것이다.

가히(介屎)가 내달으며,

"내 말을 듣고 저토록 서러워하시니 어서 죽기라도 하시면 시원할 텐데 그려. 대군을 임금 자리에 세우고 편안히 살려고 하다 발각이 났으니 부디 내 말 대로 이제라도 죽기나 하시지, 공주야 내전마마께서 어련히 길러서 혼인을 시키실라구. 공주는 차차 나이 먹고 문은 열 길이 없으니 도둑의 무리도 잡지를 못했고 공성왕후(恭聖王后)마마도 천조(天朝)에 주청(奏請)을 하러 갔으니 이제 문을 연다 한들 어찌 용납이 될 수 있을꼬? 하루 속히 돌아가시면 양편 전이 다 좋으실 걸세 그려."

하기에, 하도 분하여 죽기를 무릅쓰고 말하기를,

"죽고 사는 일은 본래 명에 달려 있는 법이니 어찌 마음 대로 죽으소서 하리요. 벌써부터 죽고 싶다는게 주야로 소원이시되 어떤

114

까닭에선지 살아 계신데 그런 말을 들으니 더욱 서럽소이다.”
하시니,
“공주 아기씨야 어련히 잘 기르실 일 일까마는 부모보다 더 좋은
이가 이 세상에 어디 있을까?”
하니, 가히(介屎)가 웃으며 말하되,
“아까 한 말은 모두 웃음 소리려니와 살아 계셨다가 우리가 되어
가는 뒤끝을 보겠노라고 하신다니 그 말이 정녕 옳은 소린가?”
대답하되,
“사람의 마음은 다 같은 법이니 나는 아직 들어 보지도 못한 말일
세그려.”
가히가 말하되,
“대전이 죽으셔도 세자가 계시니 잠근 명례궁(明禮宮)의 문이
썩는다고 한들 열기가 그리 쉬운 노릇일까? 지금도 세자께 말하기
를 내가 죽은 뒤에도 내가 살았을 때처럼 하라고 하시는데 행여
좋은 일을 볼까 하는 마음에서 살아 있질랑 마십쇼. 상궁이 내
말을 잘 들으면 이로울 일이 있을 것이니 듣소. 자네가 내가 한
말을 소문내는 날에는 멸족(滅族)을 당하는 화를 입을 것이니
자네하고 나하고 굳게 맹세를 하여 보세.”
하도 무서워 대답하되,
“나는 속에 있는 말을 참지 못하는 성질이니 듣지 않았으면 좋겠
소.”
가히가 앞으로 나와 다가들며 손목을 쥐고 말하되,
“우리는 서로 아이 때부터 함께 살다가 우연히 사이가 멀어진게
아닌가. 대비마마를 시위하여서 산 지 얼마 안 되는데 무슨 정이

그렇게 중하시단 말인고?”

울면서 온갖 방법을 다해 달래기도 하다가 위엄을 지어 보여 말하되,

“대전과 내전이 상궁을 보고 친히 이르시려고 하더니 연고가 있어 못 만나신다고 날 보고 말하라 하시기에 말하는 걸세. 이제 들어가걸랑 꼭 죽이셔야지 만일 살려 둔다면 종에게만 서러운 일이 있을 따름이요, 유익한 일이 없으리라. 이런 말을 소문만 내면 두고 보자. 죽은 어버이에 이르기까지 화를 벗지 못 하리라.”

하였던 것이다.

아무리 참으려고 애를 쓰되 분해 못 견디어 울면서 대답하기를,

“이 일은 종이 차마 못 할 노릇이니 들어가지 말게 하여 주소서.”

가히가 말하되,

“상궁이 좋은 말로 말하여 내 말을 들어 주지 않으니 내 알 수 있겠소? 마음대로 하소.”

하였던 것이다.

갑인년(甲寅年) 사월에 내관 박충신이를 보내어 공주와 대군이 들어 계시던 곳을 두루 돌아보고 이튿날 또 와서,

“할 일이 있어서 그러는 것이니 어서 끄집어 내어라. 더디면 나인들을 다 죽이리라.”

하고 발발 재촉을 하니, 나인들은 어찌 할 바를 몰라 까닭이나 알고 끄집어 내려고 하되 잠시도 지체하지 말고 모두 끄집어 내라 하기에 공주의 피접소(避接所)부터 세간을 끄집어 내겠노라 하니 또 내관을 보내어 대군의 세간일랑 다 밖으로 내어오라 하고 온갖 세간과 솥가마며 다듬이 돌을 꺼내어 동가, 서가, 남가, 북가, 남정, 양진, 당지들이

꺼냈고 나라의 고간(庫間)지기 내관이 보더니 다 빼앗아 수레에 싣고 가니 남정 고간은 내관이 문이며 지게문이며 온통 문 둔테를 박고 문틈을 다 바르고 들어가서 모조리 다 세어서 적어 가지고 갔었던 것이다.

안팍의 담을 더 높이 쌓고 가시덤불을 담 위에 얹고 문에는 첩을 박고 축대 밖으로 담을 쌓기에 늙은 나인이 울며 말하되,

"안팍으로 사뭇 대여섯 자나 더 담을 높이고 문마다 첩을 박아 문둔테를 박으니 위께서는 돌아가시기만 날마다 기다리시지만 부모 자손 사이에 뒤에 남을 이름이 불쌍하고 서럽고, 어머님을 안치하셨다는 말은 벗지 못하실 걸세."

하니, 내관이 달아나며,

"대비께서 옳게 처신하셨던들 이런 일을 당하실까? 잔소리 말고 서럽겠지만 잘 시위하고 계십쇼. 우리한테 말해 봤자 아무소용 없삽네다. 나라의 녹을 얻어먹는 처지에 누구를 옳다고 하올꼬?"

이렇게 말했던 것이다.

궁중을 좁게 하여 겨우 다닐 수 있게 만들고 자비문에다 첩을 박고 자비로 하루 두 번씩 출입하되 아침에도 삼전(三殿)에서 문안이 오되 간신히 엎드렸다가 '문안 알고 싶으오이다'라는 말도 않고 그냥 일어 나 가는 것이었다.

어떤 말이고 하려고 들 양이면,

"우리는 말 들으려는 것이 아니라 문안만 알려 왔노라."

하더란다.

하루는 문안내관 나인이 왔기에,

"글월 가져가라."

하니, 대답하기를,

"손 없어서 못가져 가리이까? 발이 없어 못가져 가며 입이 없어 못 전하리까마는 가져오지 말라고 하니 못 가져 가나이다."

하는 것이었다. 궁중 안에 더럽고 지저분한 물건 버릴만한 빈터가 없어 내관더러 말할 양이면,

"아뢰기는 하나 대전마마께서 이르시기를 받아서 버리지 말라 하오시고 한데다가 모아 두라고 하시니 못 쳐 내노라."

하니 일 년 동안 모아 놓은 것이 산 쌓아 놓은 것 같았다.

제발 쳐 달라고 백 번 애걸 할 양이면 내관이 꾸짖어,

"대전마마께 아무리 취품(取禀 ; 웃어른께 여쭈어서 그 의견을 기다림)하여도 치지 말라고 하시니 못 하노라."

이와같이 하여 두어 해가 지나니 악취가 방 안에 가득 차고 구더기가 생겨서 방 안과 밥 지어먹는 솥 위에 끼어 물로 아무리 씻어 내어도 없어지지 않는 것이었다.

문안 대답하는 상궁이 울면서 여러 번 이르니까 그 때야 마지못해 어른 내관과 종사관(從事官) 보내어 첩첩이 못질 해 놓은 문짝을 떼 내고 별장(別將), 내금위(內禁衛), 병조랑청(兵曹郎廳), 사소위사(司掃衛射)가 하인 보내어 거느려 쳐 내갔던 것이었다.

집 위에도 까마귀, 까치 똥이 가득하게 쌓여 회칠한 듯하니 별장들이 이르기를,

"나인들은 적고 짐승들은 많아 더러운 것을 먹으니 집 위에 회칠한 듯하고 악취 궁중에 가득하여 잠깐만 그 냄새를 맡아도 못 견디겠거늘 윗전께서는 어찌 견디시는고? 선조(宣祖)때 이 궁중에 와 본 일이 있거니와 선왕(先王)께오서 승하하오신 지 오래지

아니하여 자손이 이와같이 만드셨으니 눈 뜨고는 차마 못 보겠노라."

하고, 눈을 가리우고 눈물지으며 나가는 것이었다.

나인이 행여 빠져나갈까 싶어 호위 군사를 사방에 둘러싸게 하고, 별감을 보내어 어서 치우고 나가라, 더디면 죽이리라 하더란다.

이러하기 두어 해에 한 번씩, 상년에 한 번씩 더러운 오물을 쳐주곤 했던 것이었다.

사뭇 내인이 서로 늘어서 불을 켜고 다녔더니 이튿날 내인이 하인 데리고 연고 없이 사나이를 궁중 행랑집 위에 오르게 하여 두루 다니게 하니 나인들이 하도 무서워 안으로 쫓아 들어와 숨었더니 내관이 이르기를,

"무슨 일을 하노라고 불을 켜고 다녔느냐?"

하인이 신을 것이 없어 발벗고 다니다가 혹시 다치기라도 하여 울 양이면 내관을 보내어,

"무슨 일로 우느냐?"

"발이 아파서 운다."

"언감 생심에 울지 마라. 울면 죽으리라."

하는 게 아니겠는가?

나인들이 들어 있는 곳이면 침전이 옛집이라 두루 새서 비 올 때면 몸 둘 곳 없어 하도 민망하여 새는 데를 이어 고쳐 달라고 빌되 듣지 아니하는 것이었다.

나인이 정순의 말과 천복의 지위(知委)로 갑인무오년(甲寅戊午年)과 같이 방화하지 않는 적이 없어 숯섬에도 불을 놓으며, 소목(小木)놓은 데며 거적에도 불을 지르곤 하니 견디지 못하여 신시

(申時 ; 午後 三時부터 五時까지의 동안)부터 불기를 금하니, 미시 (未時 ; 午後 一時부터 三時까지의 동안)에 밥을 지어먹고, 신시(申時)에 요령을 흔들고 부엌 구석마다 온 궁안을 두루 돌아보기를 두 시간에 한 번씩 하더니 대전 쪽으로 넘어갔던 하인들 중에서 싸움이 일어나 싸운 끝에 그런 사실을 아뢰니 윗전께서 통분하게 여기시어 각각 모이게 하여 안치하여 놓고 흉모를 물어오시니 종아리가 터지기도 낱낱이 복조(服招—취조의 준말)하는 것이다.

"누구가 방화하기를 가르치더냐?"

"대전 시녀 정순이 가르치이다."

"너희가 불을 질러서 대비와 공주를 타 죽게 하려 하면 너희들을 종의 신세에서 면하게 해주고 큰 상을 주고 우리에게 와서 살게 해 주마 하더이다."

하는게 아닌가.

여러 번 방화를 하여 집 위에 불길이 올라 성화(盛火) 급하거늘 나인들이 노소(老少)할 것 없이 모두 몰려나와 불을 끈 것이 그 몇 번이나 되었던고?

자비문 내관이 민망히 여긴 나머지 대전에게 고하니,

"끄지 말고 버려 두라."

하더란다.

나인이 그때마다 불을 다 끄니 내관 별장이 모두 기특하게 여기곤 했다.

나인들이 신을 것이 없어 헌 옷을 뜯어 노끈을 꼬아 짚신처럼 만들기도 하고, 헌 신을 뜯어 신는 것을 기워 신으나 헤퍼 견디지 못하여 화살촉을 빼내어 송곳을 만들어 초혜(草鞋)짓기를 시작했다.

겨울이 오면 눈 위에 신을 것이 없어 큰 신을 뜯어 녹피(鹿皮)로 큰 신을 짓기를 시작하지 않을 수 없었다.

봄에 절우어 두었다가 겨울을 보내니 녹피창이라 겨우 한겨울은 지낼 수가 있곤 하였다.

십 년이 되어 가니 모든 물건이 다 동이 나서 신창 기울 노끈이 없어 베옷을 풀어 꼬아 깁고, 지을 실이 없어 모시 옷과 무명옷을 풀어 쓰곤 하였다.

나인이 발이 짓물러 울고 다니더니, 한 나인 아이가 발이 깨져 급한 소리로 우니 격전께서 듣자 오시고 불쌍히 여기시어,

"어떻게 해서든지 발을 간호하여 주라."

하오시니, 처음에는 칼로 평평한 나막신을 만들어 주었더니 점점 익숙해져서 굽이 높은 나막신을 만들어 주었다.

격지의 못은 진상들어온 궤짝의 못을 빼내어 쓰곤 했다.

칼 할 것이 없어 옛부터 있던 환도(環刀)를 둘로 끊어서 칼을 만들고 가위를 숫돌에 갈아서 날을 만들고, 하인의 옷 할 것 없이 낡은 야청(鴉靑;검은 빛을 띤 푸른빛) 옷을 뜯어서 힌 것에 드리어 입고 웃사람은 치마 할 것이 없어 민망히 여기고 있더니 짐승의 똥에 쪽씨가 들어 있으매 미처 한포기 났거늘 한 해 길러 두 해째는 꽤 많이 자랐다.

이러구러 남빛 물감 들이기를 시작했다.

쌀 일 바가지가 없어 소쿠리로 쌀을 일더니 가마귀가 박씨를 물어 왔거늘 한 해 길러 두 해째는 중 박이 되고 네해 째는 큰 박이 열렸다.

솜이 없어 겨울을 칠팔 년을 지냈는데 햇솜이 없어 추워서 덜덜

떨었는데 면화씨가 섞여 들여 왔거늘 그를 심어 빼내어 두 세해째는 많이 면화가 열리어 그것으로 옷에 솜을 넣어 입었던 것이었다.

사절(四節)이 다 지나되 햇나물을 얻어 먹을 길이 없더니 가지와 동화씨가 짐승의 똥 속에 들었거늘 심으니 나물상을 차려 먹을 수가 없었다.

생치(生稚)목에 수수씨 들었거늘 심으니 무성히 열리더라. 가을이 되어 찧으니 수수떡을 만들어 먹을 수가 있었다. 상추씨가 짐승의 똥 속에 있기에 이를 땅에 심기도 했다.

여러 해 지나매 안 담이 무너지니 하도 민망하여 뜰에서 땅을 단단히 다져 고쳤었다.

옛집이라 여러 해째 손을 보지 못하니 대들보가 꺾어지고 기울어 사람이 치이게 되었기에 한 나무를 얻어 괴이고 내관더러,

"대전께 아뢰라."

하고 백 번 빌되 들은 체도 아니하는 것이었다.

바깥 담이 또 무너지거늘 쌓아 올렸더니 내관이 들어와 보고 이르기를,

"계집이 한 일이 아니라 짐짓 장사(壯士)가 한 일 같다."

하고, 기특하게 여기는 것이었다. 씨뿌리지 않은 나물이 침실 앞 뜰에 가지가지 나니 기특히 여겨 가꾸어 뜯어 삶아 먹으니 향기롭고 맛이 좋거늘 모두 먹었더니 꿈에 사람이 나타나 이르기를,

"나물을 못 얻어 먹어 하기에 이 나물을 주노라."

하더란다.

대추나무가 있으니 전부터 있던 것이로되, 벌레집이 되어 옛부터 먹지 못하더니 폐문중에 햇실과 없으나 격전께서 부원군(府院君)

을 위하여 제사를 지내시더니 무오년(戊午年 ; 光海君 十年)부터 이 나무가 싱싱해져시 열매가 큰 밤 만큼 크게 열리며 맛조차 비상하게 좋아 여늬 대추와 다르고 거의 한 섬 가량이나 열렸었다.

꿈에 이르기를,

"일부러 맛좋고 성하게 열리게 한 것이니 나인들이 도적질하여 먹으면 다시 안 열리게 하리라."

하므로 사람을 시켜 지키게 하였더란다.

복숭아를 심지 않았건만 저절로 길가에 자라나서 열매의 맛이 마치 천도(天桃)와 같고 예사 맛이 아니더니 꿈에 이르기를,

"보통 복숭아 나무는 세 해를 채워야 열매가 열리는 법이로되, 이 나무는 두 해 안에 열매를 열리게 하였으니 잡사람이 먹으면 열매 열리지 아니하고 즉시 죽게 하리라."

하는 게 아니겠는가?

윗전께서만 잡수시더니 꿈이라고 믿기지 않아 모두 먹으니 그해 겨울에 절로 죽더란다.

밤나무를 윗전께서 시녀를 시켜서 심고 계시오더니 여러 해 무성하다가 기미년(己未年 ; 光海君 十一年)에 죽거늘 심상하게 여겼더니 꿈에 이르기를,

"이 나무 죽었으나 괴이하게 여기지 마라. 다시 살아나리라. 이 나무 사는 일로 윗전께서 다시 살아나시리라."

하더니, 이듬해가 되어 한 가지가 살아나고 또 이듬해에 한 가지가 살아나고 다시 꿈에 이르기를,

"다 살아나면 좋은 일 보시리라."

하더니, 이듬해에 큰 나무가 마저 살아나 옛 모습을 그대로 드러내었

다.

가을에 늦게 피기를 봄에 늦게 피듯 하거늘 수상히 여기더니 꿈에 사람이 나타나 이르기를,

"근심 말라"

하더라.

무오년(戊午年) 여름에 불이 일어나 정릉내(貞陵內) 불이 들이붙어 오거늘 문을 두드려 아무리 불러도 대답 아니하기에 하도 부르니까 마지 못해 대답을 하였다.

"불이 들어 오니 문을 닫아 두고 태워 죽이려고 하느냐? 이제 문을 열어 불에서 벗어나게 하라."

"내전(內殿)이 잠근 채 두고 열지 말라 하시니 못 열겠노라."

나인이 하도 민망하여 불머리를 보려고 집 위에 오르니 내관이 문 밖에서,

"어서 내려와라. 대제께서 아시면 다 죽이리라."

하거늘 아니 내려오니, 크게 꾸짖기를,

"가만히 들어 있지 못하고 불 보아 무엇하려는가? 나인의 머리 깨치겠노라."

하더란다. 내관이 대전께 여쭙기를,

"불이 들어 붙으오니 자전(慈殿)을 어찌하리까?"

"버려 두라."

문 열 기색이 없거늘 문안 내관더러 이르기를

"윗전마마의 용태 중하시어 토혈하시니 행여 이르지 않았다 하시올까 하여 여쭈나이다."

하니 즉시 내관을 불러 이르기를,

"어디가 아프시며 무슨 연고로 토혈하시며 하루 몇 번씩 하시느냐? 나인의 말이 믿이지지 아니히니, 의녀(醫女)를 들여보내 진맥케 하라."

"행여 그러하옵시거든 의녀는 들이지 마오시고 문을 열어 주오시면 백병에 다 좋을까 하나이다."

하니, 와 꾸짖기를,

"일부러 탈하여서 아프다 하니 나인을 모두 죽이겠노라."

이어서 말하기를,

"중하게 아파하시거든 곧 이르게 하라."

"고초히 있다가 불평하옵시라?"

하니, 죽 잡숫게 하고저 날마다 묻곤 하는 것이었다. 정사년(丁巳年)부터는 조정에서 음력 초하루 탄일(誕日)에도 문안 아니하고 숙배(肅拜)도 하지 않는 것이었다.

세공(歲貢)이라 하고 남이 행여 알까 하여 단자(單子) 진상(進上)에 쓴 것을 대전 내관이 긁어 없이 하고 들여 보내는 것이었다.

신유년(辛酉年) 칠월에 포수(砲手)를 달래고 꾀어서 내장사(內藏司;임금의 世傳 莊園과 그 밖의 재산을 관리하는 곳) 밑에서 숙직을 하게 하고 자정때 쯤 해서 야경을 돌게 하니 마치 만군(萬軍)이 들끓듯 하는 것이었다.

나인들의 생각엔 그들이 들어와서 죽이려는 것만 같아 애가 타 갈팡질팡 헤매다 침실에 가서 윗전을 시위하여,

"함께 가서 죽자."

라고 말했던 것이다.

나전에 살던 포수가 본궁에 가서 해마다 방포를 놓으니 귀신을

몰아서 우리한테로 모두 오게 할 일이었던 것이다.

내인이 병이 들어도 백 번씩이나 빌어야 겨우 나가게 해 주면서, 가히, 은덕이, 갑이를 아는 나인이면 밖에 사는 어버이에게만 청을 넣으면 앓지 않아도 데려 내가니 나인들이 울며 말하길,

"집은 크고 사람 수는 적어서 밤이면 무서우니 앓는 사람만 데려 내가고 성한 나인은 나가지 말게 해 달라."

이렇게 하면 대전 내관이 말하되,

"대군도 데려 내갔는데 나인들 따위야 무엇이 대단하다고 그러느냐? 잔소리 말고 어서 내놔라."

이토록 데려 내간 일이 대여섯 차례나 되었던 것이다. 계해년(癸亥年) 정월 초사흘날에는 죽은 나인의 종을 다 잡아 내라고 하기에 위께서 비시면서,

"죽이려는 생각으로 이 곳에 가두어 넣었으니 서러운 일을 생각한다면야 벌써 죽었어야 했으되 내 명은 하늘에 달린 것이니 사람의 뜻대로 못하리라. 나인 삼십여 명을 다 죽였으니 궁중이 비어 까막까치와 도깨비만 꾀어 들끓는 형편인데, 죽은 나인들의 종들까지 내놓으라고 하면 나 혼자선 무서워 살 수가 없나이다."

말씀하시니, 들은 체도 않고 어서 내놓으라면서 독촉만 하였던 것이다.

두엇 내인의 종만 내어 주었더니 데려다가 개부리듯 심하게 했던 것이다.

삼월 열 하룻날에 내관을 보내서,

"앓는 사람이 있걸랑 내놔라."

하는 것이었다.

열 이튿날에는 가죽에다 마마 귀신을 그리고 붉은 빛 나는 작은 주머니에 나인들의 이름을 써 넣고 산 나인들의 이름은 밖에 써서 매어달고 내관 편에 보내어,

"이 가죽일랑 침실 문 안에 걸고 주머니는 거기 써 있는 나인들의 이름을 보여 주고 차게 하여라. 없애 버리면 일러 바치리라."

하고 가 버린 것이었다.

보니, 하도 흉하고 무서워 즉시 파묻었던 것이다.

계해년(癸亥年) 삼월 십삼일 자정쯤 해서 문을 열었던 것이다.

오랜 세월에 걸쳐 잠가 두었으나 궁중에선 기특하고 거룩한 상서로운 일이 많았으니 늙은 나인들은 축수(祝壽)하고 젊은 나인들은 더욱 두려워하여 마음 둘 곳을 몰라 하더니 이렇게도 헤아릴 수 없는 일들이 오랜 동안에 일어났던 것이다.

신유년(辛酉年) 임술년(壬戌年)부터는 신인(神人)이 내려와서 나인들 눈에 띄게 기특한 일이 많았던 것이다.

계축년(癸丑年)부터 겪던 서러운 일이며, 항상 내관을 보내어 공갈하고 꾸짖던 일이며, 박대하고 도리에 어긋나며 불효(不孝)의 일들을 이루 다 쓸 수 없어 그 중 만분의 일이나마 여기에 쓰는 바이다.

다 쓰려고 하면 남산에 심은 대나무를 다 베어 온들 어찌 이루다 적을 수 있겠으며, 낱낱이 빼지 않고 모조리 말을 하려고 할 양이면 선천지(先天地)가 생겨날 때까지 걸린다 하더라도 어찌다 말할 수 있겠는가.

나인들이 여기에 잠깐 기록할 따름이다.

임진록

壬 辰 錄

◇작품 해설◇

　이 작품은 선조(宣祖)때의 임진왜란(壬辰倭亂)을 소재(素材)로 한 역사 소설의 성격을 띠고 있으나 그 구성은 완전히 허구화(虛構化)되어 있다.

　임진왜란에 패배한 우리나라 군사가 도리어 일본에 쳐 들어가 왜황(倭皇)의 항복을 받았고, 사명당(泗溟堂)이 강화사신(講和使臣)이 되어 왜국에 들어가서 그를 죽이려는 왜왕의 간교한 술책을 도술로써 물리치고 부자지국(父子之國)의 항복문서를 받으며 인피(人皮) 200장 등의 공물(貢物)을 바치게 하고 귀국하였다.

　임진왜란으로 떨어진 겨레의 사기를 북돋아 주고 왜군에 대한 민족적 적개심을 앙양시키기 위하여 현실적으로 패배한 민족이 정신적으로는 승리한 것처럼 꾸며놓은 정신적 문학이다. 왜족에 대한 우리민족의 분노를 정신적으로 표현하기 위하여 등장인물도 이충무공(李忠武公)과 사명당 같은 실존인물이 있긴 하지만 이 역시 이름을 비슷하게 썼으며 반 이상이 가공적인 인물로 사건의 내용을 완전히 허구화하여 민족의 증오심을 대변한 소설인데서 그 특징이 있다.

　그리고 명나라의 구원장(救援將) 이여송(李如松)을 질책(叱責)한 대목은 그가 구원군으로 와서 심한 행패를 부린 명나라 군사에 대한 증오심에서 이 역시 정신적 복수의 발로(發露)라 하겠다.

임진록(壬辰錄)

1. 최일영(崔一令)

각설 이 때 조선대왕(朝鮮大王)께옵서 한 몽사(夢事)를 얻었는데, 어떠한 계집이 기장(黍)을 자루에 넣어 이고 완연(宛然)히 들어와 내려 놓은 것이었다. 상(上)이 크게 놀라 깨어보시니, 일장춘몽(一場春夢)이었다. 상이 제신(諸臣)을 불러 몽사를 설화(說話)하고 제신을 돌아보며 왈(曰),

"경등(卿等)은 이 몽사를 해득(解得)하라."

하시니, 영의정(領議政) 최일령이 주(奏) 왈,

"신이 해득하여 보니, 몹시 불길하여이다."

하니, 상이 가라사대,

"길흉(吉凶)이건 간에 설화하라."

하시니 일령이 복지(伏地) 주 왈,

"신이 잠깐 해득하오니, 인(人) 변에 벼화(禾)하고 그 아래 계집녀

(女)자 하였으니 이 급자는 왜(倭)자오매, 아마도 왜놈이 들어올 듯하여이다."

하니, 상이 대로하사 꾸짖어 왈,

"온천하가 태평한데, 경은 어찌하여 요망한 말로써 인심을 요란케 하고, 짐(朕)의 마음을 불안케 하느뇨."

하시며,

"일령을 원찬(遠竄;먼 곳으로 귀양 보냄)하라."

하시니, 일령이 복지 사죄(謝罪) 왈,

"소인이 지식이 없사와 요망(妖妄)한 말을 하였사오니, 그 죄 만사무석(萬死無惜)이오나 복원(伏願) 폐하는 죄를 용서……."

하며 돈수애걸(頓首哀乞)하니, 상이 대로하사 왈,

"잔말 말고 하루 빨리 적소(謫所)로 가라."

하시니, 일령은 할 수 없이 적소로 가서 주야로 임군과 처자를 생각하고 탄식과 한숨으로 밤과 낮을 맞이하였다. 이 때는 임진년(壬辰年) 춘삼월이었다. 백화(百花)는 만발하고 방초(芳草)는 요요(嫋嫋)한데 고향을 생각하며 산란한 마음으로 누각(樓閣)에 올라 산천을 구경할 때 문득 광풍(狂風)이 일어나며 삼척 돛을 단 천여 척의 배가 해상에 떠 들어오는 것이었다. 일령 대경(大驚)하여 동래 부사(東萊府使)를 불러 왈,

"적선(賊船)이 들어오니, 그대는 어서 빨리 군사를 거두어 도적을 막으라."

하니, 부사는 황급하여 일변 군사를 거두고 일변 장계(狀啓)하나, 벌써 왜적이 배를 강변에 대고 왜장(倭將) 소섭(蘇攝=小西인 듯?)이 칼을 들고 강변에 뛰어 나와 소리를 벽력같이 지르며 왈,

"조선 동래 부사는 빨리 나와 내 칼을 받으라."

하고, 달려들어 부사 이순경(李順敬)의 목을 베어 들고 칼춤을 추며 재주를 부리면서 이렇듯이 희롱(戱弄)하니, 왜국 장대 청정(淸正)이 대희(大喜)하여 북을 울리고 억만장졸이 물끓듯 하며 살(矢)같이 들어오니, 군사가 칠십 만이요, 용장(勇將)이 수만 여원(貝)이 되겠더라.

청경이 장대(將臺)에 앉아 제장(諸將) 군졸에 각각 소임(所任)을 맡길새 소섭으로 하여금,

"강원도(江原道) 원주(原州)를 치고 곧 바로 평안도(平安道)를 치라."

하고, 동경청(東京淸)으로 하여금 정병(精兵) 일만과 용장 천여원을 주며 왈,

"그대는 전라도(全羅道)를 치고 김해(金海) 군량(軍糧)을 수운(輸運)하라."

하고, 문경(文京)을 불러 정병 오만과 용장 수천여 원을 주며 왈,

"충청도(忠淸道 ; 原文, 江原道) 영동(永東)을 치고 함경도 이십육주(州)를 치라."

하고, 부경(府京)을 불러 정병 이십 만과 용장 삼천여 원을 주며 왈,

"그대는 강원도 십팔 주를 치고 군량이 진하거든 강원도로 군량을 수운하라."

하고, 마룡(馬龍)을 불러 정병 일만과 용장 천여 원을 주며 왈,

"그래는 전라도 가서 황해도를 치라."

하고, 평수길(平秀吉)을 불러 군사 오만과 명장(名將) 수천 여 원을 주며 왈,

"경상도를 치라."

하고,

"청정은 남은 장졸을 거느리고 경상우도를 짓치고 충청좌도를 치고 소섭은 충청우도를 치고 경기도로 득달(得達)하여 조선왕을 항복받은 후에 내가 스스로 조선왕이 되어 그대들에게 일품(一品) 벼슬을 주리라."

하니, 제장 군졸이 일시에 영을 받을 새,

"만일 군중에 영을 어기는 자(者) 있으면 군법으로 시행하리라."

하니, 수만여 원 제장이 청령(聽令)하고 군사를 반분하여 팔도(八道)에 헤어져서 짓치니, 고각함성(鼓角喊聲)은 천지에 진동하고 기치창검(旗幟槍劍)은 햇볕을 희롱하니, 어찌 망극하지 아니 하리오.

팔도 백성이 난(難)을 보지 못하다가 뜻밖에 난을 당하게 되니 남녀노소 없이 서로 붙들고 통곡하며 피난하니, 어찌 살기를 바라리오. 이러한 울음 소리가 산천에 낭자하니, 가련하고 불쌍한 경장(景狀)은 차마 보지 못할 일이었다.

각설 이 때 왜장 소섭이 바로 군사를 몰아 강원도로 향할 때, 왜국에서 소섭의 매씨(妹氏)의 편지가 왔는데 하였으되,

"제번(除煩)하고, 소나무 송(松)자 있는 곳을 가지 말고, 송자 있는 곳을 가면 대패할 것이니, 부디 가지 말라."

청송(靑松)과 송도(松都)를 가지 않고 강원도로 들어가 강원감사(江原監司) 이래(李來)와 평안감사 이공태(李公太)를 베어 버리고 그 골 기생 월천(月川)은 천하의 절색(絶色)이라, 죽이지 않고 첩을 삼아서 주야로 연광정(練光亭)에 놀아 풍류로 세월을 보내었다. 이때 왜장 등이 군사를 몰아 좌충우돌하더라. 선봉장(先鋒將) 청정이 경상

도를 치고 조령(鳥嶺)을 넘었으니 조령 별장(別將)이 방비치 못하여 청정의 칼에 죽으니, 그 위험을 막을 자(者) 없더라.

2. 이순신(李舜臣)

이때 퇴재상(退宰相) 이순신이 이런 변고를 당할 줄 알고 거북배 수천 척을 물에 띄우고, 그 안에 수만여 군사를 용납케 하고 배 안으로 구멍을 무수히 뚫고 배 안에서 밥을 지어 먹게 하고 연기를 배 입으로 나오게 하니, 완연히 큰 거북이 물에서 떠 다니며 흡사 안개를 토하는 듯하였다. 왜장들이 바라보고 대경하여 활과 총으로 무수히 쏘나, 거북에만 살이 무수히 박혔으되 안은 뚫지 못하였다.

수천 척 거북이 창망해상(蒼茫海上)에 떠다니며 방포소리 요란하고 살이 비오듯 쏟아져 군사가 무수히 죽으니 청정이 대경하여 활과 총을 빗발치듯 쏘아대도 거북은 달려들어 입으로 안개를 토하며 살이 비오 듯하니, 군졸이 분분이 넘어지는 것이었다. 왜장이 당치 못할 줄 알고 적기(赤旗)를 휘두르며 또한 산으로 올라가니 순신이 급히 쫓아 군사와 배를 재촉하여 적진(敵陣)을 쫓아 조선 한산도(閑山島 ; 原文……韓山東)에 다달으니, 좌우 산세는 울울한데 반석상에 철죽, 진달래, 두견화는 반만 웃고 반기는 듯하고 온갖 비조(飛鳥)는 날아들어 춘몽을 희롱하니, 슬픈 마음이 절로 나는 것이었다.

경개(景槪)를 구경하다 홀연(忽然) 깨닫고 좌우 산천을 바라보니 산세가 험악하여 갈 길이 없으니, 제장 군졸이 함지(陷地)에 빠져 죽는 줄 알고 서로 붙들고 통곡하며 살펴보니 벌써 죽는 자 태산

134

같고 피흘려 성천(成川) 하더라.

이순신이 중군(中軍)에 분부하여 남은 군사를 매복하였다가 급히 달려들어 적진을 짓치니 적졸(敵卒)의 주검이 태산 같거늘, 순신이 승전고(勝戰鼓)를 울리며 본진으로 들어갈새 한 군사 보(報)하되,

"적병이 무수히 온다."

하거늘, 순신이 군사를 재촉하여 급히 들어가 대적할 때, 적진에서 방포소리 나며 화살이 순신의 어깨를 맞히니, 순신이 황급하여 선창 밖에 나와 하늘께 축수하고 왜전(矮箭—짧은 실)을 먹고 종일토록 쏘다가 기운이 쇠진하여 살에 맞아 죽으니, 제장 등이 군중에 전령하되,

"순신의 죽음을 기색 내지 말라."

하고서 장의를 뱃머리에 세우고 적진을 쫓아가며 고함하니, 왜장등이 배를 물에 띄우고 달아나거늘, 인하여 순신의 시체를 빈(殯;屍體를 棺에 넣어 葬鞠에 옮기기 까지를 말함)하고 이 연유를 나라에 상달코 자 하나, 왜적이 침노하여 상달치 못하였다. 왜장 이순신이 죽었단 말을 듣고 대희하여 왈,

"이제는 조선에 명장이 없으니, 조선을 함몰(陷没)하리라."

하고 바로 경성(京城)으로 향하니라. 당초에 청정이 십만 대군을 거느리고 경상도를 칠 새, 진주병사(晋州兵使) 양익태(梁益台)와 경상감사 이짐(李朕)을 항복받고 선봉을 삼아 길을 갈라 치게 하고 청정은 우도(右道)를 치고 상주(尙州)를 치니, 상주 목사(牧使) 남덕천(南德天)이 방비치 못하여 청정의 칼에 죽었다.

경상도를 파(破)하고,

"칠십 일 주 수령으로 군량을 수운하라."

하고, 조령을 넘어 충청도를 치니, 이 때 신립장군(申砬將軍)이 충청
도 군사를 거두어 조령산성에 유진하고자 하는데 계집의 간계에 빠져
군사를 퇴진하여 탄금대(彈琴臺)에 유진하고 기다리더니, 청정이
조령을 넘어 신립의 진을 바라보고 대희하여 왈,

  "조선에 명장이 없음을 가히 알겠도다. 신립이 우리를 막지 아니
  하고 강변에 배수진을 쳤으니, 우습도다. 옛날 한신(韓信)은 배수
  진을 쳐 조군(曹軍)을 파하였거니와 이제 신립이 배수진을 치고
  어찌 나를 당하리오."

하고, 일상에 군사를 재촉하여 짓치니, 신립이 미처 손을 쓰기도 전에
십만 대병을 순식 간에 함몰하니 신립이 하늘을 우러러 탄식하고
물에 달려들어 빠져 죽으니, 시체가 강수(江水)를 막아 물이 흐르지
못하였다. 청정이 승전고를 울리며 군사를 퇴진하여 충주목사(忠州牧
使) 지군(池君)을 치고 병사(兵使) 문명(文名)의 목을 베고 제장이
순신을 탐지(探知)하고 경기도로 향하니, 그 형세를 당할 자 없더
라.

3. 정출남(鄭出男)

  각설 이 때는 임진년 사월이라. 충청도 장계를 올리거늘 개탁(開坼
; 封한 便紙나 書類를 뜯어 봄)하니 하였으되,

  "왜적이 강성하여 칠십만 대병을 총독(總督)하여 동래부사를 죽이
  고 각 도를 짓치니, 청정과 소섭은 삼국 조자룡이라도 당치 못한
  다."

하고,

　"경상도 칠십일 주를 항복받고 충청도로 와서 신립과 합진(合戰)
　하여 신 립의 십만 대병을 함몰하고 신립도 물에 빠져 죽사오니,
　왜적이 승전하여 충주 목사와 병사를 죽이고 경도(京都)로 향하오
　니, 복원 전하는 극히 도적을 막으소서."

하였거늘, 상이 대경하사 최일령의 몽사해득을 그제야 아시고 원찬
보내신 것을 한탄하시며, 더욱 생각하시며 좌우 제신을 둘러보아
왈,

　"뉘 능히 왜적을 대적하리오."

하시매,

　"안으로 용장이 없고 밖으로 적세 위급하기에 뉘라서 도적을 함몰
　하고 종묘사직(宗廟社稷)과 도탄(塗炭)에 든 백성을 구하여서
　짐의 근심을 없게 하리오."

하시되, 포도대장 정출남이 출반주(出班奏) 왈,

　"신이 비록 재조 없사오나 한 칼로 왜적을 함몰하고 전하의 근심을
　덜리다."

하되, 상이 대희하사 군사 오만과 용장 오십여 원을 주며 가라사대,

　"경이 나가 온 힘을 다하여 왜적을 함몰하고 짐의 근심을 없게
　하라."

하시되, 출남이 수명(受命)하고 남대문을 나와 제장을 불러 소임을
맡길제, 김여춘(金如春)으로 선봉을 삼고, 백여철(白如喆)로 중군장
(中軍將)을 삼고, 남익신(南益信)으로 우익장(右翼將)을 삼고, 양희
발(梁喜勃)로 좌선봉을 삼고, 김치운(金治雲)으로 후군장을 삼고,
그 남은 장졸을 각각 소임을 정한 후에, 정 출남은 청총마(靑總馬)

를 타고 칠십 군 장창(長槍)를 좌우에 갈라들고 군중에 하령(下令)
왈,

"군중에 만일 영을 어기는 자 있으면 군법으로 시행하리라."
하고, 행군하여 충추로 내려와 적진을 살펴보니, 진세 웅장하더라.

출남이 싸움을 돋우니, 청정이 운천동(雲天東)으로 좌익장을 삼고
제장의 소임을 각각 맡긴 후에 방포소리 나며 팔만금사진(八萬禁巳
陣;陣法의 한 가지)을 치거늘, 정 원수(元帥) 또한 방포 일성에 오행
진을 치고 중군장 백여철로 진세를 지키게 하고 병창(並唱) 출마하여
크게 외워 왈,

"적장은 들으라. 네 아무리 무도(無道)한들 천의(天義)를 모르고
외람히 남의 예의지국을 침범하여 불쌍한 백성만 죽이지 말고 빨리
나와 내 칼을 받으라. 우리 전하께옵서 나로 하여금 너희들을 함몰
하라 하옵기에 왕명(王命)을 받자와 왔으니, 빨리 나와 내 칼을
받으라."
하니, 적진에서 한 장수 내달아 외워 왈,

"조선 정출남은 들으라. 나는 왜국 선봉 장 청룡(淸龍)이다. 조그
마한 네가 당돌히 우리를 능욕하여 우리 대군을 희롱하기로 네
목을 쳐서 분함을 풀리라."
하고, 달려들어 합전하니, 양진의 고각함성은 천지를 흔드는 듯 분분
한 창빛은 일월에 희롱하더라.

이십 여 합에 승부를 결단치 못하여 양장(兩將) 싸우는 양(樣)은
두 범이 밥을 다투는 듯, 청황룡(靑黃龍)이 여의주(始意珠;용의
턱 아래에 있다고 하는 불가사의의 구슬. 사람이 이것을 얻으면 변화
를 마음대로 부릴 수 있다고 함)를 다 토하는 듯하였다.

출남이 기운을 돋구어 소리를 지르며 칼을 날리니 청룡의 머리가 마하(馬下)에 떨어지니 칼 끝에 꿰어 들고 크게 외워 왈,

"청정도 빨리 나와 내 칼을 받으라."

하니, 청정이 제 아우의 주검을 보고 분기를 충천하여 내닫거늘 바라보니, 신장이 구 척이요, 보신갑(保身甲)을 입고 일백근 철추를 들고 우수(右手)에 일백근 명천검(鳴天劍;중국 고대의 名劍의 이름)을 들고 적토마(赤兎馬)를 타고 살같이 들어오는지라.

정출남이 한 번 바라보니, 정신이 아득하여 말 머리를 돌리어 본진으로 들어오더니, 청정이 천동(天動)같이 달려오며 외워 왈,

"조선 장군 청출남은 닫지 말고 내 칼을 받으라. 네가 내 아우를 죽였구나!"

하며, 우수의 명천검으로 정 출남을 치니 출남의 머리 마하에 떨어지는지라, 명천검으로 꿰어 들고 십만 대병을 한칼로 순식간에 함몰하고 종횡무진 무수히 목을 베니, 주검이 태산 같고 유혈이 강수(江水)되었더라. 청정이 승승하여 승전고를 울리며 본진에 들어오니, 제장이 치하하여 왈,

"장군 용맹 곧…… 귀신이로다."

하니, 청정이 소(笑) 왈,

"대장부 세상에 나서 용맹이 없으면 만리 타국에 나와 남의 나라를 어찌 치리오."

하고, 군사를 총독하여 도성으로 향하여 치니 그 형세를 당할 자 없더라.

각설 이 때 전하께옵서 정출남을 전장에 보내시고 십여 일 동안 소식을 몰라 근심하시더니, 뜻밖에 양주(楊州) 땅에서 장계가 왔거늘

급히 개탁하여 보시니 하였으되,

　“정출남은 양주에서 왜전과 합전하여 왜장 청룡을 버리고 도리어
　청정의 칼에 죽삽고 인하여 십만 대병을 함몰하옵고 또 적이 도성
　을 범하오니, 복원 전하는 급히 도적을 막으소서.”

하였거늘, 상이 놀라 제신을 모아 탄식하여 가라사대,

　“적세가 위급하니 무슨 계교를 내어 종묘사직을 안보하리오.”

하시며, 용안에 눈물을 흘리시니 좌우 제신이 황급하여 어찌할 줄을
모르더라.

　수문장이 급히 고하되,

　“도적이 벌서 한강(漢江)을 건넜다.”

하거늘, 상이 망극하사 어영대장(御營大將) 최달성(崔達性)과 금위
대장(禁衛大將) 백수문(白壽文)을 불러 왈,

　“성중(城中)의 백성이나 총동원하여 동서남북 사대문을 굳게 지키
　게 하라.”

하시고, 남문으로 나와 갈 바를 아직 못하시니 김원동(金元東)이
주 왈,

　“평안도는 아직 도적이 아니 들어왔다 하오니, 복원 전하는 그리로
　가사이다.”

하고, 전하를 모시고 평안도로 가니라.

　이 때 도적이 조선 왕이 피난한 줄 모르고 도성만 지키고 둘러싸고
크게 외워 왈,

　“조선 왕은 빨리 나와 항복하라.”

하는 소리 도성이 무너지는 듯하였다. 성중에 있는 사람이야 그 아니
망극할가. 서로 붙들고 통곡하며 물 끓듯 하더니, 문득 남대문으로

오색 구름이 일어나며 일원 대장이 억만 대병을 거느리고 왜진을
헤쳐(헤치다의 예스런 말) 우뢰같은 소리를 지르며 청정을 불러 왈,
　"우리 조선국 사직이 사백 년이 넉넉하거늘, 너는 방자히 천운을
　모르고 불쌍한 백성만 죽여 시절을 요란케 하느뇨? 바삐 물러가
　라. 나는 삼국보 관운장(關雲長)이라."
하거늘, 청정이 대경하여 바라보니, 일원대장이 적토마를 타고 삼각
수(三角鬚)를 거느리고 봉(鳳)의 눈을 부릅뜨고 청룡도(靑龍刀)를
거느리고 섰으니 완연한 관운장이라. 황급하여 말에 올라 평안도로
행하니라.

4. 김덕령(金德齡)〔原文, 金德陽

이 때 평안도 평강(平康;사실 평강은 강원도) 땅에 있는 김 덕령
이라 하는 사람이 있으되, 연광(年光)이 십오 세요, 힘은 능히 천
근을 들고 일 두(一斗) 밥을 먹고 둔갑장신(遁甲藏身)은 삼국제
제갈량(諸葛亮)에 더한다 하되, 시절이 태평하여 농사를 일삼다가,
가운이 불행하여 부친 상사를 당하매, 애통으로 세월을 보내다가
뜻밖에 왜적이 조선을 쳐들어 왔다는 말을 듣고 모친 앞에 나가 여짜
오되,
　"소자가 듣사오니,왜적이 가까이 왔다 하오니, 복원 모친은 허락하
　옵소서. 부친 상복을 벗어 상문에 불사르고, 왜적을 쳐 물리치고,
　국가의 근심을 덜고, 시절이 태평하오면 소자의 이름이 죽백(竹
　帛)에 올라 부모에 영화를 뵈옵고 복록(福祿)을 받을 듯 하오니,

모친은 허락하옵소서."

하되, 모친이 꾸짖어 왈,

"우리집 사람은 너 하나 뿐이라. 선영(先塋) 향화(香火)를 받들 것이어늘, 어찌 이런 말을 하느뇨? 옛날 명나라 호왕(胡王)이 둔갑을 이루어 소대성(蘇大成)을 유인하여 장운동에 불을 질렀으되, 소대성을 잡지 못하고 도리어 대성의 칼을 면치 못하여 죽고 초패왕(楚霸王)의 역발산(力拔山) 기개세(氣蓋世)로도 오강(烏江)을 못 건너서 머리를 베어 정장(亭長)을 주었으니, 너 무슨 재주로 왜적을 물리치리오. 속절 없이 전장 백골이 될 것이니, 이런 말 내지 말고 농업이나 힘쓰라."

하니, 덕령이 모친의 영을 거역치 못하여 탄식만 하더니, 도적이 가까이 왔단 말을 듣고 모친 모르게 상복을 벗어 상문에 걸고 집을 떠나 순식간에 왜진에 들어가니, 청정이 김덕령을 보고 놀래어 수문장을 불러 호령하였다.

"진문(陣門)을 허수이 하여 조선 사람을 들어오게 하느뇨?"

군 중에 하령 왈,

"활과 총으로 쏘아 잡으라."

하니, 활과 총이 비오 듯 하거늘 김덕령이 몸을 피하였다가 총과 화살이 그친 후에 다시 진중에 들어가 청정을 보고 불러 왈,

"나는 평안도 평강 땅에 사는 김덕령이다. 네가 천운을 모르고 외람한 뜻을 가져 의기양양하기로 내가 왔으니, 내 재주를 보라. 내일 오시(午時)에 네 수만 명 군사 머리에 백지 일장씩을 붙일 것이니 그리 알라."

하고, 문득 간 데 없었다.

청정이 괴히 여겨 제장에게 분부 왈,

"내일 총과 활을 많이 준비하였다가 사시(巳時) 말, 오시 초 되거
든 일시에 짐승이라도 쏘아 죽이라."

하더니, 그 이튿날 사시 말 오시 초녘이 되어 사면에서 채색 구름이
일어나며 지척(咫尺)을 분별 못하고 눈을 뜨지 못하더니, 이윽고
하늘이 청명하며 덕령이 들어와 청정을 불러 꾸짖어 왈,

"나의 재주를 보라."

하고, 백지를 던지니, 억만 군사 머리에 올라 감기거늘 억만군사가
백화(百花)밭이 되는 것이었다.

청정이 그 재주를 보고 크게 질색하여 왈,

"내 재주 팔 년을 공부하였으되, 저러한 재주를 배우지 못하였으니
어찌 하리오. 아마 저 사람을 유인하여 선봉을 삼으면 염려 없이
대사를 이루리라."

하고 자탄(自歎)하는데, 덕령이 머리에 달린 백지를 일시에 걷어
치우고 청정을 불러 왈,

"나도 운수 불길하기로 재주만 뵈었으니 빨리 돌아가라. 만일 듣지
아니하면 부친 상옷을 상문에 사르고 너희를 한 칼로 무찌를 것이
니, 부디 잔명(殘命)을 보전하여 급히 돌아가라."

하고, 간 데 없거늘, 청정이 의심하여 급히 성중으로 돌아가니라.

각설 이 때 전하께옵소 영의정 정현덕(鄭玄德)을 다리시고 평안도
로 행하시더라. 이 때 소섭이 평양(平壤) 성중을 함몰하고, 근처에
온단 말을 들으시고, 평안도 토곡(土谷) 성중에 유하시더니, 십구
세 된 아해가 있으되, 힘은 천 근을 들고 재주와 용맹이 무궁하나
기개가 없기로 소섭을 대적치 못하였더니, 일일은 한 양반이 들어와

그 아이를 보며 왈,

  "네 기상을 보니 재주를 미간(眉間)에 나타낸지라 군사를 거느려
  도적을 멸하고 대공을 세움이 네 마음에 어떠하뇨?"
하니 그 아이 생각하되,

  "양반이 혹시 누구신가."
하고, 복지 주 왈,

  "소신이 재주는 없사오나 국병(國兵)이 이러하온데 어찌 노약
  (老弱)한들 도적을 치지 아니하리까."
하매, 전하 가라사대 물었다.

  "네 성명은 뉘라 하느뇨."

  그 아지 주 왈,

  "소신의 성은 김이오, 명은 고원(古元)이로소이다."

  상이 즉시 편지를 써 주며 왈,

  "내 말을 타고 곧 관(官)에 가 부윤(府尹) 한성록(韓成錄)을 주
  라."
하시되, 고원이 봉명(奉命 ; 임금의 명령을 받들음)하고 곧 관에 가
부윤을 보고 편지를 드리니, 부윤이 대경황망(大驚惶忙)하여 즉시
떠나 평안도 토곡 성중으로 들어와 복지 사배(謝罪) 하되, 상이 반기
사, 용안에 용루(龍淚)를 흘리시며 탄식하며 가라사대,

  "국운이 불행하여 왜적이 혀를 찌르니, 선조대왕의 종묘를 어찌
  안보하리오. 평양으로 향하여 소섭이 평양 성중에 웅거(雄據)하였
  기로 이곳에 유한다."
하고, 통곡하시더니, 한성록이 복지 주왈,

  "소신은, 국변(國變)이 이러하였으되, 대왕께옵서 이리와 계신

줄 알지 못하옵고 태만(怠慢)히 있삽다가 조서(詔書)를 받자와 왔사오니, 신의 죄는 만사무석이로소이다. 복원 전하는 근심치 말으소서.”

하되, 상이 눈물을 거두시고 한성록에 장계하사,

“군사 모아 도적을 막으라.”

하시더라.

이 때 조선의 삼백 육십 주(州)에 삼백 주는 왜놈의 땅이 되고 육십 주만 남았으되, 함경도 천북(天北) 군사만 남았으니, 길이 막혀 왕래치 못하고 황해도 군사는 산곡으로 피난 가고 경기도 군사 팔십 명은 도경을 지키게 하고 다만 평안도 군사만 거두니 겨우 일만 명이더라. 상이 가라사대,

“군사도 부족하거니와 장수도 없으니, 도적을 어찌해서 막으리오.”

하시며 최일령을 생각하시며, 제신을 둘러 보시고 탄식하시더라.

각설, 이 때 귀향 갔던 최일령이 동래 적소에 있으면서 생각하되,

“이제 왜적이 사방에 퍼졌으니 어찌 길을 내어 왕명을 구하리오.”

하고, 즉시 길을 떠나 몸을 감추어 경성으로 향할 새 도적에게 잡힐까 하여 낮이면 숨어가고 밤이면 행하여 십여 일만에 도성에 도달하니, 대왕은 피난하시고 장 안에 들어선즉 장 안이 적적하고 국궐(國闕)이 소슬(蕭瑟)하매, 문득 전하께옵서 평안도로 피난하시었다는 말을 듣고 토곡성에 도달하여 전하께 뵈옵고 복지 통곡하니, 상이 대경 대희하사, 일령의 손을 잡으시고 눈물을 흘리면서 왈,

“짐이 경의 말을 들었으면 이런 환(患)을 아니 당할 것을 도시(都是) 짐이 불명하여 경을 원찬하였더니, 경은 옛 일을 생각치 아니하고 지금 짐을 찾아오니, 더욱 불인(不忍)하도다.”

하시며,

"경은 연전사(年前事)를 생각치 말고 선조 공 창건하신 나라를 위하여 도적 막을 모책(謀策)을 가르치라."

하시니, 최일령이 복지 주 왈,

"본도(本道)에 김응서(金應西)라 하는 사람이 있으되, 힘은 삼천 근을 들고 재주와 용맹은 삼국적 조자룡을 압도(壓倒)한다 하오니, 급히 그 사람을 명초(命招)하여 도적을 막으소서."

하니, 진하 기꺼워하사 사신(使臣)을 보내시더라.

5. 김응서(金應西)

각설 이때 김응서는 본도에 있어 왜난을 당하여도 왕명이 없기로 사직(社稷)을 받들지 못하여 탄식을 마지 않다가 일일은 사신이 와서 왕명을 받고 전하거늘, 김응서 즉시 갑주(甲冑)를 갖추고 천리 준총마(千里駿驄馬)를 달려 토곡성에 당도하여 전하께 뵈오니, 상이 대희하사 바라보니, 눈은 소상강(瀟湘江) 물결 같고 신장 팔 척이요, 황금 투구에 순금 갑을 입고 구십 근은 장창을 좌수에 들고 팔십 근 철추를 우수에 들었으니 짐짓 영웅이라.

상이 만심화의(滿心和議)하사, 또 대희하여 일령더러 왈,

"이제 명장을 얻었거니와 군사가 부족하니, 어찌하리오."

하니, 일령이 주 왈,

"조선 군사로서는 당치 못할 것이옵고 조선 장수 김응서는 왜적을 당치 못할 것이오니, 복원 전하는 중국청병(中國請兵)을 보내옵소

서."

상이 옳게 여기어 청병 사신을 택출하려 하실 즈음에 병조판서 유성룡(柳成龍 ; 原文, 柳石龍)이 복지 주 왈,

"신이 청병 사신으로 가리이다."

하니, 상이 대희하사 즉시 유성룡으로 청병 사신을 정하여 보내더라, 일령이 응서더러 왈,

"왜적 소섭이 평양 기생 월천을 첩으로 삼았다 하오니, 월천과 약속을 하면 소섭이 죽이기는 그대 장중(掌中)에 있거니와 연광정 높은 뜰에 방울로 진을 쳤으니, 소리 막을 재주 있느뇨?"

응서 대 왈,

"방울 소리는 둔갑으로 막으려니와 월천과 약속할 묘책을 가르치소서."

일령 왈,

"당태 한 근과 독한 술 백여 병을 가지고 십여 장성을 넘어가서 당태로 방울 소리를 막은 후에 연광정에 들어가면 자시(子時)초가 되면 월천이 나올 것이니, 월천의 손을 잡고 입을 귀에 대고서 일일이 약속을 단단히 정하고, 술을 먹인 후에 장군이 조심하여 소섭을 죽이고 즉시 정하(亭下)에 엎드려서 소섭에게 죽기를 면하라."

하되, 응서 대답하고 당태 한 근과 독한 술 백여 병을 가지고 평양 팔십 리를 진시(辰時) 초에 떠나 유시(酉時) 말에 도달하여 말을 문외(門外)에 매고 시간을 살펴 보니 초경이 되었더라.

몸을 날려 십오 장 성을 뛰어 넘어 가서 신장(神將)을 불러 당태를 주며왈,

"방울소리를 막으라."

하고, 연광정에 들어가니, 소섭이 등촉을 밝히고 월천과 함께 노래도 부르며 희롱하고 있더라. 응서는 몸을 날려 감추고 월천이 나오기를 기다리니, 자시 초가 되어 월천이 나오거늘, 응서 월천의 손을 잡고 왈,

"너는 비록 기생이지만은 조선 국록(國錄)을 먹고 왜놈을 섬겨 부부지예(夫婦之禮)를 행하느냐? 나는 왕명을 받자와 소섭을 죽이러 왔는데 너의 뜻은 어떠하뇨?"

하니, 월천이 왈,

"소녀는 비록 왜장 소섭의 첩이 된 계집이오나 장군 같은 영웅을 만나지 못하여 주야로 원이 되옵더니, 명천(明天)이 감동하사, 장군님을 만났사오니, 어찌 반갑지 아니하리오. 장군님의 약속을 가르쳐 주옵소서."

응서 대희하야 독한 술병을 내어주며 왈,

"이리 이리 하라."

하고, 소섭의 거동을 낱낱이 물으니, 월천이 대답하여 왈,

"소섭이 반잠 들면 한 눈만 뜨고 잠이 다 들면 두 눈을 다 뜬다."

하고, 방으로 들어가 소섭더러 말하였다.

"소녀의 오래비가 있사온데, 지금 장군님을 뵈러 문 밖에 와 있사옵니다."

소섭이 반겨 왈,

"너의 오래비 왔다 하니, 너와 남매간이라 어찌 반갑지 아니하리오."

하되, 월천이 즉시 문 밖에 나와 응서를 청하니, 응서 들어가 예필

(禮畢) 좌정(座定) 후에 소섭이 김응서의 상을 보고 대희하며 말하였다.

"재주 있고 여러 장수 죽일 재주 가졌으니, 실로 영웅이로다. 그대가 나를 도와서 조선 장수 팔장을 쳐낸 후에 나는 청정의 부장(副將)이 되고 청정은 조선 왕 되고 우리 둘이 대공을 이룬 후에 일등 공신(功臣)이 되어 국록을 먹고 이름을 후세에 빛낼 것이니, 그대가 나를 도와줌이 어떠하뇨."

응서 기꺼워 하며 거짓 허락하더라.

이 때 월천이 주 왈,

"소녀의 오래비가 제 주효(酒肴)를 가지고 왔으니, 장군님과 분배하여 잡수시길 바라나이다."

소섭이 허락하며 말하였다.

"너의 오래비가 뉘를 위하여 주효를 가지고 왔다 하니 더욱 반갑도다."

하며, 잔 잡고,

"술 부어라."

하니, 월천이 거동보소. 홍상(紅裳)치마 후리쳐 꿰고 술 부어 들어 두 손으로 한 잔 권코 일배일배부일배(一盃一盃復一盃)라. 한 병 술을 다 먹으니, 술이 대취하여 자리에 넘어지거늘, 응서가 월천을 데리고 문 외로 나와,

"다른 의심은 없느뇨?"

하니, 월천 대 왈,

"다른 의심은 없사오니, 급히 처치하시옵소서."

하자, 응서 문을 열고 보니, 소섭이 눈을 부릅뜨고 이수(頤鬚)를 거사

리고 잠이 깊이 들었거늘, 웅서 칼을 들고 칼춤을 추며 들어가니, 소섭의 빛나는 명천검이 걸렸다가 웅서 들어옴을 보고 소스라 치려 하다가 칼 임자가 잠이 깊이 들었기로 용납만 할 뿐이더라. 월천에게 들어 웅서는 이미 그 칼 재주를 아는지라.

"입으로 침 세 번만 뱉고 달려들어 치라."

하니, 웅서 그대로 시행하고 후리쳐 치니 소섭의 머리 검광(劍光)을 쫓아 떨어지는지라. 웅서 칼을 던지고, 즉시 땅에 엎드려서 엿보니, 문득 목 없는 소섭이 일어나며 벽상에 걸린 칼을 이고 휘휘 두르며 한 번 들어 연광성 대들보를 치고 넘어지는 것이었다.

웅서는 그제야 목을 칼 끝에 꿰어 들고 월천을 옆에 끼고 십오 장 성을 넘어가 월천더러 왈,

"시운이 불행하여 너도 소섭의 첩이 되었으나 잠시라도 부부지예는 일반이라. 너로 하여금 소섭을 죽였으나 너를 살려 두면 나도 소섭같이 환을 당하리라."

하고, 마지 못하여 월천의 머리를 베어 가지고 통곡하며 토곡성에 도달하여 전하께 소섭의 머리를 드린 후에 또 월천의 머리를 올리니 상이 일변 대희하시며 일변 애련히 여기사 웅서의 손을 잡고 칭찬하여 가라사대,

"월천이 비록 미천한 계집이나 일단 충성만 생각하고 소섭을 죽이고 또 저도 죽었으니, 월천은 천추만대(千秋萬代)에 이름이 빛나리라."

하시더라.

각설 이 때 유성룡이 중국 청병 사신으로 들어가 황제께 뵈올 때 황제 문 왈,

150

"조선에 무슨 연고 있기로 짐의 나라에 들어 왔느뇨?"

하시되, 성룡이 복지 주 왈,

"소신 나라에 운수 불길하와 왜난을 당하와 종묘 사직의 조모(朝暮)에 위태하옵고 중지(重地)를 뺏기어 소신의 국왕이 평안도 토곡성 중으로 피난하옵고 적세가 위급하옵기에 들어 왔나이다."

하고 패문(牌文)을 올리거늘,

천자 보시고 대경하사 만조(萬朝) 제신을 모와 가라사대,

"조선 국왕이 왜난을 만나 구원병을 청하였으니, 경들의 뜻이 어떠하뇨?"

하시매, 좌승상(左丞相) 유필(柳畢)이 주 왈,

"하교(下敎) 지당하오나 지금은 농절(農節)이오니, 청병 보내기 불가하여이다."

하니, 천자 혼자 임의로 결단치 못하여 허락지 아니하시거늘, 성룡이 그저 돌아와 그 연유를 상달하니, 상이 일령을 불러 왈,

"청병 사신이 그냥 왔으니 어찌 하리오."

하시되, 일령이 주 왈,

"전하는 근심치 말으소서. 청병은 스스로 오리이다."

하니, 상이 청병 오기만 기다리더라.

각설, 이 때 왜장 평수길(平秀吉)이 삼만 군졸을 거느려 경상우도를 쳐서 진주(晋州 ; 原文, 陣州)에 웅거하였더니, 이 때 본읍 기생 모란(牡丹 ; 이는 論介의 이름인 듯?) 이라 하는 기생 있으되, 한갓 충성만 생각하고 한 꾀를 내어 왜장 평수길을 데리고 촉석루(矗石樓)에 올라가 잔치를 배설(拜設)하고 즐겨하니, 분분한 풍류 소리는 바람을 쫓아 반공(半空)에 자자(藉藉)하고 불 빛 같은 홍상 치마는

누상에 비쳤는데 향기는 십 리에 진동하니, 왜장이 묘함을 탐하는 중에 술이 대취하게 되었다. 모란이 군졸 없는 때를 승시(乘時)하여 거문고를 놓고 섬섬옥수(纖纖玉手)를 넌짓 들어 탁문군(卓文君)의 봉(鳳)이 황(凰)을 구하는 곡조를 타더니 춤추며 홍상 치마를 걷어쳐 안고 처량한 곡조와 슬픈 노래 부르니, 그 소리 처량하여 단산(丹山) 봉황이 우는 듯 하였다. 모란이 한갖 충성만 생각하고 생사를 둘러 보지 아니하고 일평생에 이름만 빛내고자 함을 뉘 알리요. 그 모란의 태도는 사람의 정신이 아득하고 간장을 녹이는 듯 하였다.

평수길이 흥을 이기지 못하여 모란을 안고 칼춤 추며 즐길 즈음에 모란이가 덥석 안고 촉석루 난간에 뚝 떨어져 만경창파(萬頃蒼波) 깊은 못에 속절 없이 죽는지라. 왜장이 대경하여 즉시 평수길의 시체를 건져 놓고 군사를 몰아 즉시 청정의 진으로 가더라.

각설 이 때 대왕이 청병 오기만 기다리시는 데, 진주 목사의 장문(狀聞)이 왔거늘 개탁하니, 하였으되,

"퇴재상 이순신이 왜장을 대적할새, 괴이한 묘책을 내어 한산도의 왜장을 무수히 죽이옵고 성공하여 돌아오다가 왜장 살에 맞아 죽삽고 본읍의 모란이라 하는 기생이 있으되, 다만 충성만 생각하여 왜장을 데리고 촉석루에 올라 춤추다 왜장을 안고 물에 빠져 죽사오니, 과연 이런 충성은 전고(前古)에 없을가 하나이다."

하였거늘, 상이 보시고 대경 칭찬 왈,

"시절에 태평하시거든 순신은 충무 공(忠武公 ; 原文, 忠烈公)을 봉(封)하여 서원 짓고 춘추로 제향(祭饗)을 받게 하고 모란은 촉석루 앞에 비를 세워 충렬(忠烈)을 표하라."

하시더라.

6. 이여송(李如松)

이 때 대국 천자께옵서 청병 사신을 그냥 보내고서 주야로 염려
하시더라. 그러던 어느날 밤에 동대로써 일원 대장이 내려와 탑전
(榻前 ; 임금의 자리 앞)에 복지 주 왈,

"형님은 어찌 청병을 보내지 아니하나이까?"
하거늘, 천자 대경하여 문(門) 왈,

"그대가 귀신인가, 사람인가. 어찌 날더러 형님이라 하느뇨?"
하자, 장수 왈,

"소장(小將)은 삼국 적 관운장(關雲長)이옵고 형님은 유현덕(劉玄
德)이 환생(還生)하여 천자가 되고, 장비(張飛)는 환생하여 조선
왕이 되고, 소장은 미부인(靡夫人)을 모시고 조조(曹操)에 갔더니
무죄한 사람을 죽이므로 환생치 못하옵고 조선 지경을 지키옵는
데, 지금 왜적이 조선을 덮어 거의 땅을 다 뺏기옵고, 종묘사직이
조모간에 망케 되어 조선 왕명이 시각에 있삽거늘, 형님은 어찌
청병을 아니 보내시나이까?"

천자 그 말을 들으시고 마음이 비창(悲愴)하여 대경 통곡하시고
그 장수를 살펴보니 신장은 구 척이요, 손에 청룡도를 빗겨 들고 봉의
눈을 부릅뜨고 삼각수를 거느리고 왔으니, 분명한 운장이겠더라.

천자 용상에 내려와 재배하며 말했다.

"청병은 팔십 만만 보내고 장수는 당나라의 여송을 보내시면 왜적
을 물리치고 조선을 구하고 오리이다."

뜰 아래 내려서 왈,

"형님이 내 말을 아니 들으면 무사치 못하리이다."

하고, 문득 간 데 없거늘,천자 대경하여 공중을 향하여 재배하고 이튿
날 조회(朝會)에 백관(百官) 모아 의논 왈,

  "짐이 간밤에 일몽을 얻으니, 조선 관운장이 와서 여차(如此) 여차
  하고 저리저리하고 청병을 보내라 하기로 청병은 못 보낸다 하였는
  데 제경(諸卿)들의 뜻이 어떠하뇨?"

  제신이 주 왈,

  "운장은 본디 충절 있는 장수이오니, 지휘 대로 하옵소서."

하니, 천자 즉시 조서를 하여 익주(益州)에 나리사,

  "군사 팔십만 명을 거두라."

하시고, 당나라 이여송을 명초하사 왈,

  "짐이 경의 재주를 아는지라 조선에 나가 왜놈을 물리치고 그 공을
  세워 이름을 빛내고 들어오면, 이름을 죽백에 올려 대국의 일등
  공신이 되리라."

하시되, 이여송이 복지 주 왈,

  "소신이 재주 없사오나 동국(東國)에 나가 왜적을 함몰하고 들어
  오리이다."

하니, 천자 대희하사 대원수(大元帥)에 대장절월(大將節越 ; 大將이
赴任할 때 임금이 주는 節과 斧鉞)을 주더라.

  이여송이 하직 숙배(肅拜)하고 행할새 만조 백관이 사십 리에
나와 전송 왈,

  "장군은 만리 밖의 동국에 나가 대공을 세우고 들어 오면 그 공을
  치사(致謝)하리이다."

하니, 이여송이 왈,

  "조그마한 왜놈을 어찌 근심하리오."

하고, 익주로 행하여 팔십 만 대병을 거느려 제장을 불러 소임을 맡길새, 그 아우 이여백(李如栢)으로 선봉을 삼고 이여월(李如月＝李如梧인 듯?)로 후군장을 삼고, 호령하여 왈,

"만일 군 중에 태만한 자 있으면 군법으로 시행하리라."

하고 천리 준총마를 타고 머리에는 구룡군관(九龍軍冠)이요, 몸에는 홍황단전복(紅黃緞戰服)이요, 우수에 팔각도(八角刀)를 들고 좌수에는 우모단수기(羽毛緞繡旗 ; 새 깃으로 짠 旗)를 들었으니, 황금 대자(代赭)로 썼으되 대사마(大司馬 ; 대장군 당나라 이 여송)이라 하였더라.

즉시 발행하여 조선으로 향하니 기치창검은 일월을 가리웠고 고각 함성은 천리를 뒤흔드는 듯하여, 물결은 출렁충렁 압록강 건너와서 탐지를 보내니, 조선 왕이 제신을 거느려 백리 밖에 나와 맞을새, 상이 두 번 절하고 좌정 후 가라사대,

"장군님이 황상의 명을 받자와 원로에 수고를 하시니, 과인(寡人)의 마음이 불안 하여이다."

하시니, 이여송이 두 번 절하고 가로되,

"대왕은 뜻밖의 왜난을 당하오니, 오죽 근심하시리까. 황상의 명을 받자와 왔사오되, 대왕을 보오니 대왕의 지성이 없사오니 아무리 생각하여도 도웁지 못하고 그저 돌아가겠나이다."

하거늘, 상이 근심하사 일령더러 이여송의 하던 말을 낱낱이 이르시니, 일령이 주 왈,

"전하는 근심치 말으소서. 당장(唐將) 있는 뒤에 칠성단(七星壇)을 모시고 독을 쓰고 축문(祝文)을 읽으시고 울으시면 당장이 듣고 용서할 도리가 있사오니, 그대로 하사이다."

　상이 즉시 영을 나려,

　"단을 모으라."

하시고, 단에 올라 독을 쓰고 슬피 통곡하시니, 이여송이 듣고 문 왈,

　"우는 소리 어디서 나느뇨?"

　군사 고하되,

　"조선 왕이 이 장군님이 그저 회군하신단 말을 들으시고 우시나이 다."

하거늘, 이여송이 탄식하여 왈,

　"슬프다. 상을 보니 왕후의 기상이 아니옵더니 울음 소리를 들으니 용의 울음소리 분명하도다. 사백 년 사직이 넉넉하다."

하고, 즉시 제장을 불러 소임을 맡길새 조선 장수 구름 모이듯이 하더 라.

　평안도 평강 땅에 사는 김응서(金應西)와 전라도 전주 사는 강홍 엽(姜弘葉)도, 황해도 사는 김승태(金勝台)와 함경도 사는 유홍수 (柳弘守)와 강원도 사는 백철남(白鐵南)과 경기도 사는 문두황(文頭 黃)이 여러 사람들이 모두 범같은 장수라. 각각 갑주를 갖추고 이여 송에 뵈오니 이여송이 보시고 칭찬 왈,

　"조선같은 편소지국(偏小之國)에 저러한 영웅호걸이 많거늘 어찌 요란치 아니 하리오."

하고 그 중에 재조를 보려 하고 높은 깃대 끝에 황금 일만 량을 달고 왈,

　"제장 중에 저기 달린 황금을 떼어 오는 자 있으면 선봉을 삼으리 라."

하니, 제장이 영을 듣고 한 장수 내달아 춤추며 몸을 날려 소소와 황금을 철추로 치니, 황금이 떨어지는지라. 또한 장수 내달아 몸을 소소와 남은 황금을 떼어 가지고 돌아왔거늘, 이여송이 장수에게 물었다.

"그대는 성명이 뉘라 하느뇨?"

장졸이 대 왈,

"먼저 장수는 김응서요, 두 번째 뗀 장수는 강홍엽이로소이다."

하니, 응서로 선봉을 삼고, 홍엽으로 후 선봉을 감고 유 후수로 좌익장을 삼고 백 철남으로 우익장을 삼고 김일관(金一官)으로 군량장(軍糧將)을 삼고 그 남은 제장은 다 후 군장을 삼을새, 제장이 군사를 몰아 강원도 왜장 청정의 진으로 행하니라. 이 때 왕께서 유 성룡을 불러 가라사대,

"조선 군사와 대국 군사의 군량장을 맡아 수운하라."

하시더라.

각설 이 때 이 여송이 왈,

"좋은 술 천독만 내일 식전에 대령하라."

하니, 응서 대답하고 나와 군중에 전령하되, 땅 밑을 깊이 파고 술 천독을 하여 묻고 그 우에 백탄 숯을 피워 밤새 그렇게 하고 그 이튿날 술 천 독을 대령하니, 이 여송이 보고 칭찬 왈,

"조선도 명인이 있도다."

하고, 또 분부하여 왈,

"내일 조시(朝時)에 용탕(龍湯)을 대령하라."

하니, 응서 능히 대답하고 나와 서천(西天)을 바라보고 슬피우니, 어떠한 용이 시냇가에 죽었거늘, 즉시 용탕을 지어 올리니, 이여송이

또 가로되,

  "소상반죽(瀟湘班竹) 젓갈을 들이라."

하니, 응서 능히 대답하고 나와 전하께 상달하니 상이 가라사대,

  "그 전 선조 시에 신하 어떠한 양반이 일 후에 써먹을 일이 있다
  하고 전하여 온 것이 있으니 급히 가져가라."

하시되, 응서 반겨 듣고 젓갈을 갖다 올리니, 이여송이 칭찬왈,

  "천재로다, 천재로다. 이런 사람은 세상에 없도다."

하고, 또 분부 왈,

  "내일 조시 초에 백마(白馬) 백필을 대령하라."

하니, 응서 능히 대답하고 군중에 전령하되,

  "분칠도 하고 흰가루 칠도 하여 백마 백 필을 대령하라."

하니 이여송이 대소(大笑)왈,

  "임시 체면이라도 저렇듯 하니, 어찌 그대의 재주 없으리오."

하고 인하여 유성룡으로 군량장을 삼으며 군량을 수운하게 하고 청정
의 진으로 향하더라.

  이 때 청정이 강원도 원주(原州) 성중에 웅거하였더니, 군사가
고하되,

  "이여송이 군사를 거느려 온다."

하거늘, 청정이 대경하여 각도에 헤어진 장졸을 거두니, 명장이 팔
백이요, 정병이 십만여 명이라. 청정이 북을 올리며 방포일성에 팔만
군사 진을 치더라.

  이여송이 원주에 득달하여 적진을 살펴보니, 진세를 가히 알겠더
라. 이여송이 북을 치며 싸움을 돋우니, 적진에서 한 장수가 달려나
와 외어 왈,

"당장 이여송은 들으라. 우리 대왕께옵서 조선을 거의 다 얻었거늘, 너는 무슨 재주가 있건데 망케 된 조선을 구하고저 하여 우리를 치려 하느냐. 내 진중에 네 적이 있거든 빨리 나와 내 칼을 받으라."

하거늘, 선봉 김응서 병창 출마하여 크게 외어 왈,

"우리 진중에 영웅 호걸이 구름 모이듯 하였거늘, 너는 어찌 죽기를 재촉하는가."

하고 싸워 삼십 여 합에 이르러 응서의 칼이 번듯하며 왜장 마원태(馬元台)의 머리가 땅에 떨어지는지라. 응서가 칼끝에 꿰어 들고 좌충우돌하니, 적진에서 마 원태 죽음을 보고 번개같이 날랜 오장이 내달아 외어 왈,

"조선 장수 김응서는 어찌 우리 장수를 죽이는가?"

하며 천동같이 달려오자, 응서는 말 머리를 돌려 우뢰같은 소리를 지르며 한 칼로 오장을 대적하여 십여 합에 이르러 기운이 쇠진(衰盡)하여 본진으로 돌아오고자 할 때 청정이 오장이 응서를 잡지 못한 것을 보고 분기 충천하여 벽력같은 소리를 지르며 방포소리 나며, 방패를 갖고 명천검을 들어 응서의 말 머리를 깨치니, 말이 엎드려지는지라. 응서의 급함이 경각에 있는지라.

이여송이 보고 대경하여 당장 삼인을 명하여 응서를 급히 구하니 응서 본진으로 와서 여송께 치하하여 왈,

"장군의 빠른 명이 아니면 어찌 소장의 잔명을 보전하였으리이까."

하고 이여송의 말을 얻어 타고 급히 들어가 싸우니, 당장은 구인이요, 왜장은 오인이라. 양진의 고각함성은 천지 진동하고 분분한 칼

빛은 하늘에 덮혔는지라. 산중 맹호가 밥을 다투는 듯하고 벽해수
(碧海水) 잠긴 용이 구비를 치는 듯 하였다.

　십여 합에 이르러 적장의 칼이 번듯하며 당장 이여월의 머리가
떨어지고 선장(鮮將) 강홍엽의 칼이 번듯하며 왜장 한 일천의 머리
떨어지고 김일관의 칼이 번듯하며 왜장 한업(韓業)의 머리 떨어지고
김태승의 칼이 번듯하며, 왜장 문경의 머리 떨어지니, 청정이 오장의
죽음을 보고 분기를 이기지 못하여 말에 올라 나는 듯이 내달아 우뢰
같이 소리를 질러 왈,

　"당장은 무슨 일로 나의 아장(亞將)을 다 죽였는가?"
하며, 달려오거늘 바라보니, 신장이 구 척이요, 일백 근 투구를 쓰고
몸에 구리갑을 이고 우수에 일백근 철추를 들고 좌수에 일일백 근
명천검을 들고 한일 자 입을 벌리고 달려들어 삼십 합에 청정의 칼이
번듯하며 태경의 머리 떨어지더라.

　이여송이 당장의 죽음을 보고 병창 출마하여 왈,

　"적장 청정은 어찌 나의 아장을 죽였는가? 너의 근본을 들으라.
너희 놈이 옛날 진시황을 속이고 동남(童男) 동녀(童女) 오백인을
거느리고 들어가 나오지 아니하여 씨를 퍼쳐 자칭 황제라 하고
강포만 믿고 조선국 같은 예의지국을 침범하니 어찌 분하지 아니하
리오. 너는 나를 당치 못하거늘 내 칼을 받으라."
하는, 소리 천지가 진동하더라.

　청정이 듣고 대로하여 왈,

　"조선을 거의 다 얻었거늘, 너는 청병으로 와서 어찌 나를 당하리
　오."
하고, 명천검으로 이여송을 대적코저 하니 고각함성은 천지 진동하여

천붕지탁(天崩地坼)하는 듯하여 십여 합에 승부를 결단치 못하고 청정이 기운이 진하여 말머리를 돌려 본진으로 돌아가거늘, 명장 칠인이 합세하여 청정을 쫓아가며 호통하는 중에 청정이 전면을 바라보니, 억만 대병이 내달아 길을 막으며 일 원 대장이 외어 왈,

"망발생의(忘發生意)하였으니 어찌 천신인들 무심하랴. 청정은 닫지 말고 내 칼을 받으라."

하거늘 청정이 눈을 들어보니, 일전 보던 바 관운장이라.

대경하여 운장과 더불어 십여 합에 기운이 쇠진하여 칼빛이 점점 둔한지라, 명장 칠인이 달려들어 싸우니 청정이 그물에 든 고기요, 쏘아 놓은 범이라. 이여송의 칼이 공중에 번개되어 운무(雲霧) 중에 빛나더니, 청정의 머리 검광을 쫓아 떨어지는지라. 슬프다, 청정의 용맹이 속절 없이 죽으니 천신도 애닯도다. 응서 달려들어 칼 끝에 꿰어 들고 본진에 들어와 춤추며 이여송에게 치하하여 왈,

"장군의 용맹은 왜국에 진동하고 천추에 유전(流傳)하리이다."

하더라.

각설 이 때 전라도 갔던 동철(同鐵)이며, 충청도 갔던 마웅태(馬雄台)이며, 함경도 갔던 봉철(鳳鐵)이 일시에 진을 파하고 청정의 진에 합세코자 하다가 청정이 죽었단 말을 듣고 대경 실색하여 일시에 달려들어 외어 왈,

"당장 이여송과 조선 장수 김응서와 강홍엽은 어찌 우리 대장을 죽였는가. 우리들이 네 머리를 베어 우리 대왕께 원수를 갚으리라. 닫지 말고 내 칼을 받으라."

하니 이 여송이 듣고 분기를 이기지 못하여 칼을 들고 내닫고저 하니, 응서와 강홍엽이 만류 왈,

"장군은 노함을 참으소서. 소장 등이 나가 왜장을 베어 장군의
노함을 풀리라."
하고, 일시에 병창 출마하여 벽력같이 외어 왈,

"너는 김응서와 강홍엽을 아는가? 모르는가? 두렵지 아니하면
빨리 나와 우리 칼을 받으라."
하되, 왜장이 일시에 달려들어 십여 합에 응서의 칼이 반 공중에 번개
되어 마용태를 치자, 머리 땅에 떨어지니 문경이 대경하여 크게 외어
왈,

"적장은 어찌 우리 장수를 해하는가? 기필코 너를 죽여 우리 장수
의 원수를 갚으리라."
하고, 십여 합에 거의 패하여 응서와 홍엽이 본진으로 향하니, 문경이
분기하여 외어 왈,

"너는 잔말 말고 내 칼을 받으라."
하고, 급히 쫓아 오거늘, 응서와 홍엽이 본진에 들어와 방포 일성에
삼중(三重) 오행진을 굳치니, 나는 제비라도 벗어날 길이 없었는지
라.

　왜장 문경이 진중에서 들어와 벗어날 길이 없자 당황하여 주저
(躊躇)하니, 응서가 달려들어 문경의 말머리를 깨치고 문경을 사로잡
아 장대(將臺) 아래 앉히고서 죄 왈,

"네가 감히 예의지국을 침범하느뇨?"
하되, 문경이 살기를 원하여 항복 애걸하거늘 이여송이 호령하여
왈,

"네 놈 천륜을 모르고 외람한 뜻을 두어 조선같은 예의지국을 침범
하는가? 조선에 영웅호걸이 구름 모인 듯 하여 너의 대장 청정과

소섭, 평수길도 우리 칼에 혼백이 되었거늘 너희 놈은 방자하여 범람한 뜻을 두니, 두렵지 아니하냐. 그럴수록 방자하여 감히 내 진중에 들어 왔는가. 이제 너희를 버릴 것이로되, 이미 항복하기로 그냥 놓아 보내니, 빨리 돌아가 차 후는 다시 외람한 뜻을 두지 말라."

하고 보내더라.

차설 진을 파(破)하매 왜인의 주검이 태산같고 피가 흘러 강을 이루었다.

이여송이 칭찬 왈,

"조선 대왕이 벌써 저러한 영웅을 두었도다."

하고 탄식하더라.

각설 이 때 대왕이 전장 소식을 고대하던 차에 날로 기다리더니, 승전 패문을 보시고 불승환희(不勝歡喜)하자, 최일령을 불러 말했다.

"군량이 진하여지니 어찌 하리오."

일령이 주 왈,

"신이 듣사오니, 평안도 삭주(朔州) 땅에 사는 김수업(金守業)이라 하는 부자가 있으되, 곡식이 이십 육만 석이 있다 하오니, 수업을 명초하사 군량을 당케 하옵소서."

하되, 상이 수업을 패초(牌招 ; 왕명으로 承旨가 下座를 부르는 것) 하시되, 수업이 명을 받자와 복지 사배하니, 상이 가라사대,

"군량이 진하였으니, 너의 곡식을 취하여 쓰고 시절이 태평하거든 갚고자 하노라."

하시되, 수업이 주 왈,

"소신의 곡식이 전하의 곡식이오니, 쓰실 대로 쓰기를 바라나이
다."

하거늘, 상이 즉시 수업을 군량장으로 삼아 군량을 수운하게 하고
단을 모으고 백리 외에 나와 이여송을 맞을새, 이여송이 군사를 거두
어 회군하고 중국의 군사를 점고(點考)하니, 삼십 만 대병이 다 죽고
장수 백여 원이 또 죽었는지라. 이여송이 탄식하여 왈,

"부모 처자 일가친척 다 버리고 만리 타국에 나와 전장 고혼(孤
魂)이 되었으니, 가련하고 불쌍하다."

하고 즉시 밥을 지어 모든 귀신 앞에 제사할새,

"너희 혼백은 들으라. 부모와 동생, 처자를 이별하고 만리 타국에
왔다가 배도 오죽 고프고 슬픈 마음도 오죽 있으며 고국을 생각하
다가 전장 혼백(魂魄)이 되었으니, 불쌍하고 가련하기로 밥을 지어
위로하니 착실히 흠향(歆饗 ; 神命이 祭物을 받음)하라."

하시더라.

이 때는 정유년(丁酉年) 삼월이라. 이여송의 철비(鐵碑)를 세워
천추에 유전케 하고 홍비단 백 필로 승전기를 만들어 세우고 승전고
를 울리며 토곡성에 들어와 전하게 뵈오되, 전하 대회하사 대연(大
宴)을 배설하고 즐기실새, 이 때 친히 잔을 잡아 이 여송에게 권하시
니, 이여송이 부복 칭찬하더라. 인하여 잔치를 파하고 이여송이 이여
백으로 중군을 삼아 군사를 거느리고 중국으로 돌아가게 하고, 무사
백여 명을 거느리고 각 읍으로 다니며 명산(名山) 대천(大川) 혈맥
을 다 자르고,

"조선 같은 편소지국에 영웅 호걸이 많은 탓이라."

하더라.

7. 김덕령(金德齡)

이때 대왕이 제신과 군사를 거느려 태평곡(泰平曲)을 울리며 환궁(還宮)하시고 문무 제신을 차례로 봉(封)하실새, 최일령으로 태부(太傅;高麗 때 두었던 王世子의 스승의 하나, 太師의 다음 가고 太保 위임)를 삼으시고 강홍엽으로 선봉을 삼으시고 유성룡으로 우의정을 삼으시고, 유홍수로 좌의금(左義禁;王命을 받들어 罪人을 推鞠하는 사무를 맡아보는 관아)을 삼으시고 문두황으로 부원수를 삼으시고, 정태경(鄭台京)으로 좌도령(左都令)을 삼으시고 한성록으로 판서(判書)를 삼으시고, 김칠원(金七遠)으로 어영대장(御營大將)을 삼으시고 그 남은 제장은 각도 각읍의 방백(方伯) 수령(守令)을 봉하시고 백성 조세를 삼 년을 탕감(蕩減)하시고 각도에 학업과 검술을 숭상하니, 세화연풍(歲和年豊)하고 노소 백성이 처처(處處)에 격양가(擊壤歌)라. 경인(京人) 순시(舜時)라. 정출남으로 충렬공(忠烈公)을 삼으시고 서원을 사역(使役)하사 춘추로 제향(祭響)을 받게 하시니라.

각설 이 때 무술년(戊戌年)이라. 김덕령의 소문을 들으시고 금부도사를 명령하여,

"덕령을 잡아 올리라."

하시니 도사 수명(受命)하고 내려가 덕령을 보고 왕명을 전하니, 덕령이 보고 대경하여 모친께 들어가 그 연유를 고하니, 그 모자지생의 거슬음을 어찌 측량하리오. 인하여 덕령이 하직하고 나오니 도사 철망으로 씌워 갈새, 철원 땅에 이르러서 덕령이 도사에게 말했다.

"여기 친한 사람이 있으니, 잠깐 놓아주면 가서 보고 감이 어떠하

뇨?"

도사 왈,

"공(公)에 사정(私情)이 없으니 어찌 잠시인들 놓아 보내리오."

하거늘, 덕령이 꾸짖어 왈,

"아무리 왕명이 지엄하신들, 잠깐 사정이야 없으리오."

하며, 몸을 요동하니 철망이 썩은 새끼 떨어지 듯 하거늘, 칼을 들고 공중에 소소와 십여 장이나 넘는 나무 끝을 번개같이 치며 나무를 무수히 작벌(作伐)하니, 도사가 아무 말도 못하고 구경만 할 뿐이더라.

문득 공중으로서 한 사람이 날아와 덕령의 손을 잡고 왈,

"내 아니 그렇다더냐……. 환을 당하였으니 바삐 가 천명을 순수(順受)하라. 뉘를 원망하며 뉘를 한하리오. 이제 운수 불길하여 이런 환을 당하였으니, 나는 다시 세상에 나오지 아니하리라. 내 그대를 위하여 입신양명(立身揚名)하렸더니 성공치 못하고 비명에 죽게 되니 내 마음이 도리어 슬프도다."

하고, 간데 없거늘 덕령이 도로 철망을 쓰고 전하께 뵈오매, 상이 가라사대,

"너는 어찌 대환을 당하여 시절이 불안한데, 국가를 받드는 것이 고금의 당연한 일이려니와 너는 무슨 뜻으로 국가를 돕지 아니하고 도적의 진에 들어가 술법만 배우고 종묘사직이 조석에 망케 되어도 종시 돕지 아니하는가?"

하시고, 무사를 향하여,

"베어 버려라."

하시니, 무사 일시에 달려들어 칼춤 추며 덕령을 치니 칼이 덕령은

맞지 아니하고 세 동강이 나는지라. 무사 등이 대경하여 그 연유를 탑전에 상달하니, 상이 대로하사,

　"큰 매로 치라."

하시니, 덕령이 주 왈,

　"신이 죄는 없사오나 전하께옵서 신을 죽일 마음이 계시거든 '만고 효자 충신 김덕령(萬古孝子忠臣金德齡)'이라 현판에 새겨 주시면 신이 죽사오되, 그렇지 아니하면 여한이 되겠나이다."

하되, 즉시 하령하자 현판에 새기시고,

　"죽이라."

하니, 덕령이 주왈,

　"신이 그저는 죽지 아니하오니, 왼 쪽 다리 아래 비눌이 있으니 비눌을 떼고 치오면 죽으리라."

하니, 무사 일시에 달려들어 비눌을 떼고 한 번 치니 그제서야 죽거늘, 상이 덕령의 죽음을 보시고, 시체를 본가에 보내게 하시더라.

　슬프다. 덕령의 모친이 덕령을 전장에 보내고 주야로 슬퍼하더니, 일일은 덕령의 죽은 시체가 왔거늘, 내달아 덕령의 시체를 안고 뒹굴며 얼굴을 한데 대고 슬피 통곡하여 왈,

　"이것이 너의 죄가 아니라, 내가 보내지 아니한 죄로다. 다만 모자 있어 의탁(依託)하고 세월을 보내더니, 이렇듯 죽었으니 내 혼자 살아 뉘를 의탁하여 살리오."

하며, 슬피 통곡하니 애원한 울음 소리 원근 산청에 사모쳐 자자(藉藉)하니, 뉘 아니 슬퍼하리오. 선산지하(先山之下)에 안장(安葬)하니라.

8. 김 응서와 강 홍엽

각설 이 때 대왕께옵서 제신을 모아 의논 왈,

"왜장이 다 죽었으되, 부자지국(父子之國) 항서(降書)를 아니 받으면 후환이 될 것이니, 군사를 조발(早發)하여 다시 왜국에 들어가 항서를 받으면 어떠하리오."

하시되, 제신이 주 왈,

"하교 마땅하여이다."

하니, 상이 즉시,

"김응서, 강홍엽을 보내라."

하실새, 서로 선봉을 다투거늘 상이 가라사대,

"선봉 제비를 짚으라."

하시니, 홍엽이 선봉에 치였는지라. 홍엽과 응서 군사 이십 만명을 거느려 즉시 발행(發行)할새, 상이 양장(兩將)의 손을 잡으시고 가라사대,

"경등을 만리 타국에 보내고 일시라도 염려할 터이니, 경등은 충성을 다 하여 들어가 남을 업수이 여기지 말고 공을 세워 돌아 오라."

하시니, 두 장수 수명 하직하고 나와 행군할새, 호령이 추상같고 군령이 엄숙하더라.

이 때는 무술년 동시월(冬十月)이라. 삼남(三南)을 지내어 동래에 도달하여 행선(行船)할새, 응서 진 뒤에서 크게 외어 왈,

"장군은 잠깐 군사를 머무르고 내 말을 들으소서."

하거늘 놀래어 돌아보니, 어떠한 사람이 옷도 벗고 발도 벗은 사람이

군중에 들어와 뵈옵거늘, 응서 문 왈,

"그래 어떠한 사람이건대 진중에 들어와 무슨 말을 이르고자 하느뇨?"

하되, 그 사람이 가로되,

"나는 조선 땅에 있는 왜덩강이라 하는 귀신으로서, 장군님이 군사를 급히 행군하신다기에 왔나이다. 군사를 삼일만 유하여 가면 반드시 공을 이룰 것이오, 급히 행군하면 대패하리라."

하고, 문득 간 데 없거늘, 응서 크게 괴이히 여겨 홍엽더러 왈,

"군중에 괴이한 일이 있으니, 삼일 만 유하고 가는 것이 어떠하뇨?"

하되, 홍엽이 말했다.

"군중에는 사정이 없다 하니, 대병을 어찌 유하리오."

북을 쳐 군사를 총독하니, 또 귀신이 와서 앙천탄식 왈,

"장군을 위하여 이르되 종시 듣지 아니 하니 환을 면치 못하리라."

하거늘, 응서 쟁(錚)을 쳐 군사를 거두고자 하니, 홍엽이 대로 왈,

"장군은 병법을 아는가 모르는가? 병법에 하였으되, 허즉실(虛則實)이요, 실즉허(實則虛)라 하였으니, 나는 군중의 도원(都元)이요, 그대는 나의 아장(亞將)이라. 어찌 내 말을 듣지 않느뇨?"

하되 응서 탄식하여 왈,

"장군이 만일 갔다가 무삼 패가 있어도 소장을 원망치 말라."

하고, 행군하여 여러 날만에 일본에 득달하니, 동설령(冬雪嶺)에 다다른지라.

각설 이 때에 왜장이 대병을 조발하여 조선에 나와 함몰함을 생각하고 분기를 이기지 못하여 군령을 주야로 연습하더니 일일의 천기를

보니, 조선 대병이 왜국을 해코자 하거늘, 제신을 모아 의논 왈,

　"내가 천기를 보니, 조선 대병이 우리나라를 침범코자 하니 멀리
　방비하라."

하고, 영광도의 팔락(八樂)을 명하여 군사 이만을 주며 왈,

　"그대 군사를 거느려 동설령에 매복하였다가 모월 모일 모시에
　적병이 지나거든 일시에 달려들어 치고 만일 적병이 지나지 않거든
　화군하라."

하니, 팔락이 수명하고 군사를 거느려 동설령 좌우편에 매복하였더라.

　각설, 조선 대왕이 왜국에 들어간 때 응서, 홍엽더러 왈,

　"동설령은 험하여 군사가 행보(行步)치 못하오리다."

하니, 홍엽이 의심치 아니하고 군사를 재촉하여 동설령을 향하더니
불의에 복병(伏兵)이 내달아 치니, 만리 원로에 기운이 노곤해진
군사들이 어찌 당하리요. 홍엽과 응서 불의의 난을 당하와 미처 수습
치 못하여 이십 만 대병을 함몰하니, 주검이 태산같고 유혈성천(流血
成川)하니, 응서 하늘을 우러러 탄식하여 왈,

　"만리 타국에 들어와 이십 만 대병을 함몰하고 본국으로 들어간들
　무슨 면목으로 전하를 뵈오리오. 예서 군사와 한가지로 죽느니만
　같지 못하다."

하고, 홍엽을 꾸짖어 왈,

　"이것이 뉘 탓이야, 장군의 탓이로다."

하며, 하늘을 우러러 탄식 왈,

　"명천은 살피소서."

하더라.

　각설 이 때 왕장 홍 대성(洪大成)이 왜왕께 주 왈,

"조선 장수가 군사를 함몰하였으니, 이제 장수를 모아 검술로 조선 장수를 죽이사이다."

하니 왜왕이 즉시 연광도 팔낙을 명하여 왈,

"임진년 원수를 갚고자 하니 그대 등은 힘을 다하여 원수를 갚으라."

하니, 팔락과 홍대성이 수명하고 나오니 두 장수 검술은 옛날 초패왕이라도 당치 못한다 하더라. 즉시 백사장에 나와 진을 치고 양장이 진전에 나서며 외어 왈,

"적장은 오늘날 검술로 결단하자."

하매 적장이 검술을 결단하자, 홍엽이 만류하여 왈,

"적장의 검술을 보니, 천인(天人)같다 하니 장군이 당치 못할 듯하니, 어찌 승부를 다투고자 하리오."

하되, 응서 더욱 분기를 이기지 못하여 홍엽을 꾸짖어 왈,

"저런 것이 장수라 하고 출반주 하니, 어찌 우습지 아니 하리오."

하고, 십 척 장검을 듣고 외어 왈,

"적장은 물러서지 말고 가까이 오라."

하니, 적장이 의기양양하여 나오거늘, 응서 크게 꾸짖어 왈,

"너는 우리 군사 없음을 업수히 여기느냐?"

하고, 칼춤 추며 달려들어 재주 없는 체하고, 눈을 반만 감고 섰으니 또한 적장 양인이 칼춤 추며 달려들어 응서의 몸을 자주 범하거늘, 응서 칼을 놓고 손을 넌짓 들어 춤추니 적장등이 승시하여 칼을 자주 범하거늘, 응서 기운을 돋우며 벽력 같은 소리를 지르며 우뢰같이 달려들어 적장의 칼을 뺏아가지고 공중에 소소와 나는 듯이 양장을 치니, 양장의 머리 일시에 날려지니, 응서 눈을 부릅뜨고 왜장을 불러

왈,

　“너희 놈이 우리 군사 없음을 경솔히 여겨 감히 희롱하느뇨? 방자함이 이렇듯 하니, 한칼로서 너를 없애고 너의 임군을 베어 우리 전하에게 바치리라.”

하되, 왜장이 듣고 대경하여 제신을 모아 의논 왈,

　“조선 장수의 재주를 보니, 묘책이 없으니 어찌 하리오.”

하되 제신이 주 왈,

　“팔락과 홍대성의 검술을 당할 자 없을까 하였더니, 이제 적장 응서의 재주를 보니 우리 나라에는 없을 듯 하니 적장을 달래어 화친(和親)하느니만 못하여이다.”

　왜왕이 옳게 여기사 즉시 사신을 보내어 응서와 홍엽을 청하니 이때 응서 적장을 베어 들고 본진에 들어 갔더니 어떤 사람이 와 일봉서(一封書)를 올리거늘, 받아보니 하였으되,

　“그대가 짐의 나라에 역적이요, 그대 나라에는 충신이라. 어찌 남의 충신을 해하리오. 오늘날 연석에 한 가지로 놀기를 바라노라.”

하였거늘, 홍엽이 응서를 돌아보아 왈,

　“이제 왜왕이 우리를 해코저 하니 어찌 하리오.”

하되, 응서 왈,

　“장군은 무슨 뜻으로 아느뇨? 나는 어찌 하든지 종말을 보리라.”

하고, 사관(使官)을 따라가니 왜왕이 반겨 나와 예필 후에 가로되,

　“과인의 나라가 이 지경이 되었으니, 어찌 소소하리오. 조선과 화친코자 합니다. 임진년에 외람한 마음을 내었더니, 하늘이 밝으사 칠십 만 대병을 함몰하고 들어오지 아니하옵고, 또 과인이 밝지

못하여 하늘을 거역하와 동설령에 매복하여 장군을 쳤삽더니, 장군은 천하의 영웅이요, 만고의 충신이라 하오나, 십만대병을 함몰하고 하면복(何面目)으로 본국에 돌아가 전하를 뵈오리오. 차라리 과인의 만종록(萬鍾祿;아주 두터운 俸祿)을 받음이 어떠하뇨."

하니 응서와 홍엽이 대답치 못하니, 왜왕이 가로되,

"옛날 한신은 천하 영웅이로되, 초나라를 배반하고 또 초나라를 멸하였으나 세상이 다 그르다 아니한다 하니, 장군은 깊이 생각하오."

하니, 응서 홍엽이 서로 돌아보며 대답치 아니하니, 왜왕이 다시 말이 없고 대접이 극진하더라.

왜왕이 제신을 모아 의논 왈,

"응서의 마음이 철석 같으니, 어찌 감(感)케 하리오."

하니, 제신이 주 왈,

"전하는 두 장수에게 마음을 주어 안정하여 각별히 접대하시면 저도 생각하는 도리가 있으리다."

하니, 왜왕이 옳게 여겨 대연을 배설하고 두 장수를 청하여 즐길새, 왜왕이 잔을 들어 권하여 왈,

"장군이 만리 타국에 들어와 회심하는 마음이 있을까 하여 권하노라."

하며,

"내 정숙히 할 말이 있으니, 허락하소서."

하니, 응서 대답하였다.

"왕은 말을 하소서."

왜왕이 가로되,

"과인은 뉘가 있으되 나이 십오 세요, 인물과 태도는 서시(西施) 양귀비라도 믿지 못하옵고, 재조와 덕행은 천하에 제일 가기로 영웅을 구하더니, 이제 장군으로 배필을 정하고자 하니 응서는 허락하소서."

하고,

"또 공주의 나이 십오 세라, 홍엽으로 부마를 삼고자 하니 사양 말고 허락하라."

하니, 홍엽이 뜰 아래 내려서며 세 번 절하고 가로되,

"패한 장수를 위하여 달빛 같은 옥낭자를 허락하시니, 백년 동락할 사람을 어찌 사양하리오."

하거늘, 응서 심사(心思) 불편하나 마지 못하여 허락함을 보더라. 왜왕이 대회하여 즉시 좋은 날로 택일 행례할새, 신랑의 찬란한 모양과 신부의 황홀한 모양을 어찌 다 측량하리오.

세월이 여류(如流)하여 왜국에 들어온 지 벌써 삼 년이 되었는지라. 일일은 밤중에 추월색이 창 밖에 은은히 비치어 사람의 정신을 놀리는 듯 한지라. 적적한 방 안에서 홀로 생각하되,

"홍엽이 나와 만 리 타국에 들어와 사생을 같이 하자고 금석같이 언약하고 조선 임군의 전교를 받자와 후일을 보자 하였더니 이제 이 지경을 당하였으니, 장군은 어찌 하려 하시느뇨?"

하니, 홍엽이 변색하여 가로되,

"부귀영화를 보라."

하고 대답했다.

왜왕이 우리를 극진히 대접하니, 차마 돌아갈 마음이 없노라.

응서 홍엽의 말을 듣고 분기를 이기지 못하여 대로 왈,

"고서에 하였으되, 충신은 불사이군(不事二君)이요, 열녀는 불경이
부(不更二夫)라 하였으니, 나는 왜왕의 머리를 베어가지고 고국에
들어가면 전하께 드리고 남의 웃음을 면하리라."

하니, 홍엽이 부끄러워 대답치 아니하고 종시 고국에 돌아 갈 뜻이
없어 왜왕더러 응서의 하던 말을 낱낱이 하니, 왜왕이 듣고 대로하여
만조 백관을 모아 의논할새, 응서를 잡아 들여 꾸짖어 왈,

"그대를 위하여 작첩을 구비코 마음을 위로하였거늘, 무엇이 부족
하여 나를 해코저 하느뇨? 나를 버리고 고국에 들어가 네 임군을
섬기는 것은 충성이려니와 무슨 뜻으로 나를 해코저 하느뇨? 너를
죽여 후환을 없이 하리라."

하고 무사를 명하여,

"죽이라."

하매, 응서 눈을 부릅뜨고 왜왕을 꾸짖어 왈,

"네가 천운을 모르고 강포만 믿고 외람한 뜻을 두었으니, 네 머리
를 베어 우리 전하의 분함을 덜까 하였더니, 하늘이 도웁지 아니하
사 또 강홍엽의 간계에 빠져 여기서 죽게 되니, 슬프도다, 슬프도
다. 우리 임군을 배반하고 여기 온지 이미 삼 년이 되도록 성공치
못하니, 지하에 들어간 들 불충지죄(不忠之罪)를 어찌 면하리오."

하고,

"홍엽을 죽인 후에 후사를 보리라."

하고,

"만리 타국에 와서 죽으니 천지도 무심하다. 지하에 들어가서 우리
전하께 뵈옵고 설원(雪寃)하리라."

하고, 칼을 들어 홍엽을 치니 머리 땅에 떨어지는지라. 응서 하늘을

우러러 탄식하여 왈,

  "명천은 살피소서. 조선 장수 김응서는 대왕의 명을 받자와 만리 타국에 와서 성공치 못하고 이곳에서 죽사오니, 명천은 살피소서."

하며, 무수히 통곡하다가 제 칼로 목을 베니, 응서 말이 제 장수 죽음을 보고 달려들어 머리를 물고 비룡(飛龍) 같이 천리 해고를 건너와서 평양을 바라보고 살같이 가더라 /

  각설, 이 때 응서의 부인이 낭군을 만리 타국에 보낸지 이미 삼년이 되도록 소식을 몰라 주야로 바라던 차에 문 밖에 난데없는 말방울 소리가 나거늘, 반겨 나가보니 낭군의 말이 왔거늘 고삐를 잡고 보니 …… 낭군은 어데 가고 머리만 물고 왔느냐? 부인이 대경하여 왈,

  "말은 비록 짐승이로되, 만리 타국에서 집을 찾아 왔거니와 낭군은 오시지 않고 어찌하여 머리만 왔는고."

하며, 슬피 통곡하니, 노소 없이 뉘 아니 슬퍼하며 금수(禽獸)도 슬퍼하며 산천초목이라도 다 슬퍼하는 듯 하더라.

  부인이 낭군을 생각하며 슬피 통곡하다가 기절하더니, 양구(良久 ;조금 있다가)에 정신을 진정하여 낭군의 머리를 옥함(玉函)에 넣어 말 태우고 눈물을 흘리며 경성으로 올라갈새 무지한 말이라도 눈물이 흐르고 몸에 땀이 나는지라. 말을 대궐(大闕) 앞에 매고 탑전에 들어가 복지 주 왈,

  "소녀의 지아비 머리를 말이 물고 왔사오니, 어찌 슬프지 아니하리오."

하고 통곡하거늘, 전하 대경하사 옥함을 열고 보시고 용 안에 용루를 흘리시며 축지어 제사할새, 축문에 하였으되,

  "유세차(維歲次 ;祭文 따위의 첫머리에 쓰는 말로서 [해는 千支]

를 쫓아 定한 차례대로 가고)란 뜻을 가졌음〉 모월 모일에 조선 국왕은 감소고우(敢昭告于 ; 감히 밝혀 알리건대) 경의 충성은 하늘이 도우신 충신이라. 김응서가 만리 타국에 들어간 지 삼 년이 되도록 소식이 돈절하매, 때로 오기를 바라더니 과인의 덕이 적어 만리 타국에 가 원혼이 되어 왔으니, 지하에 들어간들 어찌 경(卿)의 충성을 갚지 아니 하리오, 타국에서 죽은 원혼이라도 짐의 지성을 감동히 여기어……."

하시고, 제사를 파한 후에,

"장군의 머리를 채단으로 염습(殮襲)하여 옥함에 넣고 확실 흠향(欽饗)하라. 이 연유로 각도 각읍에 행관하라."

하시고, 부인에 직첩(職牒=벼슬아치의 임명 亂令書)을 주시니 부인이 천은(天恩)을 축수하고 행장을 수운하고 고향에 돌아가 예를 마친 후에 삼삭(三朔)만에 선산에 안장하고 눈물로 세월을 보내더라.

각설, 이 때 상이 타국에 가 죽은 장수를 위로하여 경상도 대동(大同 ; 三稅의 하나. 땅에 따라 쌀 무명따위를 上納케 하던 제도. 여기선 大同稅法에 따라 거두던 쌀을 말함)만 석(石)을 허급(許給)하시고 또 각읍에 모든 소를 잡히기를 신칙(申飾 ; 알아 듣도록 거듭 타일러 훈계함)하더라. 이 때 전하 한 몽사를 얻으시니 김응서 복지 주왈,

"소신이 힘을 다하여 왜왕의 머리를 베어 전하께 드리옵고 국은을 만분지 일이나 갚자고 하였삽더니, 홍엽이 소신의 말을 듣지 아니하여서 중로에서 이십 만 대병을 함몰하옵고 그 길로 왜국에 들어가 왜왕의 머리를 베어 가지고 돌아 올까 하였삽더니 강홍엽이 부귀만 생각하고 의리를 생각지 아니하고 왜왕과 친근하기로 홍엽은 죽이

고 신은 자사하였사오니, 그 죄 만사무석이오나 신이 비록 황천에
돌아간 들 원혼이 되었사오나 어찌 감히 전하를 돕지 아니하리이
까, 복원 전하는 만세무강(萬世無疆)하옵소서, 소신은 어찌 원한을
다 푸리이까."
하고, 간데 없거늘, 전하 깨달으시고 몽중에 용서하는 말이 귀에 쟁쟁
한지라, 제신을 모아 몽사를 설화하시고 응서 충절을 못내 칭찬하시
더라.

9. 사명당(四溟堂)[原文, 士明堂]

각설, 이 때는 경자년(庚子年) 삼월 일이라. 평안도 안빈낙사(安貧
樂寺)에 있는 서산대사라 하는 중이 있으되, 육도삼략(六韜三略)과
천문지리(天文地理)와 오행술법을 무불 통달하기로 산중에 처하여
세상풍진(世上風塵)을 모르더니, 일일은 청천명월이 밝았는데 자연
탄식 왈,
"왜인이 임진년 원수를 갚고자 하니, 이제 왜인이 조선을 침범하면
종묘사직이 위대하고 우리 불도도 위태하리라."
하고,
"내가 산중에 있으나 조선 수토(水土)를 먹으니, 어찌 조선을 돕지
아니하리오."
하고, 즉시 가사(袈裟)를 착복하고 육환장(六環杖)을 짚고 경성에
올라가 차승상을 보고 전하께 뵈옵기를 청하니, 승상이 그 연유를
물은 후에 탑전에 들어가 아뢰며, 즉시 명초하시니 대사가 관내에

178

들어가 복지하되, 상이 문 왈,

"무삼 연고로 짐을 보고저 하느뇨?"

하시니, 대사 주 왈,

"소승은 평안도 안빈낙사에 있삽더니 임진년에 대왕께옵서 왜난을
당하였으되 진작 나와 도웁지 못한 죄는 만사무석이로소이다."

하니 상이 가라사대,

"노승은 국가를 생각하니 가장 반갑도다. 그러나 무삼 일이 있느
뇨?"

하시니, 대사 주 왈,

"소승이 천기를 보오니, 왜놈이 임진년 원수를 생각하고 조선을
침노코자 하기로 올라와 이 사연을 상달코자 하여 불원천리 왔사옵
니다. 이제 김응서, 강홍엽은 다 죽삽고 다른 장수 없사오니, 뉘라
서 왜놈을 당하리이까. 이제 왜놈을 나오지 못하게 할 묘책이 있삽
나이다."

하니, 상이 놀래어 가라사대,

"그러하면 어찌 하리오."

하시되 대사 주 왈,

"소승의 상좌(上佐) 사명당이라 하는 중이 있으되, 육도삼략을
통달하옵고 팔만대장경(八萬大藏經)과 둔갑장신지술(遁甲藏身之
術)이 능통하오니, 그 중을 명초하사 왜국에 사신을 보내옵소서."

하거늘, 상이 즉시 유성룡으로 하여금 명초하시니 사명당이 봉명하고
경성에 득달하여 전하께 뵈오매 상이 가라사대,

"대사의 말을 들으니, 그대가 측량치 못하는 재조를 가졌다 하니,
한번 수고를 아끼지 말고 일본국에 들어가 항복 받아 후환이 없게

하고 돌아 오기를 바라노라."

하시니, 사명당이 주 왈,

"소승이 비록 산중에 있으나 조선 수토를 먹사오니 어찌 그만한 수고를 아끼리까."

하되, 상이 대희하사 사명당으로 봉명사신(奉命使臣)을 정하시니 사명당이 전로(全路)에 노문(路文)놓고 탑 전에 하직 숙배(肅拜)하니, 비록 중이라도 사신의 위의를 갖추고 행장을 수습하여 십여 일만에 경상도 동래에 득달하여 삼일을 유하되, 동래부사 송경(宋卿)이,

"조선 사람이 허다하거늘, 하필 중놈을 보내는고."

하며, 나와 보지 않거늘,

사명당이 분함을 이기지 못하여 무사를 명하여,

"부사를 나입(拿入 ; 罪人을 법정으로 잡아들임)하라."

하니, 무사가 일시에 부사를 나입하니 사명당이 꾸짖어 왈,

"명색이 비록 중이려니와 왕명을 받자와 사생을 생각지 않고 만리 타국에 들어가거늘, 너는 왕명을 생각지 아니하고 중이라 업수히 여겨, 너는 근본만 생각하고 대령(待令)치 아니하니, 국가의 만고 역적이라. 어찌 죄를 용서하리오."

하고 무사를 명하여,

"급히 처참하라."

하고, 동래부사 죄를 장계하여 전하께 상달하고 행군하여 배를 타고 일본에 득달하여 패문을 보내리라.

왜왕이 개탁하니 하였으되,

"조선 사명당 생불(生佛)이 들어온다."

하였거늘, 왜왕이 대경하여 제 신을 모아 의논 왈,

　"조선같은 편소지국에 어찌 생불이 있으리오만 생불이라 하였으니
　어찌 하리오."

하니, 제신이 주 왈,

　"좋은 묘책이 있으니 심려하지 마사이다."

하고,

　"삼백 육십 일 간 병풍을 만들어 일만 일천귀 글을 지어 병풍에
　써서 남대문 밖에 동편으로 두르고 사신을 청하여 천리마를 급히
　몰아 사처에 오거든 글을 외우라 하여 만일 외우지 못하거든 죽이
　사이다."

하고, 즉시 실시하여 삼백 육십 일간 병풍에 일만 일천귀 글을 써서
동편에 두르고 사신을 청하여, 말을 타고 급히 몰아 오니, 조선 생불이
란 말을 듣고 남녀노소 없이 구경하는 사람이 백리에 연하였더라.

　사처에 좌정한 후에 해왕이 예필 후 가로되,

　"사신이 생불이라 하니, 들어 오는 길에 병풍의 글을 보았느뇨?"

하니 사신이 대답했다.

　"보았노라."

　왜왕이 왈,

　"글을 보았다 하니 외우라."

하니, 사신이 왈,

　"어찌 그만한 글을 연송(速誦 ; 책 한 권을 처음부터 끝까지 내쳐
　외움)치 못하리오."

하고, 삼경(三更)에 시작하여 이튿날 오시(午時)까지 연송하니, 일만
구백 구십 귀를 연송하거늘, 왜왕이 왈,

"어찌하여 귀는 연송치 아니하느뇨?"

하니, 사명당이 왈,

"없는 글도 외우라느뇨?"

하니, 왜왕이 고이 여겨 사관으로 하여금,

"가서 보아라."

하니,

"과연 병풍 두 칸이 닫혔다."

하거늘, 왜왕이 그제야 고개를 숙이고 대답치 못하더라.

사명당이 별당으로 나오니 왜왕이 밥을 지어 올리거늘, 사명당이
왈,

"일본 음식을 먹지 못한다."

하거늘, 왜왕이 제신을 모아 의논 왈,

"조선 사신이 생불이 분명하니, 어찌 하리오."

하니, 제신이 주 왈,

"일백 오십 자 구리방석을 만들어 물에 띄우고 앉으라 하면 제
아무리 부처라도 죽사오리다."

하니, 왜왕이 옳게 여겨 구리방석을 만들어 물가에 나와 사신을 청하
여 왈,

"그대가 생불이라 하니 방석을 타라."

하니 방석을 물에 띄우고 팔만대장경을 외우니 동풍이 불면서 서쪽으
고 가고, 서풍이 불면 동으로 가며 완연히 떠다니며 일엽주(一葉舟)
를 임의로 타고 만경창파 대해 중에 다니며,

"호사로다, 호사로다."

하고 외쳐댔다.

왜왕이 보고 대경하여 제신께 의논 왈,

"조선 사신을 어찌 하리오."

하니, 한 신하 주 왈,

"내일은 잔치를 배설하고 채단방석을 놓고 오르라 하여 채단방석에 앉으면 필연 요물(妖物)이요, 백목(白木)을 취하면 부처이려니와 그렇지 아니하옵거든 죽이사이다."

하고, 이튿날 채단방석을 놓고 사신을 청하여,

"방석에 앉으라?"

하니, 사명당이 백팔염주(百八念珠)를 손에 들고 백목에 앉거늘, 왜왕이 왈,

"그대가 부처면 어찌 비단을 취하지 아니하고 백목에 앉느뇨?"

하니, 사명당이 왈,

"부처가 백목을 취하지 어찌 비단을 취하리오. 백목은 목화나무에 핀 꽃이요. 비단은 버러지 집으로 나오는 것인고로 취치않겠노라."

하니, 왜왕이 다시 말이 없어 잔치를 파하고 제신을 모아 의논 왈,

"조선 사신이 생불이 분명하니, 어찌 하리오."

하되, 제신이 주 왈,

"내일은 구리로 한 칸 집을 짓고 생불을 청하여 구리집에 들어오거든 문을 잠그고 사면으로 숯을 피우면 제 아무리 생불이라도 그 안에서 죽으리라."

하니,

"옳게 여겨 구리집을 짓고 사신을 청하여 방 안에 앉힌 후에 문을 잠그고 사면으로 숯을 쌓고 대풀무를 놓아 부니 불꽃이 일어나며 겉으로 구리가 녹아 흐르니 아무리 술법 있는 생불인들 어찌 살기

를 바라리오.”

사명당이 그 간계를 알고 사면 벽상으로 서리 상(霜)자를 써 붙이고 방석 밑에는 얼음 빙자를 써 놓고 팔만대장경을 외우니, 방안이 빙고(氷庫)같은 지라. 왜장이 왈,

“조선 생불의 혼백이라도 남지 못하였으리라.”

하고, 사관을 명하여 문을 열고 보니 생불이 앉았으되,눈썹에는 서리가 끼고 수염에는 고두래물(고드름)이 달렸는지라.

사명당이 사관을 보고 꾸짖어 왈,

“왜국이 남방이라 덥다 하더니, 어찌 이러하게 차냐?”

하되, 사관이 혼이 나서 그 사연을 왕께 고하니, 왜왕이 대경하여 왈,

“분명한 생불을 죽이지 못하고 쓸데 없는 재물만 허비하였노라.”

하고,

“달래어 화친하느니만 같지 못하다.”

하고, 한 꾀를 생각하고 무쇠 말을 달궈 놓고 사신을 청하여 왈,

“그대가 부처라 하니, 저 쇠말(鐵馬)을 타고 다니라.”

하니, 사명당이 그 간계를 알고 밖에 나와 조선을 바라보며 팔만대장경을 외우니, 사방으로 난데 없는 구름이 모여 들어 뇌성이 진동하며 소나기가 끊이지 아니하고 오니, 성중에 물이 고여 여강여해(如江如海)하여 인민이 무수히 빠져 죽는지라.

사명당이 호령 왈,

“간사한 왜왕은 종지 깨닫지 못하고 여러 가지로 나를 죽이려 하거니와 내 어찌 간계에 빠지리오. 이제 왜국을 함몰하니, 만일 잔명을 보존하려거든 급히 항서(降書)를 울리면 비를 그치게 하려니와

그렇지 아니하면 너희 일본은 동해를 만들리라."

하고, 삼룡(三龍)을 불러,

"비를 주어 왜왕을 놀라게 하라."

하니, 삼룡이 일시에 귀비(구비)를 치며 소리를 지르매 천지가 무너지는 듯 하니, 왜왕이 대경망극(大驚罔極)하여 어찌할 줄을 모르더라.

구중궁궐(九重宮闕)이 다 바다가 되어 물결이 태산같이 점점 뜰에 들어오니 왜왕이 할 수 없어 인끈을 목에 매고 용포(龍袍)를 벗어 땅에 깔고, 두 무릎을 공손히 꿇고 두 손길을 마주잡고,

"비나이다. 비나이다. 하늘을 우러러 조선 사신 사명당전에 비나이다. 제발 적선(積善)을 살려 주옵소서. 소왕의 나라 인민이 다 함몰하게 되니 살려 주소서. 부처님전에 비나이다. 소왕이 무도하와 부처님인줄 모르고 무수히 회롱하였사오나 그 죄는 죽어도 마땅하거니와 제발 적선을 살려 주옵소서."

하며, 부자지국 항서를 올리거늘, 사명당이 받지 아니하고 왈,

"너희 잔명을 보존하고 인민에게 더 이상 피해를 입히지 않으려면 연년에 인피 삼백 장씩 하여 바치되, 십오 세, 십육 세된 규녀(閨女) 가죽으로 바치고 또 불알 삼 두씩 바치되, 십오 세 십육 세된 유아(幼兒)로 하도록 하라."

하니 왜왕이 왈,

"부처님께 명을 바칠지라도 인피와 불알을 바칠 수 없나이다."

하니 사명당이 왈,

"연년이 인피 삼백 장과 불알 두 삼 두씩을 바치는 항서와 부자지국 항서를 바삐 써 올리고 그렇지 아니하면 비를 더 주어 함몰을

하리라."

하고, 삼룡을 호령하니, 비가 우박 퍼붓 듯 하는지라.

왜왕이 할 수 없어 급히 써 올리거늘, 사명당이 항서를 받은 후에 왜왕을 꾸짖어 왈,

"너는 무슨 욕심으로 청정과 소섭과 평수길을 내보내어 우리 조선을 요란하게 한 죄목을 묻고자 하사, 전하께옵서 나를 보내시니 어떻게 감히 우리 예의지국을 해할수 있겠느냐. 그 죄를 생각하고 씨 없이 다 죽이고자 하였으나, 인명이 지중(至重)하기로 십분 용서하였거니와 차후는 다시 외람한 마음을 두지 말고 조선을 잘 섬기도록 하라. 우리 나라에 영웅 호걸이 구름 모인 듯하고 나라가 비록 편소지국이나 천하에 제일이요. 남경 천자라도 믿지 못할 것이요. 타국이 다 범람한 뜻을 내지 못하고 각보일우(各保一隅)하느니, 생불이 우리 나라에 나 같은 생불이 연년 수천여 명이다. 이번에 나를 보내시며 그대 나라에 들어가 부자지국 항서를 받으라 하시기로 왔으니,일 후에는 다시 범람한 뜻을 두면 우리 일천 부처가 일시에 들어와 너희 일본을 동해로 만들 것이니, 앞으로 반(反)치 말라."

하되, 왜왕이 고두사죄(叩頭謝罪 ; 머리를 조아려 사죄함) 왈,

"소왕이 아무리 무지하온들 부처님 가르치시는 걸 어찌 거역하리이까. 지위(知委) 하시는대로 시행하리이다."

하고, 즉시 잔치를 배설하고 즐기다가 이튿날 사명당이 회환(回還)할새, 일본 인민이 조선 생불이 환기고국(還其故國)한단 말을 듣고 다투어 구경하더라,

왜왕이 백리 외에 나와 전송하여 진보(珍寶)를 무수히 드리거늘,

사명당이 본래 탐욕이 없는지라, 진보를 물리치고 왈,

　“불알 삼 두, 인피 삼백 장씩 바치되, 연년히 삼백 장내에 일개,
　일 장이라도 덜 바치면 또 건너와 일본을 함몰할 것이니, 각별
　조심하라.”

하고, 길을 떠나 물가에 다달으니, 삼룡이 배를 대이고 순식간에 건너
니, 삼일 말에 조선 지경에 득달하여 왜왕에 받은 항서를 봉하여 경성
으로 보내고 인하여 길을 떠나니 위풍과 이름이 그 일국에 진동하더
라.

　각설 이 때 대왕이 일본 항서를 보시고 대희하사 왈,

　“사명당의 공로는 천추에 제일이로다.”

하고, 못내 칭찬하시며 들어 오기를 고대하던 차에 사명당이 경성에
득달하여 탑전에 복지 사배하되, 왕이 손을 잡고 칭찬불사(稱讚不
辭)하사 왈,

　“그대가 만리 타국에 들어가 빛난 이름을 세우고 무사히 들어오니
　그 공로는 천고에 없도다.”

하시고, 사명당과 서산대사에게 벼슬을 주실새, 서산대사는 병조판서
호위대장을 삼으시고 사명당은 금부도사를 삼으시니, 두 대사 복지
주 왈,

　“비록 조그마한 공로가 있사오나 중대한 벼슬을 주시니 국은이
　망극하여이다.”

하고, 벼슬에 있을제 칠삭만에 두 대사 복지 주 왈,

　“승등의 벼슬을 갈아 주시면 산중에 들어가 불도를 승상하여지이
　다.”

하거늘, 상이 창연함을 마지 못하여 가라사대,

“경의 소원이 그러할진데 임의로 하라.”

하시고, 벼슬을 갈아 주시니,두 대사 숙배하고 물러나오니 만조 백관이 멀리 나와 전송하더라.

이 때 왜왕이 인피 삼백 장과 불알 삼 두씩을 연년에 바치니, 이도 당치 못하여 동래 땅에 왜관을 짓고 구리쇠 삼백 육십 근과 주석쇠 삼만 육천과 통쇠 삼만 육천 근과 시우쇠 삼만 육천 근을 연년에 조공(朝貢)하여 부자지국 조공연년이 하더라.

이 때 대명(大明) 천자 조선이 일왕께 금자광록대부 가자(金紫光祿大夫 加資)를 보내서 덕택을 사해에 빛내게 하시더라.

심청전
沈　淸　傳

—— 작자 미상

◇ **작품 해설** ◇

이조(李朝) 때의 소설. 「심청왕후전(沈淸王后傳)」이라고도 한다. 지은 때와 지은이는 미상.

부친의 눈을 뜨게 하기 위하여 공양미 삼백 석에 몸을 팔아 임당수의 제물이 되었으나, 상제의 구함으로 다시 살아나 세상 임금의 왕후가 되어 심봉사(아버지)를 만난다는, 효도의 유교사상(儒敎思想)과 인과응보(因果應報)의 불교사상(佛敎思想)이 흐르는 고대 소설이다.

이와 비슷한 이야기가 삼국시대 이후 고려·이조 초기까지 전해 내려왔으며, 숙종 이후 한글 평민문학이 한창일 때 소설화(小說化)된 듯하다.

심청전(沈淸傳)

봉사와 어진 부인

화창한 봄날, 훈풍은 갖가지 꽃들을 만발케 하고 산골에 쌓였던 눈은 녹아 냇물이 되어 잔잔히 흘러갔다. 이 냇물이 흘러가는 유역에 화동이라는 마을이 있었다.

이 마을에 심학규라고 부르는 봉사가 있었으니 본디 좋은 집 후손으로 마을 사람들의 부러워함을 혼자 차지하였다. 그러나 그가 자라감에 따라 가운이 차차 기울어지고, 더욱이 우연한 기회에 눈까지 멀게 되니 어제까지 부러워함을 받던 처지가 이제 와서는 여러 사람들의 동정을 받는 신세가 되었다.

뿐만 아니라 그를 돌보아 줄 가족조차 없어서 앞으로 살아갈 길이 막막하기 이를 데 없었다. 그래도 본디 양반의 후손인 데다가 품행이 깨끗하고 마음이 정직하고 뜻이 고상하여 한 마디 말, 한 마디 행동에 조금도 경솔한 데가 없으므로 동네 사람들은 누구나 다 이 심 봉사를

192

칭찬하는 터였다.

이와 같은 마음씨를 하늘이 어여삐 여기셨는지 어느 날 심봉사는 아내 곽씨 부인을 맞이하게 되었다.

이 곽씨 부인 또한 어질고 현명한 분이어서 모든 일에 얌전할 뿐 아니라, 봉사인 남편을 극진히 대접하니 화목한 웃음이 그칠 때가 없었다.

그러나 워낙 집안이 가난하여 곽씨 부인이 품팔이를 하는 것으로 겨우 살림을 지탱하는 것이었다. 남의 삯바느질, 삯빨래, 삯길쌈은 물론이요, 남의 집에 큰 잔치가 있으면 음식을 차린다든가, 뒷 일을 돌보아 주는 등 일과 때를 가리지 않고 쉴 새 없이 일을 하는 것이었다.

이와 같이 부지런히 일을 하니 넉넉지는 못하지만 남편을 대접하고 소소한 것이라도 한두 가지 세간까지 장만하게 되어 제법 행복스러운 살림을 꾸려나가는 것이었다. 그러나 이와 같이 지내는 중에도 심봉사 가슴에는 쓸쓸한 마음이 떠나질 않았다. 그것은 슬하에 자녀가 없는 외로움이었다.

어느 날 심봉사는 조용히 곽씨 부인을 불러 말하는 것이었다.

"여보 ! 거기 앉아 내 말을 들어 보오."

곽씨 부인은 별안간 무슨 일인가 하고 심봉사 곁에 얌전히 앉았다.

심봉사는 자못 외로운 음성으로 말하였다.

"사람이 세상에 나서 어느 누구고 부부야 없겠소만, 눈과 입과 귀가 다 성한 사람이라도 좋지 않은 아내를 맞아 불화가 많은 법이오. 그런데 부인은 전생에 나와 무슨 인연이 있어 앞 못보는 나를 만나 한시 한 때도 쉬지 않고 마치 어린애라도 키우듯이 극진히 나를 돌보아주니 나야 편하기 이를 데 없지만 부인의 고생이란 오죽하겠소? 그러나 그러면서도 내게는 나대로 소원이 있구려."

본디 남편의 소원이라면 뼈를 갈아서라도 이루어 주고 싶은 곽씨 부인이다.

"그 소원이란 무엇인데요."

라고 간절히 묻는 것이었다.

"그 소원이란 다른 게 아니오, 우리 나이 벌써 사십 줄에 들어섰는데 슬하에 일점 혈육도 없어 조상의 제사까지 끊게 되고 마니 죽어서 황천에 돌아간들 무슨 면목으로 조상을 대할 것이며, 우리 양주가 죽은 후에도 장사 하나 제대로 치루어 줄 가망이 없으니 어찌하면 죽겠소."

이 말에 곽씨 부인은 고개를 푹 숙이고 잠잠할 뿐이었다.

심봉사는 길게 한숨을 쉬며 말을 잇는다.

"아아 / 비록 병신 자식이라도 또 사내 자식이건 계집애건 하나 낳아만 보더라도 평생 원이 없겠소. 명산 대천에 정성이나 드려보면 혹시 좋은 수라도 있을는지……."

그제서야 곽씨 부인은 조용히 고개를 들었다.

"자식 두고 싶은 마음이야 누군들 없겠습니까. 자식 못 낳은 소첩의 죄 되어 쫓겨 마땅하오나, 넓으신 덕으로 지금까지 눌러 보아 주셨으니 몸을 팔고 뼈를 간들 무슨 일을 못 하겠습니까? 그러하오나 가장의 뜻이 어떠하신지 알지 못하여 감히 입을 열지 못하고 있었습니다. 이제 먼저 말씀이 계셨으니 소첩이 힘을 다해서 뜻을 받들겠습니다."

이렇게 대답하고 곽씨 부인은 조용히 물러갔다.

그날부터 곽씨 부인은 품을 팔아 모은 돈을 조금도 아끼지 않고 써서 온갖 정성을 다 드리는 것이었다.

명산이란 명산은 다 찾아 다녔으며 불공이란 불공은 다 드릴 뿐 아니라, 집에 있는 날에도 모든 공을 다 드리니 공든 탑이 무너지며 힘든 나무 부러지랴. 어느 해 사월 초파일 날이었다.

곽씨 부인은 이상한 꿈을 꾸었던 것이다. 갑자기 천지가 환하게 밝아지고 오색 구름이 하늘을 흐르더니, 한 선녀가 학을 타고 하늘로부터 내려오는 것이었다. 머리에는 화관을 쓰고 목에는 하의를 걸치고 월패를 느짓이 차고 손에는 계화 가지를 들었다.

조용히 땅에 내려선 선녀, 공손히 절을 하더니,

"소녀는 본디 하늘 나라 딸이온데 밖에 놀러 나갔다가 시간이 늦어 천제께 죄를 얻었으므로 인간으로 귀양을 오게 되어 갈 바를 모르다가 보살님이 댁으로 가라 하시기에 지금 찾아 왔사오니 사랑해 주시기 바랍니다."

하고 품에 와 안긴다. 그통에 곽씨 부인은 문득 잠이 깨니 그것은 한낱 꿈이었다.

곽씨 부인은 하도 이상해서 심봉사에게 말했다.

"소첩이 오늘 이상한 꿈을 꾸었습니다."

"무슨 꿈인데?"

곽씨 부인은 심 봉사에게 꿈 이야기를 자세히 말했다.

그러니까 심봉사는 무릎을 치며 말했다.

"그거 신기한 일도 다 있군. 나도 지금 같은 꿈을 꾸었다오. 이게 아마 태몽이 아닐는지."

“그렇다면 얼마나 좋겠습니까?”

“글쎄 말이오.”

그 꿈은 과연 태몽이었다.

곽씨 부인은 그 달부터 태기가 있었으니 아마 하늘이 그 정성을 들어 주신 것이리라.

태기가 있는 것을 알자, 곽씨 부인은 기쁨을 누르고 말과 몸가짐에 조심을 다 하였다.

그리고 몇 달이 지났다. 정성과 조심을 다 한 보람이 있어 곽씨 부인은 선녀같은 딸을 낳았다.

그러나 아들이 아니고 딸을 낳고 보니 곽씨 부인은 여간 섭섭한 게 아니었다.

“딸이 아니고 아들이라면 얼마나 더 반가왔을까?”

그 말에 심봉사는 아내를 위로하기를,

“여보! 그런 말마오. 딸이 아들만 못하다 하지만, 아들도 잘못 두면 선조에게 욕되는 수가 많습니다. 딸자식이라도 잘만 두면 못된 아들과 바꾸지 않겠소. 우리 이 딸 잘 키워서 좋은 배필을 얻어주면 그러한 즐거움이 다시 어디 있겠소.”

하니 심봉사의 이 말에 시중을 들러왔던 이웃 부인네들도,

“암 그렇구 말구요.”

라고 맞장구를 치는 것이었다.

이와 같은 심 봉사의 태도와 이웃사람들이 위로하는 말에 곽씨 부인은 딸 난 섭섭함을 덜 수 있었지만 어쩐 일인지 부인은 산후가 좋지 못했다. 숨을 가쁘게 쉬며 음식을 전혀 들지 않으며 정신 없이 앓기만 한다.

심봉사는 당황하여 앞 못 보는 몸이라 손으로 부인의 몸을 더듬으며 말하였다.

"여보! 정신 좀 차려요. 만일 불행히도 당신이 죽게 되면 앞 못 보는 이놈의 신세도 신세려니와 갓난 이 어린 것을 어찌 기르란 말이오."

그러나 곽씨 부인은 아무리 생각해 보아도 자기 병이 완쾌될 듯싶지 않았다. 호흡은 각각으로 가빠지며 아픔은 더하기만 할 뿐이었다. 곽씨 부인은 아픔 중에도 심 봉사의 손을 잡고 조용히 말한다.

"우리 부부 해로하여 백년을 즐기려 했사오나, 수명은 어찌할 수 없사오니 필경은 죽을까 봅니다. 소첩이야 수명이 다해서 죽어가니 아깝지 않사오나 서방님은 장차 어찌 살아 가시겠습니까. 오늘날까지 소첩이 염려한 것은 내가 조금이라도 정성을 게을리해서 서방님의 고생을 더할까 하는 점 뿐이었습니다.

그러나 천명이 이것 뿐인지 이제 죽어가니 아무도 돌볼 사람 없는 서방님께 조석은 누가 끓여 드리며, 밖에 나갈 일이 생겨도 그 누가 손을 잡아드리겠습니까? 지팡이를 짚고서 더듬더듬 하시다가 구렁에라도 떨어지고 돌에라도 채여 넘어지시는 모습이 벌써 눈에 선합니다. 배고픔을 못이겨 집집마다 다니며 밥좀 주소, 밥좀 주소, 애걸하는 소리가 벌써 귀에 쟁쟁합니다."

죽어가는 곽씨 부인의 눈에서는 더운 눈물이 흘러내렸다.

"가엾은 자식, 갖은 지성 다 드려서 사십 후에야 낳은 자식, 젖한 번도 못 먹이고 죽어가다니, 어미 없는 어린 것을 누가 젖먹여 길러 내며 춘하추동 사시철 무엇을 입혀 길러 낸단 말인가?……"

그리고는 다시 심봉사를 향하여 말하였다.

"서방님, 저 건너 김동지에게 돈 열 냥을 맡겼으니, 그 돈을 찾아다가 소첩이 죽거든 초상 비용으로 쓰시고 부엌 큰 항아리에는 양식을 담아 두었으니 두고두고 잡수십시오. 그리고 저 자식이 천행으로 죽지 않고 자라나 제 발로 걷게 되거든 앞을 세우고 길을 물어 소첩의 산소나 찾아 주십시오……."

이렇게 말을 마친 곽씨 부인, 다시 돌아누워 어린애에게 낯을 대고 크게 한숨을 쉬며 말했다.

"천지도 무심하고 귀신도 야속하다. 네가 진작 생겼거나 내가 조금 더 살거나 했으면 얼마나 다행이겠느냐마는 너를 낳자 내가 죽으니 애통하기 이를 데 없구나. 아가, 내 젖 마지막으로 먹고 어서어서 잘 자라라."

이렇게 말하고 젖을 물리며 다시 심봉사를 향하여 말했다.

"아차 내가 잊은 일이 있군요. 이 애 이름을 지어야 하지 않겠습니까. 죽기 전에 귀한 자식 이름이라도 알고 죽어야지요."

심봉사는 그저 슬픔에 잠겨 아기의 이름같은 것은 생각해 낼 겨를도 없었다. 앞 못 보는 눈으로 눈물만 흘릴 뿐이었다. 그러니까 곽씨 부인은 미리 생각해 두었던 이름이 있었던 모양이었다.

"달리 생각한 바가 없으시거든 이 애 이름을 청이라 부릅시다."

여기까지 말한 곽씨 부인은 점점 더 숨이 가빠지는 모양이었다.

점점 흐려가는 말소리로,

"할 말이야 아직도 많습니다마는, 숨이 가뻐 더 못하겠군요."

하고는 잠시 괴로워하다가 마침내 숨을 넘기고 말았다.

그러나 심봉사는 앞을 못 보는 소경이었다. 곽 부인이 죽은 줄은 모르고,

“여보, 마누라 병들면 다 죽겠소. 약방에 달려가서 약을 지어올
  것이니 부디 안심하오.”
하고는 더듬더듬 일어나 약방으로 향했다. 약방 의원도 심 봉사의
처지를 딱하게 여기고 있었던 터라 좋은 약재를 써서 몇 첩 지어
주었다.

  집으로 돌아온 심 봉사, 불을 피우고 약을 다려 곽씨 부인 머리맡
으로 다시 돌아왔다.

  “여보 마누라, 일어나 약을 자시오.”

  약 그릇을 곁에 놓고 부인을 일으켜 앉히려 하다가 문득 의심이
들어 사지를 더듬어 만져보니 수족이 이미 늘어져 있었다.

  코 밑에 손을 가져가 보았다. 코에서는 찬 김이 난다.

  그제서야 심봉사는 비로소 부인이 죽은 것을 알고 미친 듯이 발버
둥을 치며 통곡하는 것이었다.

  “여보, 마누라 / 참으로 죽었단 말이오. 차라리 임자가 살고 내가
  죽었으면 장차 이 자식을 잘 기를 것을 임자가 죽고 나만 살았으니
  장차 이 자식을 어찌하겠소. 그러지 않아도 본디 구차한 살림 무엇
  을 먹여 키울 것이며, 눈보라 치고 찬바람이 불 때 무엇을 입혀
  길러 내겠소.”

  울다가 기가 막혀 가슴을 쾅쾅 치고 머리를 벽에 부딪치고 몸부림
을 치는 것이었다.

  곽씨 부인이 죽었다는 소문이 동네에 퍼지자 동네 사람들은 한편
놀라고 동정을 금치 못했다.

  “곽씨 부인이 죽었다고?”

  “그게 정말인가?”

“염라 대왕도 무심하지.”

“그렇게 기다리던 자식을 낳자 마자 죽다니…….”

“앞 못 보는 봉사가 장차 어떻게 살아가누.”

“봉사도 봉사려니와 어린 것은 어떻게 자라나나.”

하고 제가끔들 동정하는 말을 주고 받는다. 그러자 동네 사람 중에
점잖은 분이 하나 나서더니,

“내 말 좀 들어 보오, 우리 동네가 백여 호나 되니 조금씩이라도
추렴을 내어 곽씨 부인의 장사나 우리들 손으로 치르어 주는 것이
어떻겠소.”

하고 제의하자, 모여 있던 동네 사람들은,

“좋소.”

“좋구 말구.”

하고 당장에 찬성하는 것이었다.

동냥 젖

이리하여 비록 가난한 집안의 초상이지만 남부럽지 않게 성대히
지낼 수 있었다. 그러나 산소에 시체를 묻고 집에 돌아온 심봉사는
슬픔과 외로움을 참을 수 없었다. 더욱이 엄마 품을 찾아서 소리치는
아기의 울음 소리를 들으니 가슴이 찢어지는 듯했다.

심 봉사는 아기를 안아 가슴에 품고 목메인 소리로 달래는 것이었
다.

“아가, 아가, 울지 마라, 너도 너의 모친 잃고 서러워 우는거냐

울지 마라, 울지 마라. 네 팔자가 오죽 좋아 칠일 만에 어미 잃고 이와 같이 고생하니. 울지 마라, 울지 마라."

이럭저럭 그날도 해가 저물고 밤이 깊었다. 시간이 지날수록 젖 못 먹는 아기는 더욱 더 보채다가 마침내 기운이 다했던지 그냥 늘어지듯이 잠들어 버렸다.

심봉사는 부인 잃은 슬픔과 아기 젖 못 먹이는 괴로움에 한잠도 못 자고 밤을 새웠다.

얼마나 시간이 지났을까. 창 밖 우물가에서 물 긷는 소리가 들린다.

"이제야 날이 밝았구나."

심봉사는 아기를 안고 문을 박차고 밖으로 뛰어나갔다. 그리고는 물 긷는 소리 나는 쪽을 향해서 꾸벅꾸벅 절을 하였다.

"우물가에 오신 부인 뉘이신지는 모르겠습니다마는 칠일 만에 어미 잃고 젖 못 먹어 죽게 되니 이 애 젖 좀 먹여 주십시오."

그러니까 그 부인은 딱하다는 듯이 혀를 차며 말했다.

"봉사님, 딱한 일입니다마는 나는 젖이 없어 먹일 수가 없군요. 그렇지만 젖 있는 여인네가 이 동네에 얼마라도 있으니 아기를 안고 찾아가서 젖 좀 먹여 달라고 청하면 누가 괄시를 하겠습니까?"

이 말을 들은 심봉사, 한 손에는 아기를 안고 한 손에는 지팡이를 짚고 더듬더듬 동네 길을 걸어가는 것이었다.

저편에서 사람이 걸어오는 발소리가 들린다. 심봉사는 그 발소리가 가까워 오자 말을 건넨다.

"여보시오, 누구신지는 모르지만 말 좀 물읍시다. 이 동네에 젖 많이 나서 남 주겠다는 아낙네 있거든 알려 주시오."

이 말을 들은 사람 이상히 여겨 물었다.

"그건 왜 묻소, 봉사님."

심 봉사는 아기를 들어 보이며 말했다.

"이 애가 어미를 잃었으니, 젖 한 모금 얻어서 먹이려는 것이라오."

처음에는 심 봉사의 말을 이상히 여기던 그 사람도 사정을 듣고 나니 딱한 모양이었다.

"세상에 이런 딱한 일이 다시 있나, 봉사님이 어미 없는 아기를 기르다니, 이 골목을 빠져서 느티나무 서 있는 모퉁이를 돌아서면 얼마 전에 아기 잃은 아낙네가 있으니 그 집을 찾아가서 당부해 보시오."

심봉사는 그 길로 더듬더듬 골목을 빠져나가 느티나무 서 있는 모퉁이를 찾아갔다.

찾아간 그 집 문을 심봉사가 밀고 들어서니 부인이 아침을 짓다가 마주 나오면서,

"봉사님, 무슨 일로 이리 찾아오십니까?"

하니 심봉사 눈물을 지으며 목메인 소리로 말했다.

"아시다시피 이 애를 낳고 칠 일이 못 되어 어미가 죽고 보니 어린 것이 젖 한 모금 먹어 보지 못하는군요. 댁의 귀한 아기, 먹고 남은 젖 있거든 이 애 젖 좀 먹여 주십시오."

이 말을 들은 그 집 부인, 같은 목메인 소리로,

"에그 가엾어라, 어서 이리 주십시오."

하여 아기를 받아 들고 실컷 젖을 먹여 준다.

이와같이 심 봉사는 동서남북을 가리지 않고 돌아다니며 젖있는

아낙네를 찾아서는 애걸한다. 그러니 젖 있는 아낙네치고 누가 거절하겠는가.

아기에게 한 바탕 젖을 먹이고 나면 심봉사는 더듬더듬 자기 집으로 돌아간다.

쓸쓸한 방에 돌아온 심봉사, 아기의 배를 어루만지며,

"오오, 내 딸 배부르다. 일년 삼백 육십 일 항상 이랬으면 좋겠건만."

하고는 요를 덮어 뉘어놓고는 잠든 틈을 타서 이번에는 자기 먹을 것을 구하러 동냥을 나가는 것이었다.

한 손에는 동냥 주머니를 들고, 한 손에는 지팡이를 짚고 더듬더듬 헤매어 나가는 가련한 모습, 만약에 죽은 부인이 지하에서라도 본다면 얼마나 가슴을 아파할 것인가?

역시 심봉사의 딱한 사정을 아는 동네 사람들은,

"봉사님, 이리 오십시오."

"봉사님, 이리 들어오십시오."

하면서 심봉사가 들고 온 동냥 주머니에 혹은 쌀도 넣어 주며 혹은 벼도 넣어 준다. 그러면 심 봉사는 그것을 가지고 돌아서서 자기 먹을 것으로는 조금 남기고 나머지는 다시 동냥 주머니에 넣어 가지고 밖으로 나간다. 가게로 향하는 것이다.

가게로 간 심봉사는 쌀과 벼를 주어 아기의 암죽거리로 바꾸어 들고 더듬더듬 다시 집으로 돌아온다.

이와같이 부지런히 구걸이라도 다니고 보니 인자한 동네 사람들의 도움도 있고 하여 그다지 궁색하지 않게 그날 그날을 보낼 수 있었다.

이와 같은 심봉사의 정성과 신세를 하늘이 불쌍히 여겼던지 심청이
가 하늘이 낸 사람이었던 탓이었던지 심청이는 잔병 하나 앓지 않고
무럭무럭 잘도 자라갔다.

효녀 심청이

세월이 흐르는 것은 참으로 빨랐다. 어느덧 심청이는 일곱 살이
되었다.

그날도 심봉사는 한 손에 지팡이를 들고 한 손에 동냥주머니를
들고 집을 나서려 했다. 그러니까 그날 따라 심 청이는 소꿉장난하며
놀던 것을 치우고 뒤를 따라 나오며,

"아버지, 어디 가셔요?"
묻는 것이었다. 심봉사는 거북스러운 웃음을 지으며,

"너와 내가 먹을 것을 벌러 가는 길이지."

비록 나이 어린 아이지만 누구보다도 총명한 심청이었다. 눈 먼
아버지가 혼자 동냥을 다니며, 고생하는 것을 어찌 모르겠는가?

"아버지 !"

심청이의 눈에서 눈물이 가득했다.

"나도 같이 가겠어요."
하며 지팡이 쥔 심 봉사의 손을 잡았다.

"어디를 간단 말이냐?"

"아버지와 같이 저도 동냥을 다니겠어요. 아버지 혼자 가시다가
넘어지시면 어째요. 개굴창에라도 빠지시면 어째요."

　딸의 말을 들은 심봉사는 한편 기특하기도 하고, 한편 가슴이 메어 딸의 손을 마주 잡고 한참 동안 소리없이 목메어 우는 것이었다.

　딸은 아버지의 손목을 잡고, 눈 먼 아버지는 어린 딸에게 손목을 잡히어 거리로 나섰다.

　이것을 본 동네 사람들은 새로 동정하는 마음이 일어나지 않을 수 없었다.

　"저것 좀 보세요. 심봉사의 손을 끌고 가는 게 바로 청이가 아니에요."

　"그렇군요. 엊그제까지 젖 먹던 아기였더니……."

　"그렇게 고생해서 기른 보람이 이제 나타나는 모양이지요."

　"저 조심스러운 걸음 걸이를 보세요."

　"행여나 저의 아버지 상할까, 어쩌면 어린애가 저렇게 조심을 할까?"

　"청아, 이리온. 이것 가져가서 아버지 저녁 끓여 드리고 너도 먹어라."

하며 쌀을 주는 여인도 있는가 하면 말하였다.

　"올해는 장을 많이 담갔으니, 너희에게 나누어 주마."

하며 장 항아리를 내어주는 부인도 있고,

　"날이 차차 추워 오는데, 땔 것인들 넉넉하겠니?"

하면서 일부러 머슴을 시켜 땔나무를 한 짐 짊어지어 보내는 노인들도 있었다.

　심청이가 나이 열한 살 된 어느 날이었다. 이때 심봉사는 오랜 고생 끝에 병들어 누워 있었다. 심청이는 조용히 부친의 머리맡에 다가앉으며,

"아버지, 제 말 좀 들어 보세요."

"무슨 말인데?"

"저의 나이 벌써 십여 세가 되는데, 아버지가 동냥해 오시는 것을 먹고만 있다가 이렇게 병환으로 누우시게 하니 죄송하기 이를 데 없습니다. 앞으로도 어두우신 눈으로 험한 길을 다니시다가 병환이 더해질까 염려되오니, 아버지는 오늘부터 집안에 계십시오. 저 혼자 밥을 빌어 조석 근심은 끼치지 않겠습니다."

이 말을 들은 심봉사가 크게 웃으며 대답했다.

"네 말이 과연 효녀의 말이다. 그러나 어린 너를 내 보내고 앉아서 받아 먹는다면 내 마음인들 어찌 편하겠느냐? 그런 말은 다시 하지 말아라."

"아버지, 무슨 말씀이십니까? 옛적에 제영이라는 사람은 낙양읍에 갇힌 부친의 죄를 덜기 위해서 몸을 팔기까지 했다는데 소녀도 아버님의 딸로서 어찌 이만한 일을 못하겠습니까? 다시 말리지 마십시오."

하고는 굳은 결심을 입가에 나타냈다. 그것을 보자 심봉사도 말릴 수 없는 것을 깨닫고,

"네가 그렇게 말하는데 내가 어찌 고집을 세우겠느냐? 너 좋도록 하려무나."

하니 그 날부터 심청이는 아버지가 들고 다니던 동냥 주머니를 혼자 들고서 집을 나간다.

부친을 공경하려는 기특한 마음에서 나선 것이기는 하지만 어찌 가엾지 아니할까? 깃만 남은 저고리에 뒤축 없는 헌 짚신을 버선도 없이 끌면서 때마침 휘몰아치는 북풍을 안고 앞마을로 향하는 것이었

다.

까욱까욱 까마귀가 울면서 날아간다.

"저 까마귀도 엄마가 없을까?"

부친 앞에서는 기특하게 말하고 나선 심청이지만 아직 나이 어린 소녀였다. 눈물과 함께 얼굴도 모르는 어머니의 생각이 났다.

"어머니만 살아 계셨더라면……."

부친 심봉사에게서 어질고 훌륭한 어머니의 말을 항상 들었던 터라 이렇게 혼자서 동냥질을 나서니 어머니의 생각이 더욱 간절히 났다.

까마귀도 저편 숲으로 사라졌다.

"이래서는 못 써. 아버지가 기다리실 텐데……."

심청이는 마음을 고쳐 먹고 걸음을 재촉한다.

심청이가 혼자서 마을에 들어서니까 사람들은 이상히 여기며 묻는다.

"너 혼자 어쩐 일이냐?"

"봉사님은 어디 가셨니?"

"아버지는 병환으로 누워 계세요. 그래서 저 혼자 나왔어요."

"저런, 가엾어라."

"어서 봉사님 병환이 나아야지. 어린 것이 혼자서 이게 될 일이냐?"

"아니예요."

심청이는 눈을 똑바로 뜨고 똑똑히 말한다.

"저도 이제 열한 살이예요. 앞 못 보시는 아버님 병환이 나으셔도 동냥은 저 혼자 하겠어요."

"기특도 해라."

"이리 들어온. 이것 가져 가거라."

감동한 마을 사람은 서로 다투어 동냥을 주니 심청이의 동냥주머니는 그 자리에서 가득히 채워졌다.

"아가야, 이제 주머니도 다 찼으니 들어와서 따뜻한 밥이나 먹고 가거라."

그 중에서도 친철한 아낙네 한 분이 심청이의 손을 잡고 불러 들이려고 한다.

마을 사람들의 고마운 마음에 심청이는 눈물까지 핑 도는 것을 느꼈다. 그러나 추운 방에 늙고 병든 아버지가 저 오기만 기다리고 계실 테니 어찌 그 말을 따를 수 있겠는가? 그 친절을 치사하고는 급한 걸음으로 집을 향해 돌아가는 것이었다.

자기 집 사립문 앞에 당도한 심청이는 문을 밀기가 바쁘게 소리 질렀다.

"아버지 ! "

딸 오기만 기다리고 있던 심 봉사, 하도 반가워 방문을 밀고 뛰어 나온다.

"아버지 추우셨지요? 시장도 하실 테고……."

마주 나오는 심봉사는 심봉사 대로 딸의 손을 움켜쥐며,

"너야말로 얼마나 추웠느냐? 이런 ! 손이 얼음장 같구나."

하고는 보지 못하는 눈에서 눈물을 흘리며 말했다.

"아아, 내 팔자야 ! 앞을 못 보고 구차하게 살아 소용 없는 내 몸이 무엇하려고 어린 자식에게 이와 같이 고생을 시키는지."

그러니까 심청이는 부친을 위로하며 말하였다.

"아버지 어째 서러워하십니까? 부모에 봉양하고 자식에게서 효도

를 받는 것이 마땅한 일이 아닙니까.”

그리고는 부지런히 부엌으로 내려가서 동냥해 온 음식으로 부친의 저녁을 차리는 것이었다.

심청이의 효성은 날이 가도 변하지 않았다. 비오는 날이나, 바람 부는 날이나, 쉬지 않고 동냥을 다녔다.

어느 비오는 날 저녁이었다. 다른 날과 마찬가지로 동냥을 얻어 가지고 급히 집으로 돌아오는 길이었다. 한 길 모퉁이를 돌아가려 하니까,

“야아 ! 거지다.”

“밥 한 술 줍쇼.”

장난꾸러기 아이들이 우우 모여들어 심청이를 둘러싸고 놀려댔다. 이런 일은 처음 당하는 일이 아니므로 심청이는 모르는 척하고 지나치려 했다.

그러나 그 장난꾸러기 아이들은 몹시 짓궂었다. 심청이가 왼쪽으로 피하면 왼쪽으로 몰려오고, 바른쪽으로 피하면 바른쪽으로 몰려온다. 그러다가 한 아이가 와서 부딪치는 바람에 심청이가 들었던 음식 그릇은 땅에 굴러 떨어지고 말았다. 그제서야 아이들은,

“와아 ! ”

하고 소리 지르며 흩어져 달아났다.

비오는 날이라 길바닥은 흙구덩이었다. 그 속에 음식이 떨어졌으니 어떻게 되겠는가?

심청이는 급히 쭈그리고 앉아서 흙이 묻지 않은 음식을 골라 보았지만, 겨우 한 사람 몫이 될 듯 말 듯할 정도였다. 하루 종일 집집마다 다니며 동냥한 음식을 흙구덩이 속에 버리다니……

심청이는 한참 동안 흙 묻은 음식들을 내려다 보았다. 뜨거운 눈물이 쉴새 없이 흐른다.

"수돌아, 저녁 먹어라."

"갓난아, 저녁 먹어라."

아이들을 부르는 동네 부인들의 목소리가 들린다. 심청이는 벌떡 일어섰다.

"참, 아버지도 몹시 기다리고 계실 텐데."

심청이는 눈물을 씻었다.

"이것만이라도 먹을 수 있는 것이 다행이다."

심청이는 음식 그릇을 들여다보며 중얼거렸다.

"나야 굶더라도 아버지나 잡숫게 하자."

심청이는 급히 집으로 돌아갔다.

"청이냐? 인제 오니?"

아버지는 어린애처럼 반갑게 소리 지른다.

"네, 좀 늦었습니다. 곧 저녁해 드릴께 잠깐만 기다리세요."

부엌으로 간 심청이는 겨우 아버지 혼자 잡술 것밖에 되지 않는 음식을 차려 가지고 방으로 들어왔다.

"아가, 너도 먹자."

심봉사는 다른 때와 마찬가지로 심청이도 같이 먹자고 권한다. 그러나 한 사람밖에 먹을 수 없는 적은 음식……

"아니예요, 저는 괜찮아요."

"왜 그러느냐? 몸이라도 편치 않으냐?"

"아뇨, 아버지, 오늘 부잣집에 잔치가 있어서 하도 먹으라고 그러기에 먼저 먹었더니 아직도 배가 불러요."

진 종일 빈 속으로 다녀서 몹시 고픈 배를 움켜쥐며 심청이는 이렇게 말하는 것이있다.

장승상 부인

"여기가 심봉사 댁입니까?"

아침상을 치우고 오늘도 역시 동냥을 하러 나가려는데 누가 밖에서 부른다.

"그렇습니다, 누구신지요?"

심청이는 사립문을 열고 밖을 내다보았다.

사립문 밖에는 뜻밖에도 큰 양반의 집에서 일보는 듯 깨끗이 차린 여자 하나가 서 있었다.

"아가씨가 이 댁 따님입니까?"

"예."

심청이는 이상히 여기며 대답했다.

"나는 장승상 댁에서 일 보는 사람인데 장승상 부인이 아가씨를 모셔 오라기에 찾아 왔습니다."

심청이는 더욱 놀라지 않을 수 없었다. 장승상 부인이라면 이 나라를 다스리는 재상의 부인인데 무슨 일로 나를 오라고 하시는지……

"저에게는 아버님이 계시니 여쭈어 보고 대답하겠습니다."

안으로 들어간 심청이는 심봉사를 향하여 말하였다.

"아버지 장승상 부인이 사람을 보내서 저를 오라고 하신답니다."

"장승상 부인이?"

심봉사도 크게 놀란다.

"무슨 일인가요?"

"글쎄 나도 모르겠구나."

"가도 괜찮을는지요?"

심봉사, 한참 동안 생각에 잠기다가,

"괜찮겠지, 다녀오너라. 우리가 남에게 해로운 일을 한 적이 없으니 좋지 못한 일로 부르시지는 않겠지."

하니 어머니를 닮아서 영리하고 얌전한 심청이는 어느 새 바느질도 훌륭하게 배워가지고 있었으므로 푼푼이 모은 돈으로 아버지의 옷도 해 드리고 자기 옷도 장만해 두었다. 깨끗한 옷으로 갈아 입으니 심청이의 모습은 딴판이었다.

"그럼, 아버지 다녀오겠어요."

"조심해 다녀오너라, 영리한 너니까 실수야 없겠지만 그 댁이 대단한 양반의 댁이니 특별히 조심을 하여라."

심청이는 어쩐지 마음이 꺼리는 것을 그래도 별 일 없겠지 생각하며, 장승상 부인이 보낸 사람을 따라서 집을 나섰다.

장승상 댁은 건너 마을 무릉촌에 있었다. 그 문전에 당도해 보니 심청이는 놀라지 않을 수 없었다.

갖가지 아름다운 화초가 대궐같은 집을 둘러싸고 있는데, 오막살이에서만 살던 심청이로서는 보기만 해도 어지러울 지경이었다.

그러나 비록 동냥을 하며 자랄지언정 성품이 남달리 의젓한 심청이었다. 잠시 후 마음을 단단히 먹고 문 안에 들어섰다.

중문을 지나서 층계에 다다르니 머리가 반쯤 세어 보이는 한 부인도 반가이 맞아 준다.

다정한 속에서도 위엄이 넘쳐 흐르는 모습! 이분이 바로 승상부인이구나, 알아차린 심청이는 공손이 그 앞에 절을 했다.

이때 심청이 나이 열 다섯. 비록 입은 옷은 값싼 것이며, 얼굴이나 머리에는 아무 치장도 하지 않았지만 타고 나기를 아름답고 의젓하여 승상 부인이 보기에 마치 피어난 꽃과 같았다.

"네가 바로 심청이냐?"

승상 부인은 친히 심청이의 손목을 잡아 자리에 앉혔다.

"네 효도가 하도 극진하고 성품이 또한 고상하고 재주가 뛰어났다고 들었기에 한 번 만나고 싶어 불러 본 것인데, 이렇게 아름답기까지 할 줄이야 미처 몰랐다. 어느 나라 공주가 너보다 아름다울 것이냐? 어느 선녀가 너보다 더 고상하겠느냐?"

"과분하신 말씀……."

심청이는 그저 고개를 숙이고 얼굴만 붉혔다.

그러는 심청이를 한참 동안 바라보고 앉았던 승상 부인은 심청이의 곁으로 바싹 다가앉으며,

"심청아, 내 말 좀 들어보라. 우리 집에 하느님이 복을 주시어 아들은 사 형제나 두었으나 어쩐 일인지 이렇게 늙도록 딸이 하나 없구나. 그러니 이야기 할 벗이 없어 적적하기 이를 데 없다.네 신세를 들으니 본디 양반의 후손이면서 그렇게 가난하게 지낸다구……. 그게 될 말이냐? 그래서……."

하고는 사랑스러운 듯이 심청이를 더욱 뜯어 본 다음,

"그러니, 내 수양딸이 어떻겠느냐?"

하니 이 말에 심청이는 아무 대답도 없이 고개만 숙일 뿐이었다.

승상 부인은 수상하게 여기지 않을 수 없었다.

한 나라 재상의 집에 수양딸로 오라면 아무리 잘 살고 잘난 처녀라도 반갑게 승락을 할 터인데, 이 애는 무슨 까닭으로 저리 망설이는지?

한참 후 심청이는 고개를 들었다. 심청이의 눈에는 눈물이 맺혀 있었다.

"황송하고 고마운 말씀 무엇이라고 치사할는지 모르겠습니다. 그러하오나, 저 낳은지 칠일만에 모친이 세상을 떠나자, 눈 멀고 늙으신 아버님이 저를 안고 동냥젖을 먹여 근근히 길러 이 만큼 되었는데 어찌 저 하나 잘되기를 바라며 아버님 곁을 떠날 수 있겠습니까? 제가 이 댁 수양딸이 된다면 어느 누가 눈 먼 아버님의 조석을 끓여 드리며, 사시 사철 입을 옷을 지어 드리겠습니까?"

이 말을 들은 승상 부인, 심청이의 어깨를 어루만지며,

"네 말이 과연 옳다. 너와 같은 효녀의 마음을 이 늙은이 짐작 못하고 그런 말을 했구나."

그리고는 어느새 맺혀 있는 심청이의 눈물을 손수 씻어 주며,

"그러나 너를 보내기 섭섭하기 이를 데 없다. 이왕 왔으니, 천천히 놀기나 하다 가려무나."

하니 심청이도 그 말까지 거절할 수는 없었다. 여러 가지 이야기도 하고 많은 대접도 받고 하여 시간을 보내니 마치 천국에라도 와서 노는 듯했다.

한편, 승상 부인은 심청이와 함께 이야기를 해보면 해볼수록 높은 기품과 뛰어난 재주에 그저 감탄할 뿐이었다.

어느덧 해가 저물었다.

심청이는 집에 기다리고 계실 부친이 걱정스러워졌다.

"고마우신 덕으로 종일토록 놀다 가니 영광스럽기 이를 데 없습니다만 이제 날도 저물었으니 집으로 가야 하겠습니다."

심청이를 보내기 못 견디게 섭섭한 승상 부인은 비단과 패물이며, 양식을 후히 주어 하녀와 함께 보내며 말했다.

"심청아! 네 뜻이 갸륵해서 보내기는 하지마는 한 번 너를 딸로 삼으려고 했으니 앞으로 모녀의 정만은 두기로 하자."

심청은 더욱 황송히 여겨 공손히 절을 하였다.

"고마우신 말씀 어찌 거역하겠습니까? 달게 받고 영원히 잊지 않겠습니다."

하직하고 승상 댁을 나섰다.

공양미 삼백 석

이 때 적적한 방에 말 벗도 없이 혼자 앉아 딸 심청이가 돌아오기만을 기다리고 있던 심봉사는 적적한 나머지 일어나 귀를 기울이니 먼 절에서 종소리가 들려온다.

"벌써 해가 저물었나보다. 그런데 이 애는 어쩐 일일까? 언제나 애비를 염려하여 일찍 돌아오던 청이가 오늘은 무슨 일에 골몰하여 여지껏 돌아오지 않는 것일까?"

이러다가 스스로 고개를 절레절레 흔들며 중얼거렸다.

"아니, 애비 생각을 잊고 놀거나 할 청이가 아니야. 아마 승상 부인이 잡고 놓지를 않는 모양이지."

찬 바람이 소매를 스치며 지나간다.

"바람이 몹시 춥구나, 추워서 오지를 못하는가……. 그럴 리가 있을라구……. 효성이 지극한 우리 청이 바람이 차다고 안 올리가 있을라구……."

밖에서 부시시 하는 소리가 들린다. 심 봉사는,

"애, 청아, 인제 오느냐?"

하니 그러나 그것은 집을 찾아 날아가는 참새떼의 소리였다.

밖에서 딸그락 딸그락 하는 소리가 난다. 심봉사는 급히 방문을 또 열었다.

"청아, 너 오느냐?"

그러나 그것은 지나가는 바람이 사립문을 흔드는 소리였다.

"어쩐 일일까? 이 애가 오다가 변이라도 당했나?"

심봉사는 마침내 지팡이를 더듬어 짚고 밖으로 나가는 것이었다. 더듬더듬 사립문을 밀고 나가다가 그만 빙판에 미끄러져 개울 속으로 떨어져 들어갔다.

이 개천은 한 길이 가까이 또는 개천인데다가 흙물과 개숫물이 섞여 냄새가 고약하다.

심봉사는 기어 나오려고 갖은 애를 다 써 보았으나, 그러면 그럴수록 더 깊이 빠져 들어가기만 한다.

심봉사는 지팡이를 휘저으며 소리소리 질렀다.

"여보 / 아무도 없소? 사람 살리오 / "

그러나 아무도 대답이 없다.

해가 저물고 으슥한 외딴 집 앞이라 누구 하나 지나가는 사람이라고는 없었던 것이다. 몸은 점점 깊이 빠져 들어간다.

“사람 살리오. 사람 죽소!”

심봉사는 몸부림을 치며 소리소리 질렀다.

그 때 몽운사의 한 중이 시주집에 내려왔다가 절로 돌아가는 길에 문득 사람 살리라는 소리를 들었다.

“이게 무슨 소리일까?”

그 곳을 급히 찾아가니 어떤 사람이 물에 빠져 거의 죽게 되어 있다.

그 중은 크게 놀랐다. 입고 있던 옷을 되는 대로 벗어 던지고 개천 속으로 들어가 심봉사의 허리를 휘어잡아 건져냈다.

“누구신데 이렇게 실수를 하고 고생을 하시오.”

말하다가 자세히 보니 낯익은 심봉사였다.

“허허, 심봉사가 아니오? 어쩌다가 이런 변을 당했소?”

이 말에 심봉사는 겨우 정신을 차리며,

“나를 이렇게 살려주시는 분은 누구신지요?”

“소승은 몽운사에 있는 중이올시다.”

“고마워라! 부처님이 도우셔서 대사가 나를 살려주셨구려. 이 은혜는 백 번 죽어도 잊지 않으리다.”

“애기는 천천히 하고 우선 집으로 들어갑시다. 이렇게 쌀쌀한 날씨에 물에 빠졌으니 얼마나 춥겠소.”

그 중은 심봉사의 손을 잡아 방 안으로 데리고 들어가서 젖은 옷을 벗기고 마른 옷으로 갈아입힌 다음,

“봉사는 어쩌다가 개천에까지 빠지셨소?”

이 말에 심봉사는 크게 탄식하며,

“모두가 앞 못 보는 탓이지요. 내 딸 청이가 무릉촌 장승상 부인의

부름을 받아 갔습니다마는 해가 저물도록 오지 않기에 마중을 나가다가 이 꼴이 됐지요."

중은 입맛을 쩍쩍 다시었다.

"저런 딱한 일이 어디 있겠소. 여보, 봉사님. 우리 절 부처님이 영험이 많으셔서 빌면 아니 되는 일이 없고, 구하면 응하지 않으시는 일이 없으니 부처님께 공양미 삼백 석을 시주로 올리시고 지성으로 빌으시면 당장에 눈을 떠서 천지 만물 좋은 구경 시원히 하게 되리라."

이 말을 들은 심 봉사, 자기 집 안의 처지는 생각지 않고 눈 뜬다는 말만 반가와서 중의 무릎을 잡아 흔들며,

"여보시오 대사님, 공양미 삼백 석을 부처님께 시주로 올리겠다고 당장에 적어 주시오."

이 말에 중은 허허 웃었다.

"적으시라면 적기는 하겠습니다마는 댁의 가세를 살펴보니 쌀 삼백 석을 마련할 수 있을 것 같지 않군요."

그러니까 심봉사는 화를 더럭 내며,

"여보시오 대사님, 사람을 몰라보아도 분수가 있지, 그래 어떤 실없는 사람이 영험이 많으신 부처님께 빈말을 하겠소. 공연히 그랬다가는 눈도 못 뜨고 벌을 받아 앉은뱅이라도 될 게 아니오. 사람을 너무 얕보는 법이 아니오. 당장 적으시오. 그렇지 않으면 무슨 화를 입을지 모를 테니……."

심봉사가 너무 야단을 치는 바람에 중은 그만 허허 웃으며,

"그러면 적기는 적겠소."

하고,

“심학규 쌀 삼백 석.”

이라고 크게 적었다.

“그러면, 소승은 돌아갈 테니 부처님께 빈 말이 되지 않게 하시기만 바라오.”

중이 돌아가고 마음이 진정되자, 심봉사는 차차 뉘우치지 않을 수 없었다.

“내 처지에 공양미 삼백 석이 어디서 생긴다는 말인가? 내가 공을 드리려다가 만약에 죄가 되면 이 일을 장차 어찌 한단 말인가.”

생각하면 생각할수록 근심은 커간다. 그만 심봉사는 앞 못 보는 눈으로 구슬같은 눈물을 흘리며,

“본디 세상이란 공평한 법이어서 누구에겐 복을 주고 누구에겐 화를 주고 하는 일이 없을 텐데, 내 팔자는 어쩐 일로 가난하고 눈도 멀었는고……. 아아, 이런 때 마누라라도 있다면 어떻게 마련이라도 될는지 모르겠다마는 나이 어린 딸자식이 동냥을 해서 먹어가는 신세에 쌀 삼백 석이 당키나 한 말인가?”

하고 목놓아 우는 것이었다.

이 때 걸음을 재촉하여 집으로 돌아온 심청이 문을 열고,

“아버지!”

하고 부르다가 부친의 모양을 보고 깜짝 놀라 달려든다.

“아버지 이게 웬일이십니까? 제가 돌아오나 마중 나가시다가 이런 욕을 보신 모양이군요. 어마, 이 옷 젖은 것 좀 보아. 흠뻑 젖었네! 아버지 물에 빠지셨군요. 얼마나 추우셨을까? 얼마나 서러우셨을까?”

심청이는 젖은 옷을 급히 널며 같이 따라온 승상댁 하녀에게,

“어서 불 좀 때어 주시오.”

하고는 옷도 갈아입지 못하며 부엌으로 뛰어나간다. 쌀을 씻는다. 급히 밥을 지어 상을 보아 들여온다.

“아버지 진지 잡수세요. 얼마나 시장하셨겠습니까?”

그러나 어쩐 일인지 심봉사는 밥술을 들려고도 하지 않으며 슬픈 목소리로,

“먹고 싶지 않다.”

하는 것이었다. 심청이는 깜짝 놀라,

“아버지 왜 그러십니까. 어디 편치 않아 그러십니까? 제가 더디 온 것이 괘씸해서 그러십니까?”

“아니다. 아무 일도 아니야.”

그러니까 심청이는 더욱 근심이 된다.

“그러면, 무슨 근심이라도 계십니까?”

“아니라니까. 넌 알 일이 아니다.”

이 말에 심청이는 그만 야속한 생각이 치밀어서,

“제가 알 일이 아니라 하시니, 아버지 그게 무슨 말씀입니까? 저는 아버지를 바라고 살아왔으며 아버지께서는 저를 믿으시고 큰 일이 건 작은 일이건 의논하시더니 오늘 따라 무슨 까닭으로 알 일이 아니라 하십니까. 제가 비록 효도를 다하지는 못했습니다마는 말씀 을 속이시니 서운하고 섧습니다.”

말하고는 흑흑 흐느껴 울기까지 한다. 그 소리에 심봉사는 깜짝 놀 라,

“아가, 울지 말라, 너를 속일 일이 어디 있겠느냐. 다만 네가 까닭 을 안다면 지극한 네 효성에 일이 어찌될까 염려되어 진작 말을

못했을 뿐이다."

하니 그제서야 심청이는 겨우 눈물을 거두며,

"염려 마시고 말씀이나 해 주십시오, 아버지."

하니 심봉사는 크게 한숨을 쉬며,

"아까 하도 답답한 김에 네가 오나 밖으로 나가다가 개천물에 빠져서 거의 죽게 된 것을 지나가던 몽운사의 중이 건져서 살려 주었었지."

하고는 말을 망설이다가,

"그래서, 어찌 되었습니까?"

하고 심청이가 재촉하는 바람에,

"중이 날더러 말하지 않겠느냐? 어쩌다가 이렇게 눈이 멀어서 이런 욕을 당하시는 거요, 우리 절 부처님 영험이 다시 없으시니 공양미 삼백 석만 시주를 하면 당장에 시원히 눈을 뜰 것을……. 그래서 반가운 김에 시주한다고 적어 보냈지만, 나중에 우리 집 형세를 생각하니 도리어 후회가 크게 되는구나. 우리 형편에 쌀 삼백 석이 당키나 하냐. 공연히 부처님께 거짓말만 해 놓았으니 장차 벌받을 것이 두렵기 이를 데 없다."

하니 심 봉사의 말을 들은 심 청이는 오히려 반갑게 웃음을 지었다.

"아버지, 후회를 하시면 부처님께 정성이 못 됩니다. 아버지. 어두우신 눈이 정말 보이게 된다면 무슨 일 해서라도 공양미 삼백석은 제가 마련하겠습니다."

효성이 지극한 딸의 대답. 심 봉사는 그만 눈물을 지었다.

"청아, 네 말이 고맙기는 하지마는 우리같이 가난한 형세에 단 백 석이라도 마련할 수 있겠느냐?"

"아버지, 염려 마십시오. 무슨 일이 있더라도 제가 마련하겠습니다. 예로부터 정성이 지극하면 하늘도 돕는다 하셨으니, 반드시 좋은 일이 일어날 것입니다."

심청이는 이렇게 부친을 안심시켜 놓고 뒤뜰로 나갔다. 비를 들어 깨끗이 치운 다음 황토로 단을 모으고 좌우에 금줄을 매고 정한 물동이를 소반에 받쳐 놓고 향을 피우고 절을 한 다음 공손히 무릎을 꿇고 부처님께 비는 것이었다.

"부처님! 사람이란 누구나 두 눈을 가져서 이 세상을 시원히 볼 수 있는데 무슨 죄로 우리 아버지만 앞 못 보는 봉사로 되었습니까. 만약 아버지께 전생에 죄가 있다면 제가 그 죄를 대신 받겠으니 아버지 눈을 밝게 해 주소서."

이와 같이 날마다 아침 저녁으로 심청이는 정성껏 부처님께 빌었다. 그걸 본 부처님도 심청이의 정성을 들어 주신 모양이었다.

팔려 가는 몸

하루는 이곳에 사는 귀덕 어미가 찾아왔다.

"청이 있니?"

"예. 귀덕 어머니 오세요?"

"그런데, 세상에 이상한 일을 다 보았다."

"무슨 일을 보셨기에 그렇게 이상해요."

"아까 집에서 들으려니까 무엇을 하는 사람인지 십여 명씩 몰려서 처녀를 삽시다! 열 다섯 먹은 처녀, 몸 값은 얼마라도 낼 터이니, 처녀를 삽시다. 이렇게 소리치며 다니지 않겠니. 별 미친놈들이 다 있구나."

이 말을 들은 심청이는 귀가 번쩍 띄었다.

"귀덕 어머니, 그게 정말이야요?"

"정말이구말구, 내 귀로 들었는데."

심청이는 무슨 결심이라도 크게 한 듯이 똑바로 귀덕 어머니를 바라보며 말했다.

"저 부탁 있습니다 들어주시겠어요?"

"부탁이라니 무슨 부탁이냐?"

"지금 하신 말씀이 정말이거든 그렇게 몰려다니는 사람 중에 나이 많고 점잖은 사람 한 분을 조용히 불러다 주세요. 말이 밖에 새지 않게 넌지시 말예요."

귀덕 어머니는 어째서 심청이가 그런 청을 하는지 의심스럽기는 하지마는 남달리 귀여워하는 심청이의 부탁이라 두 말 않고 밖으로 나갔다.

귀덕 어머니를 보내고 난 심청이는 뒤뜰 제단 앞으로 가서 꿇어 앉았다.

"부처님, 고맙습니다. 제 소원을 들어 주시어 처녀 사겠다는 사람을 보내 주신 줄로 압니다. 팔려가서 어찌 되든지 저는 두렵지 않사오나 공양미 삼백 석만 받도록 되어 아버님 눈만 뜨시게 하여 주십시오."

빌기를 마치니 밖에서 귀덕 어머니가 부르는 소리가 들린다.

심청이는 급히 사립문 쪽으로 달려갔다.

귀덕 어머니는 과연 얼굴이 검고 몸집이 육중한 노인 한 사람을 데리고 왔다. 심청이는 그 사람을 밖에 기다리게 하고 귀덕 어머니를 뒤뜰로 넌지시 불러들였다.

"그 사람들이 어째서 열 다섯 살 먹은 처녀를 사려고 한답니까?"

"그 사람들은 본디 황성 사람으로 배를 타고 만리 길을 다니는데, 배 갈 길에 임당수라는 물이 있다는구나. 그런데 이 물은 변화가 심해서 자칫하면 배가 뒤집혀서 뱃사람들이 몰살을 당한다고 한다. 그렇지만 열다섯 살 먹은 처녀를 물에 넣고 제사를 지내면 만리 바닷길을 무사히 왕래할 수도 있고 장사도 잘 된다는구나. 그래서 몸을 팔 처녀가 있으면 값은 아무리 비싸더라도 산다고 하지 않겠니?"

이 말을 듣자 심청이는 사립문 밖으로 뛰어나갔다.

"나는 이 집에 사는 사람인데, 나이가 열 다섯 살이니 구하시는 조건에 맞을 듯합니다. 나를 사 가실 수는 없을까요?"

뱃사람이 이 말을 듣고 심청이를 바라보니 비록 가난하나 생김생김이며 대하는 태도며 제물로 바치기에는 너무나 아까워 보였다.

"아씨가 제물이 되다니……."

하고 말하며 잠시 망설인다. 그러니까 심청은 뱃사람 앞에 다가서며 말했다.

"내가 제물이 되려고 하는 것은 다른 까닭이 있어서가 아닙니다. 우리 아버님은 앞을 못 보시어 평생 한으로 알아 부처님께 기도를 올려 오던 차에 하루는 몽운사의 중이 말하기를 부처님께 공양미 삼백 석을 시주하면 눈을 떠서 세상 만물을 볼 수가 있다고 하지 않겠습니까. 그러나 저의 집안이 가난해서 쌀 삼백 석을 구할 길이 없어 제 몸을 팔려는 것입니다. 저를 제물로 사 주십시오."

뱃사람은 더욱 마음이 끌려 고개를 숙이고 한참 동안 잠자코 있었다.

그러나 무슨 일이 있어도 제물을 바쳐야 할 텐데 아직 팔아 달라고 나서는 처녀가 없어서 마음을 조리고 있던 터라 하는 수 없이 딱한 표정을 지으며,

"아씨의 말씀을 들으니, 거룩하고 장한 효성 비할 데가 없군요."

한다.

이 말에 심청이는 반가운 낯을 하고 말하였다.

"그러면 나를 사 주시겠습니까?"

"그렇게 하지요. 공양미 삼백 석을 우리가 당장에 낼 터니 염려 마십시오."

그제서야 심청이는 마음을 놓았다.

"배 떠나는 날이 언제 쯤이지요?"

"새달 십 오일에 떠나니 그리 아십시오. 그러면 공양미 삼백 석은 이 길로 가서 몽운사에 보내겠으니, 아씨께서는 새 달 십 오일을 어기지 마십시오."

뱃사람은 여러 번 다짐을 하고 돌아갔다.

뱃사람이 돌아간 뒤 심청이는 기가 막혀 정신 없이 서 있는 귀덕 어머니의 소매를 끌어 귓 속에 속삭인다.

"만약 우리 아버님이 이 일을 아시면 슬퍼하시는 나머지 어떤 일이 일어날지 몰라요. 그러니 이 얘긴 아무에게도 하지 말아 주세요."

"그야 이를 말이겠니. 그렇지만 딱한 일이야."

하면서 옷고름으로 눈물을 닦는다.

심청이는 집으로 들어갔다.

일부러 수선스러운 목소리를 내었다.

"아버지!"

"왜 그러냐, 청아."

"아버지, 기뻐하세요. 공양미 삼백 석을 몽운사로 보냈습니다."

이 말에 심봉사는 크게 놀라며 말했다.

"그게 무슨 말이냐? 공양미 삼백 석은 어디서 나서 몽운사로 보냈단말이냐?"

남에게 거짓말을 해 본 적이 없는 심청이었다. 그러니 자기 부친에게 거짓말을 하기는 더욱 괴로왔다. 그러나 부친을 생각하면 그럴 수밖에 없다.

"일전에 무릉촌 장승상 댁 부인께서 저보고 말씀하시기를 수양딸이 되라고 하지 않으시겠습니까."

"그래서."

"그래서 아버님을 봉양하기 위해서 그렇게 못하겠다고 대답을 했었지요."

"그런데?"

"그런데 그 후에 아버님이 몽운사 중에게 공양미 삼백 석을 주시겠다고 적으셨다는 말씀을 듣고 다시 무릉촌에 건너가 부인께 그 말을 여쭈었지요."

"그래서 부인이 쌀 삼백 석을 주시고 너를 수양딸로 삼겠다 하시더냐?"

"그렇습니다. 아버지."

아무 것도 모르는 심봉사는 크게 좋아하였다.

"허허, 그거 잘 됐다. 이제는 내 눈뜨고 너는 호강을 하게 되었구

나. 그래 언제 데려간다 하시더냐?"

"새 달 십 오일 날 데려 간다고 하십니다."

"잘됐다, 잘됐어. 네가 가더라도 영 못보는 것도 아니고 참으로 잘됐다."

이렇게 부친을 위로해 놓기는 했으나 혼자서 곰곰히 생각하니 기가 막힌다.

새 달 십 오 일만 되면 고이 자란 몸을 임당수 깊은 물에 던져 버려야 한다. 이 세상의 모든 아름다운 것, 모든 사람들을 다시는 보지 못하게 된다. 그 뿐이 아니다. 내가 죽고 나면 아버님의 시중은 누가 들어 드린단 말인가. 아버님을 위해서 하는 일이지만 오히려 아버님께 해가 되지 않을까, 내가 잘못 생각을 했는 지도 몰라.

이리 생각하고 저리 생각해 보니 슬픔과 뉘우침과 괴로움에 일도 손에 잡히지 않고 잠도 이루어지지 않는 것이었다.

"그렇지만 하는 수 없어. 이제 다 정한 일이니까……. 나 죽은 뒤 아버님이 불편하시지나 않게 할 수 있는 일이나 미리 해 두어야지."

생각한 심청이는 부친의 사철 의복을 새로 지어서 차곡차곡 장 속에 넣어 두고, 갓이며 망건 같은 것도 새로 장만해서 벽에 걸어두고 배 떠나는 날만 기다릴 수밖에 없었다.

이럭저럭 하는 동안에 배 떠나는 날을 하루 앞둔 저녁이 되었다.

밤은 점점 깊어갔다. 부친은 이미 고이 잠들어 있다. 심청이는 한편 구석에 쪼그리고 앉아서 달아 들어가는 촛불만 바라본다. 가슴은 꺼져가고 눈물만 흐른다.

"슬퍼하기만 해서 무엇하나……. 참 아버지 버선이라도 더 기워드리자."

바늘에 실을 꿰어 보는 것이었으나, 눈물은 점점 더 쏟아지고 마침내 울음소리가 터져 나오는 것이었다.

그 소리가 심봉사 귀에 들리지 않도록 입술을 깨물며 심청이는 부친의 잠든 얼굴을 들여다 보았다.

딸만 바라고 아기처럼 고이 잠들어 있는 아버지……. 이마며 눈가에는 굵은 주름이 가득히 새겨 있다.

"늙으신 아버지! 불쌍한 아버지!"

심청이는 부친의 주름 잡힌 얼굴에 손도 대어 보고 손이며 발도 만져 보면서,

"이 얼굴, 이 손발을 만져보는 것도 오늘 밤이 그만이야."

생각하니 새로운 설움이 북바쳐 심청이는 그 자리에 엎드려 버렸다.

떠나는 날

얼마나 지났을까. 멀리서 새벽닭 우는 소리가 들린다. 심청이는 후다닥 뛰쳐 일어나며 입 속으로 부르짖는다.

"닭아, 닭아, 우지 마라. 한 시라도 더 참아 다오."

그러나 닭 우는 소리가 그치니 그 대신 벌써 창문이 훤히 밝아 오는 것이었다.

심청이는 눈물을 씻고 마지막으로 부친의 아침이라도 지어드리려고 밖으로 나갔다. 밖에는 벌써 뱃사공들이 모여 와서 수군거리며

기다리고 있다가 심청이를 보자,

"아가씨, 오늘이 배 떠나는 날입니다. 늦지 않도록 준비를 하십시 오."

하니 이 말을 듣고 미리 각오하고 있기는 했지마는 심청이의 눈에는 눈물이 핑 돌았다. 심청이는 사립문 밖으로 달려 나가서 목메인 소리 로 말했다.

"오늘이 배 떠나는 날인 줄은 나도 잘 알고 있습니다. 그렇지만 우리 아버님은 모르고 계십니다. 잠깐 동안만 더 기다려주십시오. 그러면 불쌍하신 아버님께 마지막으로 진지나 지어드리고 떠나겠 습니다."

뱃사공들도 이 말을 듣고 더 재촉할 수는 없었다.

"그러십시오. 기다리지요."

부엌으로 돌아온 심청이는 눈물을 섞어 밥을 지어가지고 부친 앞에 차려 들고 들어갔다.

마지막 드리는 진지다. 심청이는 부친 상머리에 앉아서 마치 어린 애 시중이라도 들 듯이 앞 못보는 아버지 식사를 도와 주는 것이었 다.

그러면서 떨리는 소리로 말했다.

"아버지 진지 많이 잡수세요, 네!"

"오냐, 많이 먹구말구. 오늘은 유달리 반찬이 좋구나. 뉘 집에서 제사라도 지냈느냐?"

심청이는 더 참을 수가 없었다. 그만 흑흑 느껴 울기 시작했다.

심봉사는 딸의 울음 소리를 듣자 밥술을 멈췄다.

"아가, 왜 그러느냐. 어디 몸이라도 아프냐?"

"아뇨, 아버지."

심청이는 계속해서 느껴지는 울음을 참으며 겨우 대답했다.

"울지 마라 아가야, 내 어젯 밤에 좋은 꿈을 꾸었지……. 간밤 꿈에 네가 큰 수레를 타고 한없이 가지를 않겠니. 본디 수레라 하는 것은 귀한 사람이 타는 것이라 아마 오늘 쯤 무릉촌 장 승상댁에서 너를 가마에 태워 가려나보다."

심청이가 이 말을 들으니 그것은 장승상 댁으로 가는 꿈이 아니라 자기가 죽으러 가는 꿈임에 틀림없다. 새로운 슬픔이 복받친다. 그러나 그것을 참으며 아무쪼록 부친 안심하도록 했다.

"아버지 참 좋은 꿈이군요."

대답하고는 심봉사가 다 먹고 난 상을 물려 부엌으로 다시 나간다.

시간은 자꾸 다가온다. 심청이는 옷고름으로 얼굴에 남은 눈물자국을 말끔히 닦는다. 그리고 나서 뒤뜰로 갔다.

제단에 작별하는 인사를 간 것이었다. 공손히 절을 한 심청이는 조용히 부처님께 아뢰는 것이었다.

"불효 여식 심청이는 아버지의 눈을 뜨일려고 남경 장사 뱃사람들에게 삼백 석으로 몸을 팔고 임당수로 가오니, 소녀가 죽은 후라도 부친의 눈을 뜨게 해 주시어 착한 부인 맞이하고 아들 딸을 나으시어 길이길이 복되게 사시도록 해 주십시오."

제단에 하직하고 마지막으로 부친의 얼굴이나 보려고 방으로 다시 들어갔다. 그러나 가엾은 부친의 얼굴을 대하니 그만 기가 막혀,

"아버지!"

한 마디 부르고는 그 자리에 정신을 잃고 쓰러졌다.

심봉사는 깜짝 놀라 더듬더듬 딸의 손목을 찾아 쥐고,

"아가, 웬 일이냐? 장님의 딸이라고 누가 욕이라도 하더냐? 별안간 어디 아프기라도 하냐? 어찌 된 일이냐? 아가 말 좀 하려무나."

그제서야 심청이는 겨우 정신을 차리며 말하였다.

"아버지!"

힘없는 소리로 부른다.

"오냐 정신이 드느냐? 애비 여기 있다."

심청이는 물끄러미 부친의 얼굴을 바라보았다.

"아버지! 불효 여식이 아버지를 속여 왔습니다. 공양미 삼백석을 누가 거져 주겠습니까. 남경 장사 뱃사공들에게 삼백 석으로 몸을 팔아 임당수의 제물로 가기로 정했더니 오늘이 바로 배 떠나는 날입니다. 아버지, 오늘이 마지막으로 아버지 뵙는 날이랍니다."

심봉사는 너무도 기가 막혀 말이 나오지 않았다. 울음도 나오지 않았다. 입술만 쫑긋쫑긋 하다가 한참만에야,

"이게 웬 말이냐? 말 같지 않구나. 거짓말이지. 응? 거짓말이지…… …. 그런 일을 애비에게 의논도 없이 너 혼자 정하다니 그게 될 말이냐……. 너의 모친 너를 낳고 칠일 만에 죽은 후에 눈조차 어둔 놈이 너를 안고서 이 집 저 집 다니며 동냥 젖 얻어먹여 그만 큼 기른 것이 딸 팔아 눈 뜨자는 심보인 줄 알았느냐?"

그리고 벌떡 일어나 양팔을 저으며,

"이놈들 뱃놈들아. 장사도 좋지마는 사람 사다 제물로 물 속에 넣으라고 누가 가르치더냐? 어디서 보았느냐? 눈 먼 놈의 무남독 녀 철모르는 어린 것을 은근히 유인해서 사가다니 될 말이냐. 쌀도 싫고 돈도 싫고 눈뜨기도 다 싫으니 이놈들아, 한시 바삐 이 자리

를 물러가라."

미친 듯이 날뛰는 심봉사를 심청이는 겨우 잡아 앉히었다.

"아버지, 이 일이 남의 탓이 아닙니다. 그러지 마세요."

마음이 가라앉으니 슬픔이 더해진다. 심봉사는 딸을 끌어안으며 말했다.

"아가, 아가, 이 일을 어찌하면 좋겠느냐?"

소리쳐 통곡한다. 심청이도 더 말을 못하고 부친을 따라 통곡만 할 뿐이었다. 부녀가 우는 소리에 사립문 밖에는 동네 사람들이 까맣게 모여 들었다.

"저 집에 무슨 일이 일어났나?"

"심청이가 팔려 간대."

"저의 아버지 눈뜨게 하기 위해서 공양미 삼백 석에 임당수로 죽으러 간대."

"에그, 가엾어라."

남녀 노소 할 것 없이 흐르는 눈물을 닦는 것이었다. 동네 사람들 뿐이 아니었다. 심청이를 사러 온 뱃사람들까지 울었다.

"여보시오. 내 말 좀 들어들 보오."

뱃사람들 중에서 나이 지긋한 사람이 나시더니 다른 뱃사람들을 향해서 말하는 것이었다.

"효성이 다시 없이 지극한 심청 아씨도 아씨려니와 뒤에 남는 심봉 사도 딱하지 아니하오? 그러니 우리 뱃사람 삼십 여 명이 다 같이 추렴을 내어 저 양반이 평생 고생하지 않도록 마련해 줍시다."

이 말이 떨어지자, 뱃사람들은 다 같이 소리 지르는 것이었다.

"좋소."

"좋구말구."

그 자리에서 추렴을 걷으니 돈 삼백 냥, 백미 백 석, 광목 베 한 바리나 되었다.

뱃사람은 심봉사를 향해서 말했다.

"봉사님, 여기 저희들이 추렴 모은 것 중에 돈 삼백 냥은 논을 사셔서 착실한 사람에게 주어 부치게 하시고 백미 중 일부는 양식으로 하시고 일부는 여러 사람에게 주어 이자를 거두시면 양식 걱정은 평생토록 없을 것이며, 광목과 베는 두고 두고 옷을 지어 입으시면 옷 걱정도 없으시겠습니다."

그러나 심봉사는,

"싫다. 이놈들아, 쌀도 싫고 옷도 싫다."

하고 소리치며 통곡만 할 뿐이었다.

임당수로

이리하여 인사를 마친 심청이는 걸음마다 눈물을 지으며 그 곳을 떠나니 심봉사는 몸부림치며 통곡을 하고 오래도록 정들었던 마을 사람들은 늙은이나 젊은이나 아이들이나 눈물로 가리운 눈으로 전송하는 것이었다.

어느덧 항구에 당도했다.

기다리고 있던 뱃사공들은 일제히 모여들어 뱃머리에 자리를 베풀고 심청이를 인도했다.

배 떠나는 북이 두둥둥 울렸다. 배는 돛을 달고 멀리 심청이가 제물이 될 임당수를 향해서 조용히 미끄러져 떠나기 시작했다.

배는 바람을 받고 살같이 달렸다. 장사도 지났다. 황학루도 지났다. 진회수도 건넜다.

그러다가 한 곳에 당도하니 뱃 사람들은 닻을 주고 돛을 지른다. 이 곳이 곧 임당수였다.

수정궁

과연, 말로 들은 이상으로 바람이 거세고 파도가 사나운 곳이었다. 그뿐 아니라 안개는 자욱하여 한 치를 분간할 수가 없다.

돛은 꺾어지고 파도는 뱃머리를 넘나든다. 이대로 있다가는 당장에 무서운 바닷 속에 배는 나뭇잎처럼 휩싸여 들어갈 것만 같았다.

뱃사람들은 크게 놀라고 겁을 먹어 바다에 지낼 고사 준비를 시작한다.

한 섬 쌀을 다 풀어 밥을 짓고 큰 소를 잡고 동이로 술을 부어 놓은 다음 심청이에게 목욕을 시키고 의복을 정히 입혀 뱃머리에 앉힌다. 그리고는 뱃 사람 중에 으뜸가는 자가 나서서 고사를 올리는 것이었다.

북채를 두 손에 갈라 쥐고 북을 둥둥둥둥 울리며 주문을 외고 빌기를 거듭한 후 심청이를 향해서,

"자아, 물로 들어가시오."

하고 재촉하는 것이었다.

그러자 심청이는 뱃머리에 우뚝 서서 하나님께 빌기를,

"비나이다 비나이다. 하나님께 비나이다. 심청이 죽는 일은 조금도 섧지 아니하오나 눈 머신 우리 부친 사무친 깊은 한을 생전에 풀고 자 죽음을 당하오니 소녀의 뜻을 들어 주시와 우리 부친 어두운 눈을 하루 바삐 밝게 하여 이 세상 만물을 시원히 보시도록 해 주시옵소서."

하며 말을 마치고는 조용히 눈을 감는 다음 치마폭을 뒤집어쓰고 풍덩 물 속으로 뛰어드는 것이었다. 그리고는 그냥 정신을 잃었다.

심청이의 작은 몸은 사나운 파도 사이에 이내 사라져 버렸다.

이 광경을 보고 있던 뱃사람들의 억센 뺨에도 방울방울 굵은 눈물이 맺혀 흘렀다.

그러나 만고 효녀 심청이가 죽어서 될 것이냐?

이때 하늘 나라 옥황상제께서는 여러 바다의 용왕에게 분부하기를,

"내일 오정 때 임당수에 효성이 지극한 심청이가 떨어질터이니, 너희들은 기다리고 있다가 그 효녀를 수정궁으로 모시고 다시 내 명령이 내리기까지 기다리도록 하라. 만약 내 명을 어기는 날이면 너희들 여러 귀신들은 모조리 죄를 면치 못하리라."

옥황상제의 분부가 이렇게까지 엄하니 바다의 용왕들은 여러 신장과 많은 시녀들을 거느리고 흰 옥으로 만든 가마를 마련하고 그 때만 기다리고 있었다.

옥황상제께서 분부하신 시간이 되었다. 용왕과 신장과 시녀들은 숨을 죽이고 심청이 떨어지는 것을 기다리고 있으려니, 보라 수정같이 맑은 한 소녀가 과연 바다 속으로 떨어져 내려오는 것이 아닌가！

기다리고 있던 여러 시녀들이 급히 모여들어 심청이를 고이 모시

어 가마에 앉혔다.

심청이는 이와 같은 광경에 한편 놀라고 한편 두려워 사양하는 말이었다.

"소녀는 죄 많은 세상에서 천하게 자란 몸입니다. 어찌 황송하게도 용궁의 가마를 타겠습니까?"

그러니까 여러 시녀들은 노래와 같이 아름다운 목소리로 일제히 대답하는 것이었다.

"옥황상제께서 분부가 계시어서 하는 일이오니 어서 타십시오. 만약에 그 분부를 어기면 우리들 전부가 큰 벌을 받는답니다."

이 말을 들으니 심청이도 어쩌는 수가 없었다. 권하는 대로 점잖이 가마에 올라탔다.

심청이가 올라 타자 여러 시녀들은 그 옥으로 만든 가마를 둘러싸고 수정궁으로 향한다.

아아! 그 눈부신 광경! 심청이를 영접하는데 참례치 못했던 다른 시녀며 물 속 여러 귀신들은 세상에 다시 없는 효녀 심청이를 보려고 길 양 편에 즐비하게 늘어선다. 그러니 그들이 장식한 패물은 무지개처럼 눈부시고, 그들이 풍기는 향기는 온 바다에 어지럽다.

뿐만 아니었다. 가지각색 악기로 심청이를 맞이하는 음악을 연주하니 그 아름다운 소리에 넓고 넓은 바다가 진동하는 것이었다.

그리운 어머니

수정궁에 들어섰다. 꿈에도 보지 못할 만큼 화려하고 찬란하게 치장이 되어 있었다. 넓이는 아마 천 간도 되리라. 호박으로 세운 기둥, 백옥으로 받친 주춧돌, 산호를 엮어서 내린 발, 눈이 부시지 아니한 것이라고는 없었다.

이윽고 음식이 들어왔다. 이것 또한 세상에 다시 없게 훌륭하다.

뿐만 아니었다. 심청이의 양 옆에는 아름다운 시녀들이 서서 시중을 들고, 나머지 선녀들은 이 잔치가 더욱 흥겨우라고 노래도 부르고 악기도 연주하고 춤도 추어 보이는 것이었다.

이렇게 꿈과 같은 날을 보내던 어느 날, 수정궁 안이 유달리 수선하다.

이상히 여긴 심청이는 시녀에게 물어 보았다.

"오늘 무슨 일이 있나요?"

그러니까 시녀는 도리어 이상하다는 낯으로 말했다.

"무슨 일이라니오? 오늘 하늘 나라에서 옥진 부인이 오신답니다."

심청이에게는 더욱 알 수 없는 일이었다.

"옥진 부인이라니? 그 부인이 무슨 일로 오시는데?"

"참 심청 아씨두…… 무슨 일이 있겠어요? 심청 아씨를 뵈러 오시는 거죠."

"나를 만나러? 그 분이 뭣 하러?"

"기다려 보세요. 참 반가우신 분일 테니까요……."

나이 어린 시녀는 이렇게 말하고는 싱긋이 웃었다.

심청이의 가슴은 뛰었다.

옥진 부인…….

어떤 분일까?

무슨 까닭에 나를 만나러 오시나?

"심청 아씨 저 소리를 들어보세요. 옥진 부인이 가까이 오시나 보아요."

시녀가 소리를 지르기에 귀를 기울이니 아름다운 음악 소리가 은은히 들려온다.

시녀가 창가로 갔다. 창문을 열어 젖히더니 하늘을 우러러 보았다.

심청이도 창가로 갔다.

창 밖을 바라보고는 놀랐다.

이렇게 아름답고 눈부시고 장한 광경이 다시 있을 것인가 /

오색 구름이 어리어 있는 사이로 학이며 공작이며 아름다운 새들이 춤을 추는데 앞에는 하늘 나라 선녀들을 세우고 뒤에는 용궁의 시녀들을 거느리고 엄숙히 내려오는 거룩한 부인 /

그 부인은 마침내 궁중으로 들어섰다. 심청이는 자리에서 일어나 공손히 고개를 숙이고 부인이 가까이 오기만 기다렸다.

그런데 이것이 어찌 된 일일까?

심청이를 보자 마자 옥진 부인은 울음 섞인 음성으로 부르짖는 것이 아닌가?

"오오, 내 딸 청아. 너를 보러 어미가 예까지 찾아왔다."

심청이는 크게 놀라 고개를 들어보았다.

심청이를 낳고 칠일 만에 세상을 떠나 어머니라도 낯을 알 리는 없었다. 그러나 한시라도 잊은 적이 없는 어머니였다.

그 부인이 스스로 어미라 하시는 말을 들으니 반가운 마음에 일시에 목이 메었다.

"어머니 / "

한 마디 소리치고 심청이는 옥진 부인의 품 안으로 뛰어들었다.

"칭아, 내 딸아!"

옥진 부인도 심청이를 끌어안고 뜨거운 눈물을 떨구었다.

한참만에 정신을 가다듬은 옥진 부인,

"상제의 부르심이 급하여 너를 낳자마자 세상을 잃었으나 나 역시 눈 어둔 너의 부친을 생각하면 마디마디 슬픔이란다. 앞 못 보시는 몸에 고생이 심하시니 늙기도 많이 늙으셨으리라."

"늙으시구말구요."

심청이는 눈물을 훔치며 부친이 고생하던 가지 가지 일, 장승상 부인이 저를 불러 수양딸로 삼아서 은혜가 태산 같던 일, 뱃사람에 몸이 팔려 떠나오려 할 제 화상을 그리어 간직하던 일, 이웃에 사는 귀덕 어머니가 항상 고맙게 돌보아 주던 일을 낱낱이 알려 드리는 것이었다.

"고마운 분들……."

옥진 부인은 멀리 저 세상 사람들에게 간곡히 치하를 하고 나서,

"청아, 그러나 나는 네가 가장 고맙다. 너를 낳으려고 온갖 정성을 다 드렸더니 그 보람이 있어 이와 같은 효녀가 되었구나. 아버님 눈을 띄우려고 임당수에 몸을 던지다니……. 그 마음씨가 너의 이 비단결같은 살결보다도, 그 진주같은 두 눈보다도, 꽃잎 같은 입술보다도 더 아름답고 반갑게 여겨진다."

하고는 어릴 적에 안고 어루만져 주지 못하던 딸의 몸을 이제 새삼 안아도 보고 어루만져도 보는 것이었다.

즐거움 속에서 며칠이 지났다.

그 날도 심청이는 어머니와 한자리에 앉아서 이 애기 저 애기 주고

받고 했다.

그러다가 문득 어머니의 눈치를 살피니 여느 날과는 매우 다르게 적적해 보인다.

효성이 지극한 심청이었다. 더러 근심이 들었다.

"무슨 걱정이라도……."

옥진 부인은 심청이의 두 손을 덥석 잡아 쥐었다.

"청아, 진작 말하려 했으나 너무도 반가운 김에 오늘까지 밀어왔다. 그러나 이제 시간이 임박했으니 말하지 않을 수 없구나. 청아, 어미는 옥황상제의 분부로 맡은 직분이 대단히 많단다. 그러니 이제 곧 떠나야 하겠으니 과히 섭섭히 여기지는 말아라. 우리 다시 만날 날이 있으리라."

옥진 부인은 심청이가 잡은 손을 놓고 조용히 일어서더니 날개도 없는데 하늘 높이 올라가 사라지는 것이었다.

"어머니! 어머니!"

심청이는 발을 구르며 발버둥쳤다.

"심청 아씨, 진정하십시오."

누가 등 뒤에서 점잖히 말한다. 보니 용왕이 곁에 와서 있는 것이었다.

"심청 아씨, 너무 서러워하지 마십시오. 옥황상제께옵서 분부가 있으시기를 심청 아씨와 같이 효성이 지극한 분을 수정궁에 오래 둘 길 없으니 아름다운 연꽃 속에 고이 모시어 임당수로 도로 보내드리라 하셨습니다. 자, 어서 이 속으로 들어가십시오."

이 말에 곁을 보니 심청이 한 몸은 들어가고도 남을 만한 연꽃이 기다리고 있었다.

심청이가 연꽃 속에 들어가 앉자, 용왕의 명령으로 수정궁 속의 시녀들이며 바닷속에 사는 수많은 물고기들이 일제히 작별 인사를 하는 것이었다.

"심청 아씨 안녕히 가십시오."

"세상에 가시거든 복 많이 받으십시오."

이와 같은 인사 속에 심청이를 태운 연꽃 송이는 천천히 바다 위로 떠올라서 가는 것이었다.

아름다운 왕후님

심청이는 문득 정신이 들었다. 눈을 떠보았다.

몸은 역시 연꽃 속에 있는데 입은 옷을 보니 수정궁에서 입었던 아름다운 옷이 아니고 죽기 전에 입었던 무명옷이다. 그리고 물에 몸이 젖어 있다.

"정신이 드셨습니까?"

점잖은 목소리가 귓전에서 들린다. 보니 유달리 거룩하고 시원하게 생긴 젊은 공자가 반가운 눈초리로 내려다보고 섰다. 머리에는 임금 이라야 쓰는 금관을 쓰고 입은 옷도 눈부시게 훌륭하다.

"여기가 어디입니까?"

심청이는 떨리는 목소리로 물어 보았다.

"송나라 대궐이요."

"거기 계신 분은 누구이십니까?"

"이 나라의 천자오."

이 말을 듣자 심청이는 꿇어 엎드려 절을 한 다음,

"이와 같이 귀한 곳에 소녀와 같이 천한 몸이 어찌하여 와 있습니까?"

"일어나시오. 낭자는 오늘부터 이 나라의 왕후요."

"그게 무슨 말씀입니까?"

심청이는 더욱 놀라지 않을 수 없었다.

"자세한 이야기는 차차 합시다. 애들아, 왕후께서 입으실 의복을 가져 오너라."

천자는 심청이를 일으켜 앉히고 이렇게 시녀들에게 분부하는 것이었다.

이 젊은이는 과연 송나라 천자였다. 일찍부터 어진 황후를 널리 구하기는 했으나 도무지 마땅한 분이 나타나지 않았다. 그러던 어느 날 천자께서 꿈을 꾸시니 하늘 나라에서 한 선관이 학을 타고 내려와 공손히 절을 하고 하는 말이,

"황후를 널리 구하신다 하심을 상제께서 아시고 한 낭자를 보내실 터이니 명일 크나 큰 연꽃 한 송이를 배와 같이 만드시어 임당수에 띄워 보십시오."

말을 마치고는 꺼진 듯이 사라졌다. 꿈에서 깨어나신 천자는 즉시로 여러 신하들에게 분부하여 연꽃으로 배를 만들어 임당수에 띄우게 했다.

천자의 분부를 받은 신하들은 연꽃 배를 이끌고 임당수로 향했다.

임당수에 당도해 보니 갑자기 바람이 사나워지고 안개가 밤처럼 자욱한 것이 무슨 일이 있을 것만 같았다.

신하들은 연꽃을 물에 띄웠다. 그리고 바람이 가라앉고 안개가

개기만 기다렸다.

얼마가 지났을까. 바람이 기라앉고 안개가 걷히었다.

신하들은 연꽃 배를 찾아보았다. 저어 만큼 곱게 떠 있었다. 그리로 급히 가 보았다.

신하들은 크게 놀라지 않을 수 없었다. 연꽃 속에는 정신을 잃은 한 처녀가 쓰러져 있었다.

신하들이 데려온 연꽃 속의 처녀 심청이를 본 천자는 매우 기뻐하였다.

아름다운 모습이 마음에 들었을 뿐 아니라, 어디를 보나 한 나라의 황후로서 부끄럽지 않은 기품이 엿보였기 때문이다. 심청이는 화관 족도리를 머리에 쓰고 충충히 모시는 시녀를 거느리고 여러 신하들이 기다리는 요당으로 나갔다.

여러 신하들은 새로 왕후가 된 심청이를 우러러 보았다. 그리고는 깊이 탄복하지 않을 수 없었다.

천자가 느낀 바와 같이 여러 신하들도 다시 없는 국모라고 심청이를 보게 되었던 것이다.

날이 갈수록 황후 심청이의 어진 덕은 천하에 널리 알려졌다. 조정의 여러 신하들 뿐만 아니라, 여려 읍 고을의 태수나 수많은 백성들까지 심 황후의 덕을 높이 찬양하며 길이길이 복되기를 비는 것이었다.

심 봉사와 뺑덕 어머니

심청이는 황후라는 다시 없이 귀한 몸이 되었으나 앞 못 보는 부친을 생각하고 한숨과 눈물이 그칠 사이 없었다.

"불쌍하신 우리 아버님, 살아 계신지? 돌아 가셨는지?"

하루는 천자가 내전에 들어가 왕후를 바라보니 두 눈에 눈물이 어려 있었다. 천자는 이상히 여기시어 말했다.

"왕후는 무슨 일로 미간에 수심이 가득 하시오? 이곳 생활이 마음에 들지 않아 그러시는지?"

그러니까 심청이는 그 자리에 꿇어앉아,

"어찌 이와 같이 분에 넘는 호사가 마음에 들지 않겠습니까?"

"그러면 그 수심은 무슨 까닭이오?"

심청이는 고개를 푹 숙이고 조용히 말을 한다.

"저는 본디부터 용궁의 사람도 아니며, 하늘서 내려온 선녀도 아닙니다. 황주 도화촌에 사는 심학규의 딸이온데 부친이 앞을 못보시어 항상 한으로 여겨 오다가 몽운사 부처님께 공양미 삼백 석을 시주하면 부친의 눈을 뜨게 할 수 있다는 말을 듣고 빈한한 살림에 그 많은 쌀을 마련할 도리가 없어 남경으로 장사다니는 뱃사람들에게 몸을 팔아 임당수에 빠졌다가 띄우신 연꽃송이에 구출된 것이옵니다."

천자는 황후의 말을 듣고 더욱 감탄하였다.

"그렇다면 더욱 지금의 처지가 만족스럽지 않겠소."

그러니까 심청이는 눈물 어린 소리로 말했다.

"저 한 몸이야 이 이상 무엇을 바라겠습니까. 그러나 앞 못 보시는 부친이 어디서인지 고생하고 계실 것을 생각하니 모든 호사가 오히려 죄송하고 슬플 뿐입니다."

천자는 황후의 효성에 크게 감동되었다.

"황후는 과연 세상에 다시 없을 효녀이시오. 즉시 아버님을 모셔 오도록 합시다. 그러자면 어떠한 방법으로 해야 할른지?"

심청이는 한참 동안 생각에 잠기더니,

"천하에 영을 내리시어 맹인들을 불러 올리시고 크게 잔치를 베풀면 부친을 만날 길이 생길까 합니다."

천자는 즉시 신하를 불러 이 뜻을 명하니 전국 방방곡곡에 맹인 잔치 연다는 방이 내어 붙이게 되었다.

이 소식을 들은 전국의 맹인들이 어찌 가만히 있겠는가? 있는 재산 다 팔아 서울 갈 노비를 마련한다고 야단들이었다.

그러면 이때 심봉사는 무엇을 하고 있었는가?

심봉사는 삼백 석 공양미를 시주했건만 아직도 눈을 뜨지 못하고 있었다. 뿐만 아니라, 가지 가지 고생이 잇달아 심봉사를 괴롭혔다. 물론 도화촌 사람들은 남경 장사하는 뱃사람들의 부탁도 받았고, 어질던 곽씨 부인, 효성이 지극하던 심청이를 생각하여 심봉사의 살림을 극진히 도왔다.

뱃사람이 맡긴 쌀과 돈을 잘 놀리어 이자를 늘려 주고 해서 한때는 심봉사의 살림이 제법 넉넉했었다.

그러나 이 마을에 뺑덕 어멈이라는 고약한 여자가 나타나서 심봉사를 괴롭히게 되었던 것이다. 이 여자는 심봉사의 살림살이가 넉넉하다는 소문을 듣자 은근히 마음먹기를,

"그 집에 들어가서 그 재산을 모조리 내 것으로 하자."

했던 것이다.

하루는 중매 마누라가 심봉사의 집을 찾아왔다.

"봉사님, 계시우?"

"누구신지요? 들어오시죠."

중매 마누라는 집안에 들어섰다. 그리고는 이리저리 한참 둘러보더니 입맛을 쩍쩍 다시면서,

"딱하기두 하지. 청이가 없어지고 나니 집안 꼴이 말이 아니군요."

이 말에 심봉사는 금새 딸 생각이 치밀어 길게 한숨을 쉬며,

"그렇다 뿐이겠소, 그 애가 있을 적에는 가난은 했지만 어느 뉘집 부럽잖게 살림만은 깔끔했는데 눈 먼 것이 혼자 살자니 오죽하오?"

이 말을 듣자 중매 마누라는 바싹 다가 앉으며 말했다.

"여보 봉사님, 좋은 수가 있소."

"좋은 수라니요?"

"우리 이웃에 얌전하고 살림 잘하는 아낙네가 있는데 남편이 세상을 떠나서 혼자 살고 있죠."

"그런데요 / "

"아낙네를 부인으로 삼으면 봉사님도 지내시기에 오죽 편하겠소?"

"글쎄요……."

하면서 심봉사는 생각해 보니 중매 마누라의 말이 과히 언짢게 여겨지지는 않았다.

지금 새삼스럽게 장가를 든다고 곽씨 부인과 같이 어진 아내를 맞이하기야 쉽지 않겠지만 중매인의 말대로 그 아낙내가 얌전만 하다면 우선 조석을 짓느라고 고생만은 안 할 테고 의복이 더럽도록 갈아입지 못하는 일은 없을 거다. 더욱이 심청이를 잃어 적적하기 이를 데 없는 집안이 조금 더 명랑해질 수도 있을 거다.

이렇게 생각한 심봉사는 뺑덕 어머니를 맞아들일 것을 승낙했던 것이다.

그러나 정작 부인을 삼고 보니 뺑덕 어머니란 여자는 다시 없이 고약한 사람이었다.

쌀을 마음 대로 퍼다가 엿과 바꾸어 먹는다.

벼를 퍼주고는 고기를 사먹는다. 잡곡은 팔아서 돈을 마련해 가지고 여자의 몸으로 술집에 가서 술을 마신다.

밥 짓기를 싫어하며 이웃집에 붙여 먹는다.

빈 담뱃대를 손에 들고는 만나는 사람에게마다 담배 한 대 달라고 조른다.

공연히 이웃 사람 욕을 하고 다니고 걸핏하면 남들과 싸움을 한다.

낮이면 일을 하지 않고 나무 그늘 같은 데를 찾아가서 낮잠이나 잔다.

그리고 술이 취하면 주정까지 한다.

그러니 집안 살림이 잘 되어갈 리 없었다. 집안에는 거미줄과 먼지 투성이요, 재산은 하루하루 줄어 들기만 했다.

심 봉사는 본디 착한 사람이라 처음에는 모든 것을 믿고 맡겨 두었으나 날이 갈수록 습해지므로 하루는 조용히 뺑덕 어머니를 불러 앉혀 놓고 따지기로 했다.

“여보, 본디 우리 살림이 넉넉한 살림이었는데 요즈음은 대단히 지내기 어려운 모양이니 남은 재산이 얼마나 되오?”

“남은 재산요?”

뺑덕 어머니는 코웃음을 친다.

"남은 재산이 다 뭐예요? 이삼 일 밥 지어먹을 쌀도 없는데……."

"뭐? 이삼 일 먹을 쌀도 없어?"

심봉사는 기가 막혀 입만 딱 벌리고 한참을 있다가 휴우, 하고 긴 한숨을 내쉬며,

"그러면 거지가 된 셈이구료. 그러나 살던 동내에서는 빌어먹을 수가 있소. 창피도 하고 남의 책망도 두렵지. 여보, 우리 딴 고장으로 이사를 갑시다. 빌어 먹더라도 딴 고장으로 가면 창피나 덜 하지……."

마음 속으로 딴 궁리를 하고 있던 뺑덕 어머니는 이 말이 몹시 반가운 모양이었다.

"좋도록 하시오."

"그러면 즉시 그렇게 할 차비를 채립시다. 그런데 동내 사람들에게 빚이나 없소?"

"내가 진 것이 얼마간 있지요?"

"얼마나 되오."

그러니까 뺑덕 어머니는 무슨 장한 일이라도 해 놓은 듯이 자랑스럽게 늘어놓는다.

"뒷동네 주막에 가서 해장술 한 값이 마흔 냥 쯤 있지요."

심봉사 하두 어이가 없어서,

"잘 먹었소. 그 밖에 또 있소?"

"있구 말구요, 저 건너 함씨에게 엿 값이 설흔 냥."

"잘 먹었소."

"앞 마음 김씨댁에 담배 값이 쉰 냥."

"그것도 잘 먹었네."

"그리고 기름장사한테 스무 냥."

"기름은 또 무엇에 썼소."

"아, 무엇에 쓰다니요? 머릿기름 했지요."

심봉사는 너무나 기가 막혀,

"잘 먹었다. 잘 먹었소!"

소리치고는 밖으로 튀어나왔다.

내 딸 청이가 몸을 팔아 남겨 준 재물들인데 그것을 술 사먹고 엿 사먹어 없애다니……

새삼스럽게 효성이 지극하던 딸의 생각이 간절해진다.

심봉사는 더듬더듬 심청이가 배 타고 떠나던 길을 찾아 강변으로 갔다.

강변에는 쓸쓸한 바람과 외로운 물소리가 있을 뿐이었다.

심봉사는 모래사장에 홀로 주저앉았다. 그리고는 피를 토하는 듯한 소리로 울부짖었다.

"내 딸 청아! 너는 어찌하여 돌아오지 못하느냐? 임당수 깊은 물에 죽어서 황천 갔거든 너의 모친 찾아 뵙고 나마저 잡아가거라."

이렇게 한참을 울부짖고 있으려니까 때마침 지나가던 벼슬아치가 심봉사를 발견했다. 이 벼슬아치는 바로 심봉사를 만나러 가는 길이었다.

"여보 심 봉사, 왜 이리 울기만 하오? 관가에서 부르시니 눈물 걷고 어서 갑시다."

이 말에 심봉사는 깜짝 놀라며,

"관가에서요? 나를 왜 부르시나요? 나는 아무 죄도 없습니다."

"죄가 있어 부르는 게 아니라오. 서울 대궐에서 황후님이 천하 맹인들을 다 불러 불쌍하다고 잔치를 베풀고 상을 후이 주신다오."

"고마우신 황후님의 처사! 가야지요. 가구말구요."

심봉사는 벼슬아치를 따라서 관가로 갔다. 관가에 들어서니 원님이 심봉사를 향하여 명하였다.

"서울서 맹인들의 잔치를 연다 하니 급히 가도록 하라."

그러니까 심봉사는 대답하였다.

"고맙기 이를 데 없는 말씀이오나 옷 없고 노자 없는 몸이니 서울 천리 길을 어찌 가겠습니까?"

관가에서도 심봉사의 딱한 사정을 알고 있는 터였다. 그래서 노자와 옷 한 벌을 내어주며 어서 바삐 가라고 재촉하는 것이었다.

옷과 노자를 받아든 심봉사는 다시 집으로 돌아갔다.

"여보 마누라, 오늘 관가에 갔더니 서울에서 맹인 잔치를 연다고 날더러 가라고 하지 않겠소. 내 갔다 올 터이니 집안 일 잘 살피고 기다리도록 하오."

그러니까 뺑덕이 어머니는 남편을 아끼기나 하듯이,

"그게 무슨 섭섭한 말입니까? 옛부터 아내는 반드시 남편을 따르라 했는데 앞 못보는 불편하신 당신 혼자 보내 놓고 내가 어찌 마음을 놓겠습니까?"

이 말이 하도 고마워 심봉사는 마누라가 집안 살림 망쳐 놓은 것도 다 잊어버리고,

"고맙소, 그럼 같이 갑시다. 그런데 마누라, 내 여지껏 말은 하지 않았지만 건너마을 김장잣 댁에 돈 삼백 냥 맡긴 것이 있으니 그 돈 중에서 오십 냥을 보태서 노자를 보탭시다."

이 말을 듣자 뺑덕 어머니는 펄쩍 뛰면서 말했다.

"에그 ! 봉사님, 딴 말씀 하시네. 그 돈 삼백 냥은 벌써 받아다가 이달 살구값으로 다 없앴다우."

심봉사는 그만 소리를 버럭 지르지 않을 수 없었다.

"아니 돈 삼백 냥을 며칠 내에 살구값으로 다 없애 버렸어?"

그러나 뺑덕 어머니는 오히려 성을 내며,

"그까짓 돈 삼백 냥을 가지고 이렇게 야단이슈?"

하는 것이었다.

"네 말 들어보니 귀덕이네 집에 맡긴 돈도 다 썼겠구나."

뺑덕 어머니는 천연스럽게 대꾸했다.

"그럼요. 그 돈 백 냥 찾아서는 떡값, 팥죽값으로 다 써 버렸지요 ! "

심봉사는 그만 가슴이 터질 지경이었다. 두 주먹을 쥐어 마구 흔들며,

"이년아, 이 몹쓸 년아, 내 딸 심청이가 임당수로 죽으러 갈 때 죽은 뒤 시체라도 찾거든 장사 지내 달라고 맡고 간 돈인데 네년이 무엇인데 그 중한 돈으로 떡값, 살구값으로 다 녹였단 말이냐?"

그러나 뺑덕 어머니는 어디까지나 뻔뻔스러웠다.

"그러면 어째요? 먹고 싶은 것을……."

이 말에 심봉사는 크게 탄식을 하며 말했다.

"하는 수 없소. 지난 일은…… 서울 맹인 잔치에 늦지나 않도록 어서 갑시다."

이리하여 두 사람은 길 떠날 차비를 하고 집을 떠났다.

얼마나 갔을까. 해가 저물었다. 두 사람은 한 주막을 찾아서 그날 밤을 새우기로 했다.

밤이 이슥했다. 먼 길을 걸은 탓인지 심봉사는 깊이 잠이 들었으나 뺑덕 어머니는 이 궁리 저 궁리 하기에 잠을 이루지 못했다.

"심봉사를 따라서 서울 잔치를 간다 하지만, 눈뜬 나는 장님도 아니니 잔치에 참례도 할 수 없을 테고 집으로 가자니 빚에 졸려 살 수 없다. 저 장님이 잠든 틈에 노잣돈 훔쳐 가지고 어디로든지 도망쳐 버리자."

뺑덕 어머니는 심봉사의 허리에 찬 노자를 풀어 가졌다. 그래도 심봉사는 잠만 자고 있었다. 그러니까 뺑덕 어머니는 더욱 욕심이 났다.

"에라 훔쳐갈 바엔 모조리 훔쳐가자."

심봉사는 벗어 놓은 갓이며 옷가지까지 모조리 훔쳐 가지고 그 길로 도망쳐 버렸다.

"여보 뺑덕 어미, 날이 밝았나 보오. 어서 갑시다."

그러나 대답이 있을 리 없었다. 그러니까 심 봉사는 뺑덕 어미가 아직도 잠들어 있는 줄 알고 말했다.

"여보, 무슨 잠을 그리 자오. 이러다가는 늦으리이다."

그러나 역시 대답이 없었다.

그제서야 이상히 생각한 심봉사는 머리맡을 더듬어 보았다.

벗어 놓은 옷가지가 하나도 만져지지 않는다.

놀라서 허리를 더듬어 보았다. 노자를 싼 보자기가 간 곳이 없다.

그제서야 뺑덕 어머니가 도망친 것을 안 심봉사는,

"이년 뺑덕 어미 / 하늘이 무섭지 않느냐? 눈 먼 놈의 노자와 옷까지 가지고 달아나다니 네가 천벌을 받지 않을 줄 아느냐? 잡혀만 보아라. 당장에 죽여 버릴 테다."

소리소리 지르며 바지 저고리 바람으로 뒤따라 뛰어나가는 것이었으나 눈 먼 장님이 성한 사람을 어찌 따라가겠는가.

노자도 없이 심봉사는 알지도 못하는 길을 물어가며 물어가며 서울로 향하는 것이었더.

그러나 하늘은 심봉사를 버리지 않았다.

도중에 안씨라는 여자 맹인을 만나 도움을 받았을 뿐만 아니라, 마침내 백년 가약을 맺고 무사히 서울까지 갈 수 있게 되었다.

서울에 들어서니 각처에서 모여든 소경으로 법썩이었다. 그 소경들 틈에 끼여 심봉사는 어리둥절하면서 어느 골목에 들어서니까.

"각 처에서 모여드신 소경님들, 맹인 잔치 오늘이 마지막이니 어서 바삐 참례토록 하시오."

하고 군졸들이 외치며 다니는 소리가 들린다.

그것을 들은 심봉사, 이왕 온 김에 늦어서는 안된다 생각하고 대궐을 향해 걸음을 재촉하였다.

오, 내 딸 심청아 /

심 황후는 날마다 모여드는 소경들의 주소, 성명을 받아서 일일이 살펴보는 것이었으나 부친의 성명만 도무지 보이지 않는다.

"우리 아버님은 어찌 되신 일일까? 이토록 소경들이 많이 모여들 었으니 그 속에 우리 아버님 한 분 쯤 섞여 있을 법도 하련마 는……."

"몽운사 부처님의 영험으로 정말 눈이라도 뜨셨는가? 그렇지 않으면 병환이라도 중하시어 먼 길을 오지 못하시는가?"

저절로 눈이 더워지고 한숨이 새어나온다.

옥난간에 비껴 흐르는 눈물을 닦으려니까 시녀가 들어와서 이제 마지막 잔치를 열었다고 알려준다.

이 자리에도 참석하지 않았으면 부친은 영영 못보고 만다. 심 황후는 급히 잔치 마당으로 나아갔다.

수많은 소경들이 꽉 차게 앉아 있었다.

심청이는 그 소경들의 얼굴을 한 사람 한 사람 눈여겨 살펴 보았다.

맨 앞에서 맨 뒤까지 왼편 끝에서 바른편 끝까지 몇 번이고 몇 번이고 살펴보았다. 그러나 어쩌면 좋을까. 부친 심봉사의 얼굴은 그 속에 엿보이지 않았다.

이제 모든 희망은 다 끊어졌다. 심 황후는 눈 앞이 캄캄해지고 정신이 아득해지는 것을 느꼈다.

그래서 시녀의 어깨에 몸을 의지하고 안으로 들어가려 하는데,

"여보, 이제 들어오면 어쩌자는 거요. 자리도 다 차고 시간도 늦었는데……."

"그렇지만 서울 먼 길을 잔치에 참례하려고 찾아왔는데 어떻게 좀 들여보내 주시오!"

문전에서 옥신각신하는 말소리가 들린다.

그 중 한 사람의 목소리는 몹시 귀에 익은 음성……. 심 황후는 반짝 정신이 들어 급히 그 편을 바라보았다.

한 소경이 문지기와 다투고 있는데 자세히 살펴보니, 오오! 기다리고 기다리던 부친 심봉사가 틀림없다. 심 황후는 즉시 시녀에게

분부한다.

"저 소경 이리로 와서 거주, 성명 고하게 하라."

이윽고 시녀는 심봉사를 데리고 심 황후 앞으로 왔다.

심 봉사는 황후 앞에 꿇어 앉아서,

"소맹은 본디 황주 도화촌 사는 심학규라는 소경이온데……."

하고 거주, 성명 뿐만 아니라, 어질고 착하던 곽씨 부인의 이야기며, 칠일 만에 모친잃은 딸 청이를 동냥 젖 먹여서 기른 이야기며, 그 딸이 성장하니 효성이 지극하여 밥을 빌어 봉양을 하다가 몽운사 부처님께 공양미 삼백 석을 지성으로 시주하면 눈 뜬단 말을 듣고 남경 장사 뱃사람들에게 공양미 삼백 석에 몸을 팔아서 임당수 깊은 물에 죽었다는 이야기며, 낱낱이 아뢰었다.

"딸을 죽이고도 여지껏 눈을 뜨지 못했으니 제 신세 하도 기가 막혀 죽기로 마음을 정하기도 한두 번이 아니었사온데 맹인을 불러 잔치를 베푼다는 말씀을 듣고 천리 길을 고생고생 오다가 이토록 늦게야 당도했나이다."

말을 마치고 앞 못 보는 눈으로 피와 같은 눈물을 쉴새 없이 뿌린다.

말을 마치기 전부터 역시 피눈물로 듣고 있던 심 황후 와락 달려들어 부친의 손을 잡으며,

"아버님, 제가 바로 아버님의 딸 청이올시다. 어서 눈을 떠서 나를 보옵소서."

하고 울부짖었다.

"뭐? 내 딸 청이라구?"

심봉사는 어찌나 놀랍고 반가왔던지 이렇게 소리를 지르는 동시에

오래오래 감겼던 눈을 번쩍 뜨고 말았다.

눈이 뜨였다.

심봉사는 손등으로 두 눈을 비비고,

"내 딸이라니, 내 딸이 살았다니, 어디 보자! 어디 보자!"
하면서 앞에 선 황후를 바라보니 비록 자기가 동냥 젖을 먹여 기른
그 청이지만은 이제는 황후로서의 기품도 높은 귀인이었다.

"내 딸이 살아서 돌아왔다. 내 딸이 황후님이 되었다. 내 눈이 이렇
게 환히 뜨였다."

심봉사는 지나친 기쁨에 미친 사람처럼 덩실덩실 춤을 추는 것이었
다.

그러자 갑자기 궁중에 흰 구름이 자욱하더니 청학, 홍학, 공작들이
심봉사를 따라 즐겁게 춤을 춘다.

심 황후는 기쁨에 뛰는 마음을 진정시키느라고 한참 동안을 보내다
가 이윽고 부친을 모시고 대전으로 들어갔다.

천자도 또한 크게 기뻐하시고 심학규로 하여금 부원군을 봉하시었
다. 그리고, 많은 전답이며 재물이며 하인들을 내려주셨다.

한편, 마음 고약한 뺑덕 어머니는 즉시로 잡아 올려 엄하게 벌을
주시고 도화촌 사람들에게 전부 모든 세금을 면해주시고 심 황후
자라날 제 젖먹여 준 부인들에게는 상금을 후히 주시고, 함께 자란
동무들은 궁중으로 불러들여 황후와 만나게 하시었다.

그 뿐이 아니었다.

심청이를 수양딸로 삼았던 장승상 부인은 예를 갖추어 궁중으로
모시게 되었으니 지난 날의 심청이를 아는 사람 누구나 다 오늘의
복에 감개 무량할 뿐이었다.

판 권
본사
소 유

계축일기

2004년 4월 20일 인쇄
2004년 4월 30일 발행

엮은이 • 편 집 부
펴낸이 • 최 상 일
펴낸곳 • 태을출판사

주 소 • 서울특별시 강남구 도곡동 959-19
등 록 • 1973 1.10(제4-10호)

©1999. TAE-EUL publishing Co.,printed in Korea
※파본 낙장본은 교환해 드립니다.

■ 주문 및 연락처
우편번호 100-456
서울 특별시 중구 신당 6동 제52-107호(동아빌딩내)
전화 • 2237-5577 팩스 • 2233-6166

ISBN 89-493-0248-9   03810